freedom letters

Серия «Лёгкие»

№ 70

Иван Филиппов

Мышь

Freedom Letters
Тбилиси
2023

freedom letters

Издатель Георгий Урушадзе
Технический директор Владимир Харитонов
Художник Денис Батуев
Редактор Максим Мартемьянов
Корректор Ольга Ширяева

Иван Филиппов. Мышь. Тбилиси: Freedom Letters,
2023. — Серия «Лёгкие»

ISBN 978-1-4466-6971-6

2020 год. Из Института функционального бессмертия, где идёт разработка средства для продления жизни Путина, сбегает инфицированная мышь. В Москве случается апокалипсис: большая часть жителей города погибает, кто-то выживает, остальные превращаются в зомби. Теперь они почти не видят — зато быстро бегают, охотятся толпами, чутко слышат и очень хорошо чувствуют запахи. Герои истории — выжившие, которых апокалипсис застал в разных частях Москвы. Они не знакомы между собой, но движутся в одном направлении — туда, где ещё можно спастись.

Пролог

Дмитрий Данилович точно знал, когда его жизнь пошла не туда. Он отчётливо помнил тот день, будто это было не сорок лет назад, а вчера. Помнил, как нестерпимо жарко и душно было в зале заседаний политбюро. Помнил надоедливое чириканье воробьёв за окном. И помнил каплю слюны, застывшую в уголке рта Леонида Ильича Брежнева.

Генеральный секретарь ЦК КПСС, член президиума Верховного совета СССР, маршал, герой социалистического труда и четырежды герой Советского Союза спал. И спал уже давно: сказал пару неразборчивых фраз в самом начале заседания, прочистил горло, взял паузу, снова зажевал пару слов, снова взял паузу и... уснул. Он спал уже сорок минут, и Митя — тогда Дмитрия Даниловича никому бы и в голову не пришло называть по имени-отчеству — был готов поклясться, что слышал храп. Но был ли то храп именно Брежнева или кого-то ещё из членов политбюро, задремавших тем жарким днём, точно сказать он не мог.

Митя заворожённо смотрел на слюну маршала и четырежды героя Советского Союза. Она вызывала в нём ярость. Он представлял, как рванёт с места, быстрыми прыжками пересечёт комнату, вскочит на стол, пробежит по нему, сбивая чашки и пепельницы, добежит до стула, на котором развалился Брежнев, схватит его за грудки и растрясёт. Разбудит! Вставайте, Леонид Ильич, не позорьтесь! Вы же лидер огромной страны, как же вы смеете!

Но, разумеется, ничего из этого Митя не сделал. Вместе с другими он продолжал молча ждать, пока Брежнев проснётся.

Оглядываясь сейчас на прожитые годы, Дмитрий Данилович вдруг ясно понял — решись он тогда на отчаянный шаг, вся б его жизнь сложилась совершенно иначе. Может, не настолько успешно, но точно иначе. И не только его, но жизни сотен миллионов, а может, и миллиардов людей... Но думать об этом теперь было поздно. И под жизнью было пора подвести черту.

В душном зале заседаний шуршали газеты. Изредка кто-то из сидевших за длинным столом вполголоса говорил что-то соседу. Сипло покашливал главный идеолог страны, иссыхающий товарищ Суслов. Министр обороны маршал Устинов недовольно курил уже, кажется, тринадцатую сигарету. Он выпускал дым через нос с такой силой, что даже сидевшему далеко от него Мите было видно, как трепетали волосы в маршальских ноздрях.

Митя перевёл взгляд и снова уставился на так захватившую его каплю слюны Брежнева. Теперь его охватило чувство горького разочарования.

Он ждал этого дня. Он надеялся на него. Этот день должен был перевернуть его судьбу, ведь быть приглашённым в качестве эксперта на заседание политбюро было огромной честью. Быть же приглашённым в 25 лет — честью неслыханной.

Стоит, правда, заметить, что самого Митю приглашение ничуть не удивило. В конце концов — он же был гением. Он говорил об этом открыто и не стесняясь. Чего ему было стесняться? В 15 он поступил в институт, в 22 защитил докторскую диссертацию. Он был самым умным человеком в Советском Союзе, и ему казалось естественным, что люди, управляющие страной, захотят услышать его доклад.

В тот судьбоносный день Митя спешил. Почти бегом, сбивая дыхание, он нёсся через Александровский сад, через Красную площадь, и в 10:02 уже стоял на проходной под сводами Спасских ворот.

Политбюро заседало каждый четверг в 11 утра. Это правило ввёл ещё Владимир Ленин, и несмотря на то, что Ильич давно лежал в Мавзолее, его завет ни разу не нарушался. Хотя и не соблюдался в полной мере.

Брежнев и девять «старейшин», определявших судьбу СССР, сначала встречались келейно — в знаменитой Ореховой комнате. Там они могли обсудить все вопросы и принять все решения. Там они могли позволить себе спорить как равные, вдалеке от глаз «младших товарищей», которым можно было представлять только принятые решения, не допускающие никакой дискуссии.

Обсуждения в Ореховой комнате всегда занимали время, а сейчас, когда состояние Леонида Ильича ухудшилось, разговор за закрытыми дверями и вовсе затянулся. В зал заседаний, где их почти два часа ждал молодой доктор наук, «старейшины» вышли только без четверти два.

Митя посмотрел на часы — половина третьего. Всё то же: кашель, шелест, влажная духота и молчание. Не зря над ним хихикал дежурный у Спасских ворот: приперся, дурень, к десяти утра — заседания, и об этом знали все работавшие в Кремле, никогда не начинались вовремя.

Неожиданно тело Брежнева чуть всколыхнулось. Собравшиеся за столом в момент вышли из состояния ожидания и повернулись в сторону героя социалистического труда. Тот открыл глаза, медленно обвёл комнату взглядом и сказал...

Что именно сказал Леонид Ильич, Митя не разобрал, но после этих слов — если, конечно, это были слова — заскрипели кресла, их ножки громыхнули по дубовым доскам паркета: члены политбюро встали со своих мест. Вскочил и Митя. Да так резко вскочил, что маршал Устинов взглянул на него, приподняв бровь, а товарищ Суслов, обернувшись в его сторону, вздёрнул свой острый нос.

Двустворчатые высокие двери, ведшие в предбанник, распахнулись, и в них проследовали все члены. Среднего возраста мужчина, референт, появился в проёме и уставился на Митю, давая понять, что заседание кончилось и пришло время бутербродов с языком и икрой. Митя послушно вышел из зала. В предбаннике вокруг стола толпились учёные и генералы, руководители заводов и профсоюзные лидеры. Обычно экспертов пускали только сюда — в небольшую комнату с круглым столом, в которой посетители ждали возможности увидеть выходивших из зала заседаний членов политбюро и секретарей ЦК. Представиться им, протянуть папку и надеяться, что когда-нибудь о них вспомнят, им позвонят. Митя, попав в зал заседаний, удостоился исключительной чести. Правда, что от этого было толку, он сейчас совсем не знал.

Вокруг Мити как рой пчёл гудел разговор. Митя вздохнул и потянулся взять сушку с хрустального блюда.

— Товарищ Михайлин?

Митя медленно повернул голову. К нему обращался неприметный человек неопределённого возраста. Знакомое лицо, но ни имени точно, ни должности он вспомнить не мог... Аркадий Борисович? Помощник помощника?

— Митя? — улыбался мужчина. — Вас ведь зовут Митя?

Митя придал своему лицу самое вежливое из доступных выражений и тихо ответил:

— Да, Аркадий Борисович, Митя. Митя Михайлин.

На столе перед Дмитрием Даниловичем лежал телефон с включённым приложением «диктофон». Последние пять минут оно записывало тишину. Дмитрий Данилович был всецело погружён в свои мысли.

Зачем он тогда ответил? Да понятно зачем. Ему хотелось карьеры, денег, славы, признания. В 25 лет это совершенно разумные желания...

Дмитрий Данилович откашлялся и продолжил рассказывать.

Человек с незапоминающейся должностью, как объяснил когда-то Мите опытный коллега, обладал невероятной властью. Аркадий Борисович жил в тени кремлёвского трона и был настоящим королём подковёрных интриг. Вовремя сказанное им слово могло сломать карьеру или, напротив, определить кому-то максимально удачную жизненную траекторию.

Аркадий Борисович пристально смотрел на Митю. Казалось, он взвешивал одному ему известные «за» и «против» и, наконец, пришёл к окончательному решению.

— Митя, надеюсь, на субботу у вас нет планов? Я хотел бы поговорить с вами с глазу на глаз.

Не веря собственной удаче, Митя мог лишь молча кивнуть, а Аркадий Борисович продолжал:

— Подъедете ко мне на дачу. Будьте, пожалуйста, дома в районе шести вечера, я пришлю за вами авто.

Митя кивнул, поблагодарил, хотел было протянуть руку, но решил — пожелай Аркадий Борисович пожать ему руку, он бы протянул сам.

На этом их первый разговор был закончен.

Ожидания и возможные перспективы субботней поездки захватили Митю. Он не заметил, как пролетел следующий час, не запомнил, говорил ли он с кем-то, и не помнил даже, как отдал референту папку с докладом. А вот то, что он так и не сумел сделать этот доклад — это он запомнил. Это и каплю слюны.

***

Из Кремля Митя добежал до метро, доехал до своей квартиры в Сокольниках и принялся ждать. Следующие два дня никакая работа не делалась. Он не мог заставить себя даже читать книги, только ходил из угла в угол по кабинету в ожидании часа встречи.

В субботу ровно в 18:00 во двор его дома заехала чёрная «Волга». Водителю не пришлось подниматься к нему на третий этаж и даже сигналить — Митя был готов. Он полдня просидел у окна одетым и даже обутым.

Неразговорчивый, но какой-то особо тактичный шофёр — «Добрый вечер, Дмитрий Данилович» — отвёз его за город, на старую дачу в Переделкино, и проводил нервничавшего Митю в глубину заросшего соснами участка. Там, в небольшой беседке, его ждал Аркадий Борисович.

В тот вечер он был расслаблен, рубашка на нём была расстегнута на три пуговицы. Митя сел в предложенное ему плетёное кресло и молча стал ждать, пока Аркадий Борисович не начнёт разговор. Хозяин дома читал какую-то бумагу, держа её перед собой в чуть согнутой руке.

Из открытого окна кухни большого дома, стоявшего почти в центре участка, доносился сладковатый аромат плова. Аркадий Борисович был известен своими обедами и ужинами — именно на них решались главные вопросы в жизни СССР. На них назначались и снимались министры, благодаря им на дипломатическом небосклоне зажигались новые звёзды, им были обязаны своим положением председатели всевозможных профсоюзов и объединений. В общем, это были важные ужины.

К вопросам политической гастрономии Аркадий Борисович относился чрезвычайно ответственно: его сегодняшний гость — тот, кто должен был прийти после их с Митей короткой беседы — очень любил плов, и по этому случаю Аркадий Борисович самолётом доставил из Бухары повара, готовившего лучший плов в Советском Союзе. По правде сказать, он уже сам ждал ужина, и сейчас соблазнительный запах готовящегося плова немного мешал ему сосредоточиться.

Молчаливая кухарка, недовольная тем, что сегодня ей приходилось исполнять обязанности официантки, беззвучно поставила перед Митей и Аркадием Борисовичем поднос с бутербродами и графин водки. Бутерброды были с красной рыбой, палтусом и икрой, а водка была ледяной. Аркадий Борисович отложил бумагу, поблагодарил кухарку и наконец обратился к Мите:

— Устрою вам сегодня рыбный день. Угощайтесь!

Митя жадно схватил кусок хлеба с лоснившимся на нём маслянистым куском палтуса — в ожидании встречи он не только работать не мог, но и поел от силы дважды за три дня. Аркадий Борисович слегка улыбнулся, налил им водки и поднял рюмку.

— За встречу. И за успех нашего общего начинания!

Даже сейчас, когда все его мысли были заняты предвкушением разговора, Митя всё же обратил внимание на рюмку, которую держал его собеседник. На первый взгляд она ничем не отличались от его, но Митя заметил, что у сосуда Аркадия Борисовича было излишне массивное дно. И если в Митиной рюмке было водки примерно грамм пятьдесят, то у хозяина дома — дай бог двадцать. Из таких продуманных мелочей, подумал тогда Митя, и складывается власть.

Холодная водка приятно обожгла горло, и Аркадий Борисович начал говорить.

— Область ваших интересов — генетика, не правда ли? Я читал ваши работы. Признаюсь сразу — понял я немного, но мне объяснили, что вас занимает вопрос человеческого долголетия. Вы ищете способы продлить отведённую нам природой жизнь?

Митя кивнул. Аркадий Борисович поставил рюмку на стол и наклонился к Мите.

— О нашей с вами встрече и нашем разговоре вы не расскажете никому.

Это был не вопрос, а утверждение. Митя кивнул второй раз.

— Я консультировался с врачами и учёными, так же конфиденциально, как мы говорим сейчас с вами, и я уверен, что Леонид Ильич не доживёт до следующего нового года. Более того, я знаю, что этим знанием обладаю не только я, но и многие из тех, кого вы видели на недавнем заседании... После смерти Леонида Ильича неизбежно начнётся война наследников. Все желающие, а их, я вас уверяю, предостаточно, будут пытаться занять место генерального секретаря.

Аркадий Борисович говорил, в общем-то, очевидные вещи, но Митя терпеливо слушал, предполагая, что вскоре его собеседник всё-таки перейдёт к делу. И Аркадий Борисович не обманул его ожиданий.

— Борьба за власть изнурительна и контрпродуктивна. Я пригласил вас сегодня, чтобы спросить: может ли советская наука как-то помочь в этой ситуации? Могут ли ваши исследования вопроса человеческого долголетия получить какое-то практическое применение?

«Так и началась моя история. Так началась история Института». Дмитрий Данилович снова замолчал. Сказывался возраст, он уставал всё быстрее, и сейчас ему захотелось скорее покончить со своим завещанием и перейти непосредственно к делу. Но Дмитрий Данилович никогда не бросал начинаний на полпути, и поэтому он продолжил.

Аркадий Борисович не просил Митю вылечить Брежнева. Он предложил ему возглавить институт, изучающий, так сказать, «функциональное бессмертие». Всё было просто: пока у генерального секретаря оставалась хоть какая-то активность мозга, он продолжал оставаться генеральным секретарём. А значит, у Аркадия Борисовича и его союзников было время с толком и расстановкой решить вопрос передачи власти. Без суеты и без лишних эмоций.

Другими словами, если, не дай, конечно, бог, советские врачи не справятся и Леонид Ильич умрёт, Аркадию Борисовичу нужен «план Б». Нужен способ, позволяющий вернуть минимальную мозговую активность покойнику.

Глядя на ошарашенного Митю, Аркадий Борисович поспешил уточнить:

— Я не требую у вас найти секрет вечной жизни или научиться, как библейский Христос, воскрешать мёртвых. Что вы! Хотя, если бы вы научились превращать воду в вино, пожалуй, я бы сказал вам отдельное спасибо.

Аркадий Борисович хихикнул над собственной шуткой, и Митя, повинуясь неписанным правилам бюрократического этикета, вымученно улыбнулся. Его собеседник продолжал:

— Повторюсь, меня интересует формальная электрическая активность. Не сознание, не способность говорить или двигаться — только полуживой мозг. Если вы считаете, что эта задача вам под силу, ресурсами для её решения я вас обеспечу.

И Митя согласился. Собственно, в тот момент, в беседке под тенью переделкинских сосен, он и превратился из талантливого Мити в уважаемого Дмитрия Даниловича, директора и основателя Института функционального бессмертия.

***

Всего три недели спустя Дмитрий Данилович осматривал скромный особняк на Поварской улице напротив школы № 91. Правда, особнячок тот был скромным лишь на первый взгляд. Точнее, он был с секретом.

Любому прохожему, решившему пройти с Арбата к Садовому по уютной Поварской, видны были лишь два аккуратных этажа купеческого дома начала XIX века — его построили спустя несколько лет после пожара 1812 года. А вот что было под особняком, знали только сотрудники института: под землёй располагались пять этажей лабораторий, кабинетов, извилистых коридоров и вивариев, в которых содержались лабораторные животные.

Уже в октябре 1982 года десятки учёных приступили к работе. Лучшие умы Союза под руководством Дмитрия Даниловича трудились над сывороткой бессмертия. За-

12

дача была очевидна — сохранить хрупкие клетки мозга от смерти без кислорода. После остановки сердца нейроны начинали умирать через минуты, без кислорода и глюкозы они судорожно выдавали последние импульсы и разлетались, выкидывая своё содержимое наружу, превращая головной мозг в кисель.

Дмитрий Данилович был вдохновлён, у него горели глаза, ему льстил поистине библейский масштаб поставленной перед ним задачи. Пусть бессмертие будет функциональным, но он сможет победить смерть! Он станет подобен богу! Более подходящего на эту роль человека нельзя было сыскать во всем Союзе, в этом Дмитрий Данилович был искренне убеждён. Аркадию Борисовичу нравилось рвение молодого ученого — плодами трудов честолюбивых фанатиков он уже не раз пользовался. На такого союзника он мог положиться.

А вот эксперты, с которыми консультировался Аркадий Борисович, его неожиданно подвели.

Брежнев не дожил до следующего года — уже в ноябре он умер и в тот же момент перестал быть генсеком. В первые месяцы после его смерти Дмитрий Данилович опасался, что институт закроют, но при новом генсеке Аркадий Борисович не потерял ни власти, ни связей. Работа продолжилась.

Новым советским руководителем стал председатель КГБ Юрий Андропов. К моменту его смерти в феврале 1984 года институт уже был готов пройти боевое крещение, но скончался генсек так неожиданно, что у учёных не было возможности среагировать вовремя и всё подготовить. Эксперимент по «воскрешению» закончился полным провалом. Дмитрий Данилович объяснял неудачу — и себе, и недовольному Аркадию (к тому времени они уже перешли на «ты») — тем, что тело везли слишком долго. Аркадий пообещал учесть ошибки в будущем. Чутьё подсказывало ему, что новый руководитель, Константин Устинович Черненко, на своём посту тоже не задержится. Он возглавил СССР уже пожилым и серьёзно больным человеком.

Дмитрий Данилович не особо расстроился тому, что институту не удалось уберечь мозг Андропова от превращения в кисель. По-человечески бывший чекист ему уж очень был неприятен. К тому же Дмитрий Данилович на момент смерти Андропова уже не думал, что идёт в своих исследованиях верным путём. К этому заключению его привёл прослушанный незадолго до кончины генсека доклад о гибернирующих арктических животных, способных переносить долгое время без кислорода. Этот доклад навёл его на очень перспективную мысль.

В лаборатории института начали завозить десятки берингийских сусликов, голых землекопов и красноухих черепах. Привезли даже трёх морских котиков. Несчастных животных душили в камерах с углекислым газом — учёные наблюдали за тем, как их мозг выживает в гипоксии, и разбирали по винтикам их уникальную биохимию. Дмитрию Даниловичу было более-менее наплевать на землекопов и сусликов, но вот котиков он жалел. Его детство прошло на Дальнем Востоке, и иногда он вспоминал дни, когда единственными его друзьями были гревшиеся на пляже сородичи его нынешних подопытных.

Потом пришло время мышей, крыс и макак — в их кровь вкалывали коктейли из лекарств и белков, которые должны были продлить жизнь умирающему мозгу. Наконец, в институт из московских больниц потянулись машины скорой помощи с заклеенными окнами. В ночной тиши, без мигалок, они подъезжали к зданию на Поварской, и неразговорчивые мужчины в пиджаках, застегнутых на все пуговицы, заносили в подземные лаборатории трупы — на нужды науки.

Дмитрий Данилович снова сделал паузу и отпил из стоящей рядом кружки. В кружке был кальвадос, купленный когда-то для особого случая за баснословные двадцать тысяч долларов. Дмитрий Данилович грустно вздохнул: он собирался открыть эту бутылку в честь окончания работы, в честь своей победы. Сейчас же он выпивал за день своей смерти. Что ж, тоже ведь «особый случай». Второго такого не будет.

1985 год и смерть Константина Черненко он до сих пор вспоминал с содроганием. Он помнил, как в лабораторию — скорее, переоборудованную операционную —

ввезли труп генсека. Помнил, как пришёл Аркадий. Помнил, как у него самого чуть тряслись руки.

Глядя на обложенное льдом, голое мёртвое тело верховного лидера Советского Союза, Дмитрий Данилович думал необычную для себя мысль: вчера ты был на вершине мира, а сейчас — глупый мёртвый старик. И чего тогда вся эта власть стоила?

Он было хотел сказать это вслух, шепнуть на ухо Аркадию, который давно превратился из начальника в старшего друга, но тут случился конфуз.

По команде Дмитрия Даниловича лаборанты вкололи сыворотку: уколы необходимо было делать строго одновременно в обе сонные артерии покойного — искусственное сердце поддерживало кровоток в теле генсека.

Электроэнцефалограмма Черненко всё ещё показывала ровные волнистые линии: мозговой активности и пульса не было. Зато медленно и уверенно, как ракета над космодромом в Плесецке, начал подниматься и увеличиваться в размерах член товарища генерального секретаря. Он стремился ввысь и, казалось, старался дотянуться до ярких флуоресцентных ламп, освещавших операционную.

Один из лаборантов заржал. Это был не смех и не хохот, это было именно лошадиное ржание, прозвучавшее в повисшей гробовой тишине особенно неуместно.

Аркадий кричал. Кричал страшно. Ни до, ни после Дмитрий Данилович больше не видел своего товарища в таком состоянии. Он кричал, что все здесь присутствующие немедленно отправятся в ГУЛАГ. Да, он знал, что ГУЛАГ расформирован, но по такому случаю его откроют, уж не сомневайтесь. Даже семьи сотрудников института почувствуют его ярость и будут отправлены в Сибирь валить лес! Все, включая домашних животных!

С трудом Дмитрий Данилович сумел успокоить своего благодетеля, убедив его в том, что это нормальное явление, описанное ещё в средние века у повешенных. Особую иронию ситуации придавало то обстоятельство, что стояк у генсека стремительно перешёл в трупное окоченение, и лаборантам в конце концов пришлось отрезать строптивый орган хирургической пилой. Его упаковали в вакуумный пакет и положили покойному во внутренний карман пиджака.

Казалось, на этом история института должна завершиться, но Аркадий Борисович после нескольких месяцев молчания всё-таки позвонил, и все зажили как раньше.

Новый генсек им обоим не понравился. Во-первых, он узнал про институт и приехал с инспекцией. С лёгкой улыбкой он обошёл все пять подземных этажей. Закрывать не стал, но всем своим видом продемонстрировал пренебрежение к важному делу, которым занимались сотрудники института. Пренебрежение и неверие. Во-вторых, было в Михаиле Горбачёве что-то такое, что особенно задевало Аркадия Борисовича — какое-то ощущение новизны. Ощущение перемен, которые могли нарушить размеренный ритм его жизни. Правда, в полную силу он этих перемен не ощутил. Аркадий Борисович умер, не дожив до августовского путча 1991 года буквально неделю.

***

Когда рухнул СССР, Дмитрий Данилович решил, что теперь-то институт точно закроют. Но и на этот раз институту повезло. Деньги, пусть маленькие, продолжили поступать. Научный прорыв на них было сделать невозможно, поэтому, главным образом, институт и его работа пережили девяностые благодаря казусу с Черненко. Рецепт той самой сыворотки, введённой усопшему генсеку, Дмитрий Данилович сохранил и целое десятилетие за большие деньги лечил с её помощью импотенцию у московских бизнесменов и политиков.

Институт дожил до нулевых. Дмитрий Данилович давно потерял былой запал, ему стало казаться, что все труды его будут впустую. Он всерьёз стал задумываться о пенсии. А потом — Дмитрий Данилович точно помнил день и час, когда случилось это знаменательное для него событие — к нему в кабинет пришёл сотрудник администрации нового президента. Это было 23 июня 2005 года.

Сотрудник был молод, скромно одет, небольшого роста, с залысинами и лёгким заиканием. Он вежливо расспросил Дмитрия Даниловича о его работе, о достигнутом прогрессе, о перспективах, а потом сказал, что исследованиями института заинтересовался Господин

Президент — эти слова он произнёс таким тоном, что Дмитрию Даниловичу показалось, что он буквально слышал заглавные буквы. Правда, интересовало Господина Президента совсем не функциональное бессмертие, а настоящее. Сотрудник администрации сразу сделал оговорку, что «бессмертие» в контексте их разговора означает, конечно, не вечную жизнь, но хотя бы до 120 лет Владимир Владимирович дожить бы очень хотел. И денег на исследования и опыты он не пожалеет.

Как любил поначалу говорить близким друзьям Дмитрий Данилович, на институт пролился золотой дождь. Потом кто-то из более молодых коллег объяснил ему значение этого термина, и Дмитрий Данилович стал использовать другую формулировку, но суть от этого не поменялась: институт утонул в деньгах. Любое оборудование, любые иностранные конференции, всё только самое лучшее, самое дорогое. И, что самое главное, с него не требовали отчётов. Он мог тратить полученные деньги на своё усмотрение. Главное — результат. Об этом человек из администрации тоже сказал прямо: быстро не ждём, но лет через десять-пятнадцать...

Поначалу Дмитрий Данилович, окрылённый внезапным финансированием, с удвоенной силой занялся исследованиями. Вместе с молодыми коллегами он пришёл к выводу, что для их целей просто сыворотка не годится, необходимо экспериментировать с вирусами.

Наработки профессора по сыворотке надо было доставить в каждую клетку мозга, сделав его практически бессмертным. Для этого нужен был вирус, который мог доставить необходимые гены в каждую клетку. Выбор пал на рабдовирусы, а точнее на хорошо изученный вирус бешенства. Генетические инженеры лишили его способности размножаться вне специальных клеток внутри лаборатории, и вместо этого закодировали туда несколько генов, позволяющих мозгу выживать даже в самых тяжелых условиях.

А потом, наверное, предсказуемо, Дмитрий Данилович распробовал вкус денег. Их не считали, за них не спрашивали, и он начал их тратить. И вслед за ним начали их тратить и другие сотрудники института. Как-то раз Дмитрий Данилович услышал, что уборщица Гуля купила себе квартиру-дуплекс в маленьком курортном городке в Испании. Дмитрий Данилович знал, что в Испании полно с его точки зрения «бюджетного» жилья, поэтому новость не вызвала у него удивления.

Человек из администрации приходил ещё несколько раз. Перед каждым таким визитом, а они никогда не случались неожиданно, IT-департамент института вместе с нанятыми (за много денег) аниматорами делали видеопрезентацию, рассказывающую о прогрессе. И этого вроде бы хватало.

Но пока Дмитрий Данилович жил свою лучшую жизнь за казённый счёт, некоторые сотрудники всё-таки продолжали эксперименты. Модифицированный ими вирус становился всё эффективнее. Посмотрев на исследования японца Синъи Яманаки, одна из самых талантливых сотрудниц института, выпускница биофака МГУ Вероника, предложила дополнить вирус факторами, которые омолаживали клетки организма. Это была одновременно и простая, и совершенно блестящая идея, которую Дмитрий Данилович не без удовольствия присвоил себе. Ну не признавать же, право слово, заслуги какой-то выскочки, тем более женщины!

Дмитрий Данилович допил кальвадос и взял телефон со стола. Близился финал его завещания.

«Знаешь, что самое смешное, Люда», — Дмитрий Данилович обращался с последним словом к своей давно умершей от рака жене, — «самое смешное то, что сгубила нас жадность. Привыкли мы воровать. Вроде бы хватало денег, все уже себе нахапали сколько можно: и ртом, и жопой нахапали! Внукам и правнукам бы хватило! Но нет, не могли остановиться. Когда год назад в институте проводился капитальный ремонт, на нём тоже все денег решили заработать, и вместо дорогой немецкой проводки поставили нашенскую. Дешёвую. По документам всё как надо, а на деле...»

На деле проводка заискрила, случился пожар. В этом не было особой проблемы, но пока сотрудники института были заняты борьбой с огнём и эвакуацией, несколько животных, с которыми проводили поведенческие опыты, сбежали из лабораторий. Часть из них была заражена вирусом — собственно, на них вирус и испытывали. Ну а дальше...

«Дальше, Люда, у нас был план. Инструкция на такой случай — как действовать, если вдруг внутри института произошло ЧП и вирус вырвался на свободу. Сотрудник охраны, сидевший на первом этаже, должен был заполнить помещения фреоном, который потушил бы пожар. Замуровать всех, отрезать от внешнего мира и удушить газом. Пожертвовать людьми, чтобы не допустить большой беды. Но у охранника этого под землей девушка любимая была, и он пожалел её, дал выбраться. Ну и всё...»

Вот теперь, действительно, всё. Дмитрий Данилович встал, шатающейся походкой подошёл к окну и посмотрел на Москву. Любимый город уже давно проснулся и жил пока своей привычной жизнью. Шумел, шуршал, чирикал. Учёный тяжело вздохнул.

Шатаясь, он подошёл к табурету. Ещё час назад он снял с крюка в потолке дорогую люстру и приладил к нему петлю. Проверил — не оборвётся. Выдержит. Дмитрий Данилович вскарабкался на табурет и накинул петлю себе на шею.

«Я стал смертью, разрушителем миров!» — так сказал, кажется, Оппенгеймер?

Эти слова Дмитрий Данилович произнёс вслух, хотя в пустой квартире их услышать не мог никто. Щенок! Твоя бомба ничто в сравнении...

— Разрушителем миров стану я...

И с этими словами, бросив последний взгляд на так бездарно потраченную жизнь, Митя (а сейчас это был, конечно, именно Митя) шагнул вперёд. Хрустнули кости, скрипнула верёвка, упала на дорогой паркет опрокинутая табуретка.

Глава 1

Купленное у входа в парк эскимо треснуло. С эскимо такое бывает: надкусываешь шоколадный панцирь, он идёт трещинами, и иногда сразу целый кусок шоколада отваливается. Хорошо, что успел заметить, думал Сева, пережёвывая холодный шоколад. Хотя бы не на асфальт упало! Он повернул голову и посмотрел на Костика — брат шёл рядом и деловито грыз свой вафельный стаканчик.

Это была их традиция, и Сева ей тихонько гордился — ведь это он придумал её в прошлом году. Они с Костей учились в разных школах, и в последний учебный день Сева заходил за младшим братом сам. Они обязательно покупали мороженое и, болтая, наслаждаясь обществом друг друга и ощущением свободы, шли домой через парк. Впереди было целое лето.

Сева любил последний день весны. От этого дня у него было такое волшебное, даже в чем-то новогоднее ощущение. Вот ты нашёл под ёлкой подарок. Это большая коробка, обёрнутая мамой в красивую цветную бумагу. Ты начинаешь разворачивать, и всё твоё существо наполняет волшебное предвкушение: что там, что за подарок? С последним днём весны было тоже самое. Впереди лето — и пока это лето всего лишь праздничная коробка в радостной упаковке. Завтра с утра они с Костей начнут её распаковывать. Что там внутри?

Сколько Сева себя помнил, каждое лето они с семьёй ездили к морю. Для своих пятнадцати лет Сева был уже опытным путешественником — он успел побывать в Израиле, Испании, Италии, Хорватии и Словении. Некоторые путешествия он помнил смутно, потому что был ещё маленьким, но мама и папа показывали ему фотографии, и он точно знал — да, я там правда был. Потом появился Костик, и они стали путешествовать вместе.

Но этим летом заграничной поездки не будет. Сначала Сева расстроился — как же так, лето — и без моря? Но потом подумал, что один год готов потерпеть: зато они только что переехали в новую квартиру. Свою квартиру! В которой у него появилась комната! На старой квартире им с Костей приходилось жить вдвоём, а тут будет наконец собственное пространство. Ради такого можно и без моря год обойтись.

Костя воодушевления брата не разделял.

Вот ведь как смешно получается, думал Сева, Костя в нашей семье самый активный, самый прыгучий, громкий и отважный, но при этом любое изменение, любые перемены его страшат. Ему не хотелось уезжать из старого дома, в котором он родился и прожил всю жизнь. Ему не хотелось пропускать поездку на море, и уж точно ему совсем не хотелось свою комнату, в которой больше не будет возможности под утро взять и залезть к старшему брату под тёплый бок и проспать с ним в обнимку, пока мама или папа не придут будить их в школу.

С необходимостью перемен Костю немного примирило мамино обещание вернуться к вопросу собаки. Папа, Костя и Сева были абсолютно уверены — жизнь без собаки неполноценна, и это необходимо срочно исправить. Мама тоже хотела собаку, но резонно возражала, что с ней надо будет гулять и в дождь, и в снег, и в жару. Каждый день. В рамках кампании по переубеждению мамы Сева начал показательно выгуливать Костю.

Продлился эксперимент ровно неделю — строго до момента, когда мальчишки пошли гулять в ливень, промокли, простыли и неделю лежали дома с температурой. Сева из-за этого пропустил важную контрольную по математике, и его учительница Анастасия Михайловна была им ужасно недовольна.

Эскимо закончилось, и Сева начал жевать деревянную палочку. Он всегда так делал, прежде чем выбросить её в мусор. Костик тоже расправился со своим мороженым — он догрыз пломбир до дна стаканчика. По каким-то причинам эти вафельные кружочки он есть категорически отказывался.

Школьные рюкзаки сегодня у братьев были лёгкие — они сдали все учебники, так что за плечами болтались только рабочие тетради и пустые ланчбоксы. Костя зажмурился от удовольствия. Что вообще может быть лучше, чем вот так идти с братом через парк? С пузом, набитым мороженым, когда впереди целое лето?

— Придём домой и сразу играть, да? — Костя с надеждой посмотрел на брата.

Последние три недели он ждал возможности наконец поиграть с Севой в GTA Online. В новый дом мама с папой купили второй телевизор, а Костя с Севой последний год копили деньги, чтобы купить на Avito вторую игровую приставку PS4. Накопили, купили, но то уроки, то спать поздно нельзя ложиться, то ещё какие-то дела — у мальчишек всё никак не получалось просто сесть и спокойно поиграть. А сегодня наконец-то получится! Часа четыре.

— Пройдём сначала ограбления, ладно? Мне Никита говорил, что там есть миссия, где надо истребитель с авианосца угнать! А потом гонки!

— Надо вообще до отъезда как можно больше поиграть, — сказал Сева.

Тут Костя вспомнил про поездку и надулся.

— Не хочу я ни в какой поход!

Сева вздохнул. Чёрт его дёрнул напомнить брату о предстоящем путешествии.

Папа с мамой решили, что совсем без отдыха в этому году семье нельзя, поэтому раз с морем не выходит, пойдут они в поход. В Карелию. С рюкзаками, палатками, ночёвкой у красивого озера и полным отсутствием интернета. Костя был возмущён.

И ведь на самом деле ему понравится, Сева был в этом абсолютно уверен. Но так было с братом всегда: сначала он ругался и сердился, столкнувшись с новым опытом, а потом с восторгом рассказывал дедушке о том, как всё было круто. Это был своего рода ритуал, психологически, видимо, Косте необходимый, но для остальных членов семьи немного изматывающий.

Услышав про поход в первый раз, он полез гуглить слово «Карелия» и нагуглил комаров. Вот и сейчас он вспомнил именно о них.

— Да блин! Там комары! Я не хочу к комарам! Я читал, что их там так много, что они кошку унести могут! А вдруг меня унесут?!

— Ну, во-первых, не могут, — улыбнулся Сева. — Это в шутку так говорят. Во-вторых, ни я, ни папа с мамой никому тебя никуда унести не дадим. Ну покусают нас ко-

мары немного, так они нас и на даче кусают! Я зато страшилок выучил. Будем сидеть вечером в лесу, у костра, над нами звёзды, а я вам с папой страшилки классные буду рассказывать...

Костя рассеянно кивнул. Вообще-то он боялся страшилок, но Сева их так любил, что ему как-то не хотелось портить брату удовольствие. К тому же сама мысль о том, что они будут все вместе сидеть у костра, Косте очень нравилась. Ему вообще очень нравилось это ощущение — быть частью семьи.

В задумчивости он пнул валявшуюся на парковой дорожке пивную банку. Потом пробежался за ней, поднял и выбросил в урну. Этому его научил Сева.

— Сходим сначала в поход, потом мама сказала, что можно к бабушке с дедушкой на дачу съездить, а потом будем тусить в новом доме: играть каждый день, в кино с папой и мамой ходить!

— Угу! Играть каждый день! Папа по-любому придумает нам дела, читать заставит или по дому помогать.

Парк заканчивался, впереди показалась оживленная улица. Сейчас они с Севой дойдут до остановки, дождутся автобуса, а там каких-то 20 минут, и они дома. И наконец для них официально начнётся лето.

***

Авария, о которой своей покойной жене в предсмертной аудиозаписке рассказывал профессор Михайлин, произошла в Институте функционального бессмертия в половину седьмого утра. В это время на работе было лишь шесть человек — дежурные лаборанты, следившие за состоянием зверей и контролировавшие ход экспериментов. Наземные этажи здания были пусты. Только на проходной на посту дежурил охранник Паша.

Сидя перед десятком мониторов, Паша смотрел не на них, а в планшет, на котором играла заключительная серия первого сезона сериала «Эпидемия». Девушка Паши, Вероника, прожужжала ему все уши тем, какая прекрасная это история и как не похожа она на все прежние русские сериалы, которые Паша видел. Вообще Паша спокойно относился к сериалам и смотрел их редко, но «Эпидемия» его неожиданно захватила. Его так затянуло, что он твёрдо решил после работы зайти в книжный и купить книгу Яны Вагнер «Вонгозеро», на которой был основан сериал, чтобы ещё раз пережить все приключения, которые только что посмотрел на экране. Если бы Паша выжил и претворил свой план в жизнь, именно его, вероятно, книга бы разочаровала — уж слишком много там оказалось для него психологической драмы и слишком мало приключений... Но он не выжил.

Паша пропустил момент начала пожара, пропустил он и то обстоятельство, что не сработала противопожарная сигнализация. Огонь заметил один из лаборантов уже в тот момент, когда нижний этаж заполнился едким дымом — дешёвая проводка и пластиковые панели, которыми были закрыты стены коридоров института, при горении выделяли токсичный дым.

В строго обозначенных на плане пожарной эвакуации местах на стенах института висели огнетушители и кнопки пожарной тревоги. Увидев дым, лаборант побежал скорее поднимать тревогу — сделать это у него получилось далеко не сразу. Часть кнопок даже не была подключена, они висели исключительно для вида и для давно прикормленного Михайлиным инспектора пожарной охраны. Часть же датчиков задымления давно отключили сами сотрудники из-за периодического ложного срабатывания.

Паша знал, что ему нужно делать. Рядом с несколькими телефонами на его столе под защитным колпаком — чтобы не дай бог случайно не нажать — была тревожная кнопка. Эта кнопка не только вызывала пожарных, МЧС, профессора Михайлина и всё руководство института, но и заполняла нижний этаж газом. Нажми он её сейчас, и единственная дверь, ведущая на поверхность, будет заблокирована, и открыть её сможет только сам профессор Михайлин особым ключом. Нажми он её сейчас, и лифт, в котором поднимаются надышавшиеся дымом лаборанты с нижних этажей, остановится. Нажми он её, и его Вероника останется под землей навсегда.

Паша стал судорожно осматривать мониторы, пытаясь найти Веронику. Её не было в лифте, не было в лабораториях и в коридорах... Наконец, он увидел её — Вероника бежала по лестнице. Она, кажется, единственная из всех сотрудников вспомнила правило «при пожаре не пользоваться лифтом». Паша заметил, что не забыла она и свою сумку.

Вероника добежала до гермодвери, отделявшей нижние уровни от наземной части института, остановилась и посмотрела в камеру наблюдения. Прямо на Пашу. В глазах её были слёзы. Она знала, что должен сделать охранник, и умоляла — он был в этом уверен — пощадить её. Спасти. И Паша не выдержал. Он открыл дверь, и только когда Вероника оказалась на поверхности, нажал тревожную кнопку.

Немного отдышавшись, Вероника стала раздеваться. Она объяснила удивлённому Паше, что для человека единственным способом заразиться изучаемым в их институте вирусом будет через кровь. В панике и суматохе пожара многие лабораторные животные выбрались из клеток, и в дыму сама Вероника могла не заметить, как её укусил какой-нибудь суслик.

Вместе они осмотрели каждый сантиметр её тела. Укусов не было.

Ещё десять минут они просидели в обнимку, а потом Паша сказал, что Веронике лучше идти домой. Наверняка нарушение инструкции вскроется, но вдруг им повезёт. Вероника оделась и вышла на улицу. Вдохнула утренний московский воздух и быстрым шагом пошла к метро «Арбатская».

По дороге она думала о том, как близки они с Пашей были сегодня к смерти, думала она и о том, что Паша рискнул всем, чтобы её спасти. Их роман, точнее, глупая интрижка, начался совершенно случайно: Вероника ответила на какой-то Пашин тупой подкат. Не потому, что он «сработал», просто ей стало интересно, уж очень непохожим на других её мужчин был этот сдержанный и нехарактерно для охранника красивый чемпион района Алтуфьево по боксу.

Паша об этом вряд ли догадывался — он вообще от природы был человеком не столько глупым, сколько непроницательным, — но сегодня Вероника собиралась сообщить ему, что их отношения себя исчерпали. Что ей хочется двигаться дальше, строить карьеру, духовно расти, и её план персонального развития никакого Паши не предусматривает. Но с учётом всего произошедшего, видимо, план требовал пересмотра. «Рискнул! Работой рискнул, безопасностью своей... Значит, любит, значит, по-настоящему любит», — думала она, спускаясь по эскалатору на «Арбатскую». Пожалуй, ещё пару недель отношений Паша сегодня своим героизмом купил. О погибших же коллегах, задохнувшихся в подземелье института, она почему-то не думала совсем.

Веронике надо было пройти всю станцию насквозь, подняться по ещё одному длинному эскалатору и перейти на «Библиотеку имени Ленина», откуда поезд довёз бы её до «Университета», где она снимала уютную однокомнатную квартиру прямо у метро. Она торопилась. Ей хотелось принять душ, может быть, выпить чаю и скорее лечь спать.

А ещё ей вдруг страшно захотелось пить, и Вероника вспомнила, что в сумке у неё лежит недопитая бутылка воды.

***

Лабораторным мышам не полагалось имён, у них были только инвентарные номера. У белой мыши линии balb/c, которая пряталась сейчас на дне Вероникиной сумки, был номер МБ1#99324. Вариантом GluN2D-OSKM-V23 вируса Михайлина (так между собой называли вирус сотрудники института) мышь заразили вчера. По неизвестным причинам, вирус был совершенно безвреден для мышей и крыс, но с кучей побочных эффектов для приматов и, вероятно, людей. Михайлин настойчиво требовал у подчинённых выяснить причины аномалии — ему казалось, что ответ на этот вопрос сумеет помочь им разрешить главную проблему созданного ими вируса. А проблема была неординарная.

Дмитрий Данилович Михайлин действительно сумел победить смерть. Об этом он не без удовольствия доложил сотруднику Администрации президента и даже позвал его на опытную демонстрацию. Постаревший сотрудник АП, который с момента их первой встречи серьёзно продвинулся по службе, с изумлением смотрел, как один из лаборантов вколол абсолютно мёртвому шимпанзе вирус, и шимпанзе ожил! Ну как «ожил»: задвигался, стал издавать страшные звуки.

Это была очевидная победа науки. Проблема была только в том, что вирус Михайлина не просто «оживлял» свою жертву — он запускал в организме бесконечный цикл «смерть/жизнь/смерть». В зависимости от состояния иммунной системы заражённого варьировалась длина его посмертной «жизни». Шимпанзе, на котором Михайлин ставил показательный опыт, был полностью здоров и поэтому, «ожив», начал бросаться на толстое стекло, разделявшее его вольер и комнату, из которой за ним наблюдали. Зрелище это было по-настоящему страшное.

Сотрудник администрации с удивлением и даже страхом смотрел на Михайлина, но профессор светился от радости и отнюдь не разделял читаемых в глазах гостя опасений.

— А чем объясняется такое агрессивное поведение?

— Это мелочь, не обращайте внимания, — профессор Михайлин отмахнулся от вопроса с видимым раздражением. — Подумайте, на ваших глазах творится история! Мы уже сумели одержать колоссальную победу — мы смогли обратить вспять смерть! Теперь осталось доработать вирус, научить его самоуничтожаться сразу же после воскрешения.

Сотрудник администрации был человеком по-своему неглупым. Слушая восторженные объяснения ученого, он не в первый раз подумал, что, кажется, пора эту лавочку прикрывать, пока этот безумный не натворил какой-нибудь беды. Кроме того, его волновал и другой вопрос:

— А что будет, если вирусом заразится живой человек?

Михайлин снял очки и пристально посмотрел на своего собеседника:

— Допустить этого нельзя ни при каких обстоятельствах. Для живого человека наш вирус смертелен. Но не переживайте, в институте приняты все меры безопасности, и вероятность такого заражения равна нулю. Можете не беспокоиться.

На этом разговор закончился. Михайлин не знал, но, вернувшись на Старую Площадь, его собеседник сел писать докладную записку, смысл которой сводился примерно к следующему: поставленная задача невыполнима, и сейчас необходимо срочно расформировать институт. Здание продадим, сотрудников прикомандируем к профессору Ковальчуку в «Курчатник». Достопочтенного Дмитрия Даниловича отправим на пенсию — денег у него достаточно: профессор зря думал, что его финансовые шалости были неизвестны руководству; у людей в скучных костюмах все его ходы были записаны.

Закроем. Сожжём и солью засеем место, где был институт. Пока не поздно.

Было, правда, уже поздно, но чиновник со Старой площади не мог этого знать. Как и не мог он предположить, какого масштаба беда грозит всему миру, если вирус окажется на воле. Зато предполагать не было необходимости у Вероники и её коллег по лаборатории — они провели симуляции.

Согласно им, заражаемость вирусом Михайлина в «дикой природе» составит порядка 84%, а смертность — примерно 90%. Оказавшись в теле человека, он начнёт размножаться неконтролируемо и дальше будет передаваться воздушно-капельным путем. По идее, вирус не должен был этого делать — то есть размножаться вне клеток-паковщиков, из которых его получали. Но упорно, один вирус на миллион, захватывал из клеток ген, необходимый ему для размножения, и даже одной копии было достаточно, чтобы началось его мультиплицирование в организме. Единственная хорошая новость состояла в том, что на открытом воздухе вирус не мог долго существовать, и эпидемия, если бы она случилась, была бы сравнительно недолгой.

Ознакомившись с результатами симуляций, Михайлин пришёл в ярость. Под угрозой увольнения с волчьим билетом он потребовал от всех участников исследования, в первую очередь от Вероники, никогда больше не обсуждать этот вопрос ни в стенах института, ни тем более за его пределами. Все копии симуляций он уничтожил, оставив себе только одну. Её он распечатал на принтере, положил в сейф и постарался забыть о её существовании. Забыть он хотел и о том, во что превратятся те из заражённых, кому не повезёт «воскреснуть».

Вероника была настойчивым учёным, и ей было важно знать, с чем она работает. Слово «душа» в институте никто, разумеется, не произносил, но тот факт, что сознание заражённый утрачивал с первой своей смертью, нехотя признавал даже сам Михайлин. Воскрешённые действительно демонстрировали завидную электромозговую активность, но она была специфической.

Невероятными усилиями Вероника и коллеги сумели затащить одну из заражённых шимпанзе в аппарат МРТ и — как она и предполагала — на снимках было чётко видно: латеральное ядро гипоталамуса светилось, как лампочка на новогодней ёлке. Заражённый больше не чувствовал ни боли, ни страха, он не хотел спать или думать, всё его сознание заполняло лишь одно чувство: неутолимое чувство голода.

Когда-то в юности Вероника очень любила роман Стругацких «Понедельник начинается в субботу», в котором профессор Выбегайло создал «кадавра не удовлетворённого желудочно». Именно в таких кадавров и превратились бы заражённые люди. Правда, не все — люди со слабым иммунитетом, пожилые и маленькие дети, вероятнее всего, просто бы умерли. Не быстро и не просто, но умерли, предварительно заразив всех окружающих. А вот здоровые... Сотрудники института об этом старались не думать, предпочитая сосредоточиться на поставленной задаче.

В глубине сумки мышь под номером МБ1#99324 страдала. День её не задался: сначала ей в ночи вкололи какую-то гадость, и это было больно. Пусть вирус и не действовал на мышей, боль от укола МБ1#99324 почувствовала отлично. Потом, только она уснула, страшно заревела сигнализация, и спустя пару минут бокс, в котором она проводила свою молодость, свалился со стола, на котором лабораторным мышам кололи вирус, и разбился. В панике МБ1#99324 начала искать ближайшее укрытие. Им оказалась сумка Вероники, которую та, в нарушение всех правил безопасности, оставила около входа в виварий.

Укрытие, правда, было сомнительным: то в сумке всё было спокойно и тихо, то она колыхалась, билась о что-то, и несчастную мышь внутри страшно трясло. Но вот — небо над ней разверзлось, и человеческая рука попыталась её схватить. На самом деле Вероника просто пыталась на ощупь найти в сумке бутылку воды. МБ1#99324 этого, конечно, знать не могла и поэтому изо всех сил укусила Веронику за указательный палец, вложив в этот укус всю накопленную обиду и боль.

Вероника закричала. Стоявшие рядом пассажиры с неудовольствием и удивлением обернулись. Сумка упала на эскалатор, и мышь выскочила из нее.

Девушка с ужасом смотрела на капли крови из прокушенного пальца.

За ту минуту, что потребовалась Веронике, чтобы сойти с эскалатора, она заразила всех стоявших на нём. А мышь под номером МБ1#99324 благополучно добралась до подножия эскалатора и убежала в сторону тоннеля, в котором и нашла наконец долгожданное спокойствие и ощущение безопасности.

Московское метро каждый день перевозит больше десяти миллионов пассажиров. Никто из стоявших рядом с Вероникой людей не придал её крикам особенного значения, сама же Вероника впала в панику и не могла внятно объяснить, какая опасность грозит им всем. Да и что бы было толку?

Уже спустя несколько минут первые заражённые оказались на самой загруженной станции — «Комсомольской». Каждый день через неё проходит больше 150 тысяч человек. Вирус начал проявляться не сразу, в отдельных случаях ему понадобилось больше 15 минут, но он проявлялся неизбежно.

Когда мышь цапнула Веронику за указательный палец, на часах было 08:01. Уже к 09:00 первые случаи неизвестной страшной болезни были зафиксированы в Выхино, в 11:15 — на станции метро «Битцевский парк», а к 13:45 в Москве больше не осталось ни одного не заражённого района. Город стремительно умирал.

***

Костя и Сева вышли из автобуса и почти вприпрыжку двинулись в сторону дома. Почти, потому что Сева шёл спокойно, а Костя от радости и предвкушения то шагал, то срывался на бег, то вдруг подпрыгивал.

Мальчишкам нравился их новый дом, и они получали удовольствие, обживая его. Это был красивый ЖК с тихим двором, и окна их квартиры выходили в основном именно в него. Во дворе не было парковки, а были классные детские и спортивные площадки и молодые деревья. Когда деревья подрастут, в их спальнях будет тень и уют — так говорила мама. Папа же объяснял, что такие квартиры называются «распашонки», потому что их окна выходят на разные стороны дома: окна их новой кухни смотрели на улицу, и из них была видна станция метро. Вообще, мама с папой не хотели окон на шумную улицу, но уж слишком заманчивой была цена. Ну и потом будет квартиру легче проветривать, уточняла мама.

У Севы развязался шнурок. Он остановился и поставил ногу на бордюр. На новых кроссовках шнурки почему-то развязывались особенно часто, поэтому сейчас, в очередной раз, Сева был полон решимости и сконцентрирован на том, чтобы завязать шнурок так, чтобы он уже никогда не развязался. Он был полностью сосредоточен на этом занятии, когда его схватил за плечо Костя.

— Да подожди ты! Дай шнурок завязать!

Костя ничего не ответил, но ещё сильнее сжал плечо брата так, что Севе даже стало чуть больно.

— Да блин! — Сева поднял взгляд на Костю.

Одной рукой брат стискивал Севино плечо у самой шеи, а другой показывал вглубь двора. Оттуда на них неслись собаки — три штуки. Маленький корги — с ним братья познакомились в день новоселья, — овчарка и пекинес со всех лап убегали прочь от дома. С собаками, конечно, сложнее, чем с людьми, но обоим мальчишкам показалось, что на собачьих мордах написан поистине панический страх. Сева с удивлением смотрел на обычно очень спокойных и знакомых им собак.

— Чего это с ними?

Костя ещё раз настойчиво ткнул пальцем в сторону двора, он явно хотел показать брату не собак. Сева вгляделся: рядом с детской площадкой на земле лежала женщина. Точнее, не лежала — корчилась в страшных судорогах. Он сразу узнал её, это была Светлана Петровна, хозяйка того самого корги, улыбчивая учительница на пенсии. Изо рта у неё шла красная пена. Она то выгибалась всем телом, вставая на мостик, то вдруг падала без чувств на асфальт. Это были не человеческие движения — как будто что-то вселилось в тело Светланы Петровны и изо всех сил пыталось теперь из него выбраться. Женщина выгнулась ещё раз, снова рухнула на асфальт и застыла.

Сева резко поднялся, крепко сжал руку брата и потащил его в сторону подъезда.

— Давай внутрь. Зайдём, и я скорую вызову. А ты маме позвони.

— Может, мама вообще уже дома?

В голосе Кости поровну звучали испуг и надежда.

— Может быть, дома. Или может быть, папа пораньше пришёл...

Севе тоже очень хотелось в это верить.

Братья прошли буквально пару метров и обошли куст, заслонявший от них детскую площадку, рядом с которой был отдельный огороженный загончик для выгула собак. Рядом с собачьей площадкой лежали тела трёх женщин. Лежали неподвижно, с неестественно запрокинутыми головами, в странных скрюченных позах. Это, очевидно, были хозяйки сбежавших собак.

Теперь уже не Сева тянул Костю — перепуганный брат перешёл на бег, и Сева побежал рядом с ним. До подъезда было рукой подать. Краем глаза Сева увидел какое-то шевеление рядом с домиком, в котором стояли большие контейнеры для мусора. Он на секунду остановился и пригляделся.

Опершись о кирпичную стену, у домика сидел их дворник — Ильнар. Сева знал его по имени, потому что Ильнар всегда с ним здоровался, и вообще, папа учил его, что вежливым надо быть со всеми людьми: и с дворниками, и с президентами. Ильнар тяжело дышал. Подбородок его был измазан всё той же красноватой пеной, которую Сева только что видел у мёртвых женщин (в том, что они были мертвы, у него не было никаких сомнений). Мужчина издавал какие-то странные звуки, что-то среднее между хрипом и горловым пением. Только пение это было надрывное. Страшное. Звериное.

Ильнар повернул голову в сторону мальчиков, и Сева инстинктивно сделал шаг назад: эти страшные белые глаза не могли принадлежать живому человеку. Ильнар был похож на...

— Зомби. Он зомби стал...

Костя произнёс эти слова почти шёпотом, как будто не веря в реальность происходящего. Зомби бывают только в кино или играх, а не в уютном дворе их нового дома. Зомби чужие, в зомби не превращается добродушный дворник, который однажды угостил Костю конфетой «Коровка».

Ильнар поднялся, но он поднялся не как человек. Человек бы опёрся руками об асфальт, или может о стену. Ильнар просто встал и побежал на мальчишек.

Сева замер. Как выскочивший на шоссе заяц, которому в морду ударил ослепительный свет фар, он на секунду забыл, что надо делать и просто смотрел в лицо приближавшейся опасности. Костя схватил его и потащил к подъезду.

В их ЖК на дверях стояли камеры с системой распознавания лиц и, вероятно, именно она спасла братьям жизнь — дверь открылась, едва Костя добежал до порога. Они ввалились в подъезд, и Сева захлопнул дверь. Послышался глухой удар. Ильнар не стучался. Сева понял, что он просто продолжил бежать, врезавшись в дверь.

Ни говоря ни слова, тяжело дыша, братья взбежали на третий этаж. Только с раза пятого Костя попал трясущимися руками в замочную скважину. Они закрыли за собой. И на замок, и на задвижку.

— Мам?

Нет, мамы не было. В квартире было прохладно и пусто. Костя и Сева, не снимая обуви, прошли через гостиную и вышли на балкон, с которого хорошо был виден их подъезд. Ильнар перестал пытаться войти в дверь. Шатающейся походкой он шёл в сторону улицы. Сева нащупал руку брата и крепко её сжал.

Внизу Ильнар вдруг остановился и упал. Тело его стали крутить те же судороги, что несколько минут назад крутили у детской площадки их пожилую соседку.

— Сева, мне страшно!

— Не бойся. Скоро мама придет. И папа. Всё будет хорошо!

Он специально сказал эти слова громче, чтобы самому в них поверить.

Ведь правда, сейчас придут папа и мама, и с ними будет безопасно. Они обнимутся. И всё будет хорошо, ведь правда?

Во дворе у подъезда тело Ильнара перестало трясти. Он встал. Так же, как и в прошлый раз — просто изменил горизонтальное положение на вертикальное. Поднял голову, посмотрел в сторону балкона, с которого за ним следили мальчишки, и завыл.

Костя и Сева забежали в квартиру и плотно закрыли дверь на балкон.

Глава 2

Противный резкий звук вырвал отца Сергия из приятного сна. Ему снилось море. Сухой, но мягкий песок — почти невесомый. Растущие сквозь него травы. Совсем лёгкий ветер и едва уловимый шум волн.

Он резко поднялся в кровати. Нащупал телефон, выключил звук. Чем быстрее встаёшь с кровати, тем легче просыпаться — это был второй важный «лайфхак», связанный со сном и открытый Сергием с возрастом. Согласно же первому, если тебе хочется немного вздремнуть днём, то спать надо непременно не дольше сорока минут — чтобы тело не успело погрузиться в фазу глубокого сна. Именно поэтому, вернувшись сегодня с литургии, отец Сергий поставил не будильник, а таймер. На тридцать девять минут. Сегодня у него был важный день, и он не желал терять ни минуты. Сегодня у них с матушкой был выходной.

Это была традиция, которую они завели ещё до свадьбы, когда отец Сергий был веснушчатым семинаристом Серёжей, а матушка Марина девятнадцатилетней девушкой с длинной русой косой. Каждые выходные Марина приезжала к нему на свидания в Сергиев Посад. Она была одной из десятков православных девушек, посещавших храм Семинарии при Троице-Сергиевой Лавре в надежде встретить там будущего мужа: по окончании семинарии юношей рукополагали, и жениться было необходимо строго до обряда, иначе так холостым на всю жизнь и останешься.

Они познакомились как-то после службы, случайно столкнувшись в дверях храма. Серёжа и Марина гуляли по Лавре, ездили по окрестным достопримечательностям — в заповедник Абрамцево, в соседний Семхоз, где она сначала очень смущалась купаться с ним вместе, а потом перестала смущаться, и они вместе брызгались в озере. Для Серёжи она стала единственной.

Отец Сергий отвлёкся от приятных воспоминаний. Сегодня сделать это было просто — сегодня они с матушкой сделают себе новых.

Выходной был неофициальным. Отцу Сергию стоило больших усилий организовывать своё расписание таким образом, чтобы хотя бы одна суббота в месяц (о воскресенье и речи быть не могло, слишком много приходских дел выпадало на этот день) у него оставалась свободной: без венчаний, крещений, похорон, без треб и визитов на дом к болящим, без каких-то занудных бюрократических или хозяйственных дел. Это была их с Мариной суббота, и на неё у них был чудесный план.

Они встретятся на «Пушкинской» в центре зала, дойдут до сада «Эрмитаж» и пообедают в кафе «32.05». Денег отец Сергий зарабатывал мало, но на кафе и кино один раз в месяц ему всё-таки хватало.

Потом по бульварам они дойдут до «Трубной» и поедут в «Пять звёзд» на «Новокузнецкой», где уже третий день идет ретроспектива фильмов любимого режиссёра отца Сергия — Уэса Андерсона. Они не попали на их любимого «Бесподобного мистера Фокса», но будут показывать «Королевство полной луны» — фильм, который они с Мариной очень любили и никогда не видели на большом экране.

Да, сегодня будет отличный день! Главное теперь — не терять времени, чтобы насладиться его каждой минутой.

Они жили, пусть и в маленькой, но замечательной квартире у метро «Новокузнецкая», которую за очень богоугодную цену сдавал им прихожанин Троицкого храма, в котором и служил отец Сергий. Храм был на Пятницкой улице. От него до дома было от силы минут пятнадцать пешком, а сегодня после литургии Сергий и вовсе добежал до дома за десять. Пока он спал, Марина отвезла их годовалую дочку Валю к бабушке в Чертаново. Сейчас отец Сергий оденется и поспешит к ней на встречу.

Он зашёл в ванную, быстро почистил зубы, умылся, надел под поглаженный заранее подрясник чистую футболку и джинсы и сел на маленькую табуретку в прихожей. Он уже успел надеть правый кроссовок, когда зазвонил телефон — отец Сергий положил его рядом на тумбочку, пока зашнуровывал обувь. Звонила Марина. Он посмотрел на телефон с удивлением — Марина почему-то звонила по видеосвязи — и провёл пальцем по экрану, принимая вызов.

Сергий не сразу понял, что происходит. На экране телефона Марина куда-то бежала, держа перед собой телефон на вытянутой руке. Валенька почему-то была не в коляске, Марина держала девочку под мышкой. Она кричала и плакала от страха. Марина тоже плакала.

— Серёёёёёёёёёёёжа!!!!

Она кричала, задыхалась, а отец Сергий не мог понять, что происходит. Он беспомощно смотрел на экран. Марина бежала. За её спиной отец Сергий увидел выход из метро «Чертаново» — матушка бежала от него в сторону прудов.

Сергий открыл рот, чтобы что-то сказать, спросить «что случилось?», но тут на экране за спиной Марины появился человек в полицейской форме. Он снял с плеча автомат и начал стрелять короткими очередями куда-то в сторону метро.

— Марина?! Мариночка, что происходит? Почему стреляют? Почему Валя не в коляске?

Марина не ответила, но только ещё раз крикнула:

— Серёжа!

Потом вдруг резко остановилась, посмотрела куда-то вперёд и вправо, что-то увидела. Повернулась опять к отцу Сергию.

— Я люблю тебя. И Валя тебя очень любит.

Всё внутри отца Сергия похолодело, всё сжалось, его пробил холодный пот. Он понял, что вот сейчас, в эту секунду его жизнь изменится навсегда. Страшно изменится. Он хотел отвести глаза от экрана, но не смог.

На экране на Марину сбоку кто-то налетел, вырвал Валеньку из рук. Марина кричала и отбивалась. На экран сначала брызнула, а потом полилась ручьём кровь. Отец Сергий с ужасом увидел, как какая-то фигура — мужик в шортах и рубашке с коротким рукавом — как бы походя оторвал его дочери голову. Марина стояла на коленях над телом. Секунда — и её смело людским потоком.

Её телефон остался лежать на асфальте, и оцепеневший от ужаса отец Сергий смотрел, как над ним бегут и бегут люди со страшными, искажёнными какой-то потусторонней яростью лицами, с закатившимися глазами, в которых видны были только белки.

Его вырвало прямо в коридоре, но он не заметил.

На негнущихся ногах, в одном кроссовке, отец Сергий вошёл в кухню — там над столом висел телевизор. Они с Мариной его не смотрели, но Валеньке за завтраком иногда включали «Смешариков» на канале «Карусель». Валеньке, если уж быть честным, «Смешарики» было смотреть ещё рано, зато сам отец Сергий от мультиков этих неизменно получал огромное удовольствие.

Он протянул руку за пультом, включил. Нашёл «Первый канал». Когда-то один из его прихожан рассказал отцу Сергию, что на российском телевидении только одна программа до сих пор выходила в прямом эфире — «Новости» на «Первом». Было несколько минут пополудни. Отец Сергий уставился в экран.

На нём Екатерина Андреева рассказывала о том, что «Москва требует от Киева выполнения Минских договоренностей. По словам председателя госдумы Вячеслава Володина, Россия всегда будет защищать права жителей Донбасса и ждёт от Киева встречных шагов». В этом месте Екатерина замолчала. У неё закатились глаза, и её как будто разбил паралич. Нервно дёрнулся рот, из ноздри потекла струйка крови. Андреева изогнулась — отец Сергий отшатнулся от экрана, он видел такую пластику у людей всего однажды, в фильме «Экзорцист».

Судорога отпустила ведущую, она посмотрела белыми глазами прямо в камеру и страшно завыла.

Отец Сергий выключил телевизор. Несколько секунд он просто стоял, а потом подошёл к окну, ведущему на маленький балкон. Окна их скромной квартиры на пятом этаже выходили на Садовнический проезд — отец Сергий вышел на балкон и посмотрел вниз.

От метро «Новокузнецкая» в сторону «Павелецкой» ехал трамвай. Не доехав до ресторана «Простые вещи», трамвай резко затормозил. Послышалась стрельба, одно из боковых окон трамвая лопнуло. Из него даже не выпрыгнул, а вывалился мужик, пиджак его был изодран. Он пробежал пару метров, остановился и опустошил обойму пистолета внутрь трамвая. Затем, пошатываясь, пошёл в сторону Пятницкой, но не прошёл и пяти метров — упал, тело его стала бить такая же судорога, которую отец Сергий только что видел в прямом эфире «Первого канала».

Сергий посмотрел левее — от церкви Папы Климента по Новокузнецкой улице бежала толпа людей. Сотни, если не тысячи людей, которых гнала вперёд слепая паника и животный страх. Они падали, наступали друг на друга, кого-то начинали бить судороги. Заражённые сначала падали, а потом, оклемавшись, вставали и бросались на первых встречных с невероятной силой и яростью, разрывали их руками, грызли зубами...

Трамвай, ехавший со стороны «Павелецкой», перед перекрёстком не затормозил, а, наоборот, прибавил ходу и на полной скорости врезался в плотную толпу. Он сошёл с рельс, но сила инерции потащила его вперёд. Сметя примерно десяток людей — и заражённых, и ещё здоровых, трамвай боком въехал в летнюю веранду «Простых вещей», которую начали собирать ещё на прошлой неделе, когда в Москве окончательно установилась ясная и тёплая погода.

Пустыми глазами смотрел отец Сергий на происходящее. Он слышал крики, страшный вой заражённых, скрежет металла, выстрелы, взрывы, треск разгорающегося в кафе пожара.

Человек так устроен, что даже получив множество доказательств обратного, он всё равно не готов сразу принять страшную правду.

Отец Сергий вернулся в прихожую и взял телефон: пугливая и осторожная Марина делать ему это запрещала, но он всё равно иногда смотрел и расследования Навального, и стриминги других ребят из команды ФБК. Все они вызывали у отца Сергия огромное уважение. Он открыл YouTube и нажал на стрим — очевидно, это был экстренный выпуск.

Жора Албуров в кадре был без привычной цветной рубашки: напуганный, напряжённый, в чёрной футболке — он пристально глядел на стоящий перед ним планшет и одновременно говорил.

— Причин происходящего не знает пока никто. Очевидно, Москву поразил вирус или что-то в этом духе, но что это за... штука, и как именно она действует, какова природа происхождения — на этот вопрос нет ответа ни у властей, ни у независимых экспертов.

Жора сделал паузу, посмотрел в телефон и продолжил:

— Сотрудница русской службы «Би-би-си» Олеся Герасименко дозвонилась до пресс-секретаря президента Пескова, вот что она написала только что в своём «твиттере»: «Дозвонилась до Пескова. Он сначала просто кричал, а потом сказал «мы все умрём» и бросил трубку. Бля».

Албуров посмотрел в камеру. Отец Сергий вздрогнул, ему было непривычно видеть любимого ведущего в таком состоянии. Жора был бледный, его губы едва заметно дрожали.

— В официальных новостях пока нет ничего, но если верить видео в соцсетях, счёт жертв в Москве уже пошёл на сотни тысяч, если не на миллионы...

Отец Сергий разжал пальцы и позволил телефону упасть на пол. Смешная мысль пришла ему сейчас в голову — на улице, судя по тому, что он видел в последние минуты, происходил конец света. Тот самый, о котором он так часто говорил прихожанам на службах в своих проповедях. Тот самый, которого он должен был ждать и которому должен был радоваться как знаку скорого пришествия Спасителя. Но Сергий не радовался. Марины и Вали больше не было. Может быть, он и не верил никогда? Может быть, это была просто работа? Может быть, и бога нет? Скоро он это, очевидно, узнает.

Отец Сергий достал из кладовки топор — на прошлый день рождения матушка подарила ему набор столярных инструментов, который он собирался отвезти на дачу, но так и не отвёз. Ну хоть сейчас пригодится. Волоча острый топор на длинной рукоятке за собой, он вышел на лестничную клетку. С улицы доносились страшные звуки, но здесь в подъезде было относительно тихо и прохладно. Он прошёл все этажи сверху донизу, методично на каждом топором прорубая газовую трубу, идущую по стене подъезда.

Спустившись на первый этаж, он сел на подоконник. В джинсах, футболке и одном кроссовке он сидел рядом с фикусом, который растила на подоконнике консьержка. Сидел и ждал. За фикусом обнаружилась заныканная кем-то полупустая пачка сигарет и зажигалка.

Отец Сергий принюхался — кажется, концентрация газа в подъезде уже была достаточной. Он никогда в жизни прежде не курил, берёг здоровье. Прямо перед тем, как страшный взрыв разнёс его тело вместе со всем подъездом и большей частью дома на мелкие кусочки, он подумал — ну и зачем?

***

Новейший поезд метро «Москва-2020» вмещает в себя максимум 1490 человек. Не «комфортно» вмещает, а именно «как сельди в бочке». В то утро в сторону метро «Юго-Западная» состав, в который вошла Мила Бабочкина, сотрудница Дарвиновского музея, был забит почти полностью. Может, и не на все 1490 человек, но 1460 пассажиров в нём было точно.

40

Бабочкина вообще обычно ездила на работу через метро «Академическая» — оттуда до музея было идти быстрее и удобнее, но сегодня она ночевала у своего бойфренда на «Парке Победы», и логичнее было поехать на работу через «Университет», сделав пересадку с «Арбатской» на «Библиотеку имени Ленина». На эскалаторе она стояла на две ступени выше Вероники. Когда она услышала страшный крик укушенной девушки, Бабочкина даже думала снять на видео «очередную сумасшедшую в метро» для своего инстаграма, но, достав телефон, поняла, что опаздывает, и быстрым шагом пошла по эскалатору вверх, унося с собой вирус Михайлина.

На перегоне между «Кропоткинской» и «Парком Культуры» у Бабочкиной начались судороги. Кто-то из пассажиров нажал на кнопку связи «пассажир-машинист», кто-то — это же Москва — всё-таки достал телефон и начал снимать. Через три минуты после того, как вирус полностью овладел телом Бабочкиной, поезд было уже не спасти.

В поезде «Москва-2020» между вагонами нет дверей или перегородок. Ещё пара перегонов, и из 1460 человек в живых остались порядка 100.

Машинист Миронов, пытавшийся первое время игнорировать странные звуки, доносившиеся из салона, решил-таки открыть дверь и проверить, пустив заражённых пассажиров в кабину. Плотная волна москвичей влилась в тесную кабину, раздавив Миронова, и перелилась через окна в тоннель. Кто-то задел рычаг, и состав увеличил скорость. Поезд пролетел станцию и врезался на полном ходу в следующий состав. Не остановился и потащил его дальше по тоннелю.

Такая же судьба постигла в тот день ещё много поездов метро, которые врезались друг в друга, сходили с рельс, падали с метромостов из-за критического превышения скорости.

Если бы точкой входа вируса Михайлина в Москву не стала одна из самых загруженных станций московского метро, город точно бы уцелел. Наверняка удалось бы локализовать заразу, пожертвовать, может, одним из заражённых районов, установить карантин... Но роковое стечение обстоятельств и роковой укус мыши именно на «Арбатской» сделал гибель города неизбежной.

Москва умирала одновременно медленно, отчаянно цепляясь за призрачные шансы на спасение, и стремительно — скорость распространения вируса не оставляла никаких шансов.

Заразившиеся на эскалаторе пассажиры, разбежавшиеся с «Арбатской» на «Библиотеку имени Ленина», «Александровский сад» и «Боровицкую», унесли с собой заразу в поезда и на другие станции метро.

По всему городу в офисы, школы, детские сады, торговые центры и кинотеатры, госучреждения и больницы, церкви и техникумы приходили и приходили новые заражённые.

Все первые часы с начала эпидемии телевидение привычно молчало или врало. Никаких экстренных эфиров — только новости о стабильности и покое, в котором пребывает государство Российское. А вот интернет и радио начали сообщать о болезни практически с первых минут. Появились видео. «Коммерсант FM» и «Эхо Москвы», «Максимум» и «Наше радио», все главные онлайн-площадки — все наполнились сообщениями о страшном вирусе, о многочисленных жертвах и, что самое важное, о необходимости срочно закрыть двери и никуда не выходить.

Михаил Альбертович, старший управляющий партнёр в юридической компании «Эйдельман, Смирнов и Анисимов», услышал о вирусе по радио «Серебряный дождь», когда вышел в кухню налить себе кофе. Обычно этим занималась его секретарша Софа, но он не смог до неё докричаться, а выйдя из кабинета, увидел, что Софы нет на месте. Да и других сотрудников тоже.

Не дослушав сообщение радиоведущего, Михаил Альбертович побежал к машине. Его жена Лена была дома, да и она сама разберётся, а вот дети — Серёжа и Анфиса — были в школе. Михаил Альбертович сам отвёз их на занятие в частную гимназию в Сокольниках перед тем, как отправиться в офис. И сейчас он бежал к машине, повторяя про себя: «Только бы успеть, только бы успеть, только успеть, только, успеть, успеть».

Ехать было сравнительно недалеко. Его проворный Hyundai Genesis глотал километры до школы. Там, где дороги уже встали из-за аварий, Михаил Альбертович выезжал на тротуар — иногда даже не сбавляя скорости. На одном из поворотов ему под колёса прыгнул заражённый — он не нажал на тормоз. Кажется, он вспомнил как дышать, только когда остановил машину у ограды школы. Калитка была открыта.

Михаил Альбертович с большой симпатией относился к их школьному охраннику Володе. Насколько вообще такое можно сказать о сотруднике ЧОП, Володя был в чём-то даже интеллигентным человеком. Вежливым и дружелюбным по отношению к детям и строгим, хотя и корректным, по отношению к посторонним. Однажды Михаил Альбертович видел, как Володя одним ударом отправил в нокаут пьяного мужчину, пытавшегося с боем прорваться в школу (как потом объяснил директор, дело было в плохом разводе, и мужчина пытался забрать в обход решения суда свою дочку). После того случая Михаил Альбертович стал меньше волноваться за Серёжу и Анфису — в школе они были под надёжной защитой.

Володя стоял на четвереньках прямо за школьной калиткой и кого-то ел. Михаил Альбертович с ужасом узнал классную руководительницу из параллельного класса Серёжи. Её грудная клетка была разорвана. Володя огромной лапищей зачерпывал внутренности и засовывал их себе в рот. Михаил Альбертович закричал. Он понял, что опоздал. Понял, что ничего нельзя больше изменить. Побежал с криком на Володю. Покойный охранник вскочил неестественно быстро — правой рукой он вырвал Михаилу Альбертовичу сердце, а левой — схватил его за шею, притянул к себе и откусил ему ухо.

***

У здания госдумы молодая и уже подающая надежды общественная деятельница Екатерина Мизулина с удивлением смотрела на группу людей, как ей показалось, дравшихся, у выхода из метро «Охотный ряд». Её водитель тоже обратил на них внимание, бросил машину и, слегка придерживая молодую Мизулину за плечо, повёл к центральному подъезду.

Если бы вирусом Михайлина можно было заболеть лишь после укуса, может быть, депутаты госдумы и уцелели бы тем утром, но вирус передавался и воздушно-капельным путём. И его уже подцепил по дороге на встречу с Мизулиной корреспондент «Парламентского часа». Вместо того, чтобы поздороваться с подъехавшей с опозданием Мизулиной, он чихнул на неё кровью. Оскорблённая в лучших чувствах Екатерина поспешила скрыться в здании, сказав на прощание неудачливому корреспонденту пару неприятных слов. По случайности, или, может быть, то была судьба, первым встреченным ей в Думе человеком стал депутат Валуев.

Загляни где-то в районе 14:00 случайный прохожий в здание государственной думы, он увидел бы, что зал заседаний залит кровью и завален телами и, вероятно, встретил депутата Валуева, которому образ страшного зомби неожиданно пришёлся к лицу. Благодаря своему спортивному прошлому он оказался единственным «выжившим» и теперь ходил по опустевшему зданию на Охотном ряду в поисках новых жертв.

Наверное, в каком-то смысле это была типичная история. В девяностых фармацевтический гигант Pfizer в поисках лекарства от стенокардии случайно изобрел «Виагру». Почти тридцать лет спустя институт, возглавляемый профессором Михайлиным, в поисках лекарства от смерти создал самый страшный вирус в истории. Эффективный. Непобедимый. Смертельный.

Но на каждого москвича, убитого вирусом — не важно, реанимированного им после или так и оставшегося лежать, — приходилось по десять, а то и двадцать убитых паникой. Москвичи топтали друг друга в метро, на вокзалах и аэропортах, на улицах и в переулках. В страшных давках гибли десятки тысяч...

За считанные часы вирус уничтожил город как достижение цивилизации. Как место, где можно было рассчитывать на помощь, как место, в котором существует иерархия, закон и порядок.

По привычке многие граждане поначалу вызывали скорые, тем самым лишь помогая распространению болезни — не сумев помочь заражённым, врачи заболевали сами и разносили заразу дальше. То же самое происходило и с другими экстренными службами города — с пожарными и с полицейскими. Последние пытались защитить и других, и себя, но никакой автомат, а уж тем более пистолет не справлялся с толпой заражённых.

Отец Сергий был не единственным, кто в тот день решил забрать с собой на тот свет как можно больше соседей. В большинстве случаев такие самоубийцы делали это из соображений гуманизма — чтобы избавить людей от страданий и мучительной смерти. Но какими бы мотивами ни были продиктованы их действия, результатом были сотни, а скоро и тысячи пожаров, которые запылали по городу. И которые некому было тушить.

Вообще-то автомобилисты должны были быть самой защищённой группой москвичей, но радио за рулём слушали далеко не все. И когда то там, то тут на дороги стали выбегать заражённые, любопытные водители стали открывать двери и выходить из машин — проверить, что происходит. Число ДТП начало расти в геометрической прогрессии. Буквально спустя три часа после начала эпидемии город встал в пробку, равных которой не мог припомнить никто.

***

Форма жала, настроение у Тони было паршивое, а тут ещё эта грёбаная жара. В автозаке, в котором ей с напарником сегодня нужно было перевозить на допрос заключённого, сломался кондиционер. Тоня изнывала.

Она сидела в салоне для конвоя на неудобной скамейке и смотрела на заключённого. Вообще-то гонять автозак ради одного заключённого было делом странным — так обычно не делали, особенно если надо было вести на допрос. Но следователь настоял.

По правилам, пока двое её коллег — Кирюха и Лёня — не сели обратно в автозак, она никуда выйти не могла. Даже открыть дверь на улицу, чтобы было не так жарко — даже это запрещали строгие правила. «При транспортировке заключённых один из сотрудников ФСИН обязан всегда находиться в транспортном средстве, а о любой непредвиденной остановке необходимо уведомить старшего по рации». Хоть по рации никого вызывать не надо —

их остановка была, по сути, не остановкой, они даже не начали движение, когда Кирюха вспомнил, что забыл поссать, и со словами «я сейчас быстро» выскочил из машины. Лёня сказал, что раз и так ждём, то он покурит, и не успела Тоня и слова сказать, как она осталась в автозаке одна. С заключённым. Без кондиционера. Блять.

Тоня выругалась в полголоса. Лефортово было не простым изолятором, это был следственный изолятор ФСБ. Раз Лефортово, значит, «политический», подумала Тоня. Оглядев сидевшего в автозаке мужчину, про себя она брезгливо добавила: «предатель небось, или шпион».

Заключённому на вид было хорошо за семьдесят. У него была опрятная белая борода, но по его лицу было заметно, что в Лефортово он провёл уже не один месяц: впалые глаза, посеревшая кожа. Поймав взгляд конвоирши, он молча уставился на свои колени.

Тоня встала и ещё раз выглянула в зарешёченное оконце в двери автозака. Она видела, как в паре метров докуривал Лёня, параллельно болтая с кем-то по телефону. Ну куда же подевался Кирюха, это просто невыносимо! Она села обратно на лавку и достала телефон.

Инстаграм для Тони был главным источником спокойствия, её любимым и самым психологически важным собеседником. За иконкой приложения для Тони открывался идеальный мир — максимально непохожий на тот, в котором она была вынуждена жить. В этом мире не было ни бедности, ни болезней, ни СИЗО, ни заключённых. Тоня очень долго и тщательно отбирала, на кого подписаться, и в результате её лента состояла исключительно из красивых мужчин и женщин, разнообразных зверей — от милых котиков до экзотических японских летучих белок — и путешествий по местам, о которых Тоня даже никогда не слыхала.

Сейчас Тоня хотела поскорее спрятаться в этом мире. Хоть на пять минут.

Но не успела она об этом даже подумать, как в дверь что-то стукнуло. Тоня аж подпрыгнула от неожиданности. Конвоируемый поднял голову и прислушался. Тоня посмотрел в окно как раз в тот момент, когда Лёня со всей мочи приложил Кирюху лицом о дверь автозака. Тоня моментально забыла про инстаграм — её глаза мстительно загорелись: она ненавидела Лёню, который сначала к ней бесконечно приставал, а, получив сотый, кажется, отказ, начал над ней издеваться. Вот теперь у неё есть возможность отомстить. Драка! Да ещё и при исполнении! Мысленно Тоня уже начала писать рапорт.

Лёня всё ещё держал Кирюху мёртвой хваткой и, очевидно, собирался протаранить его головой автозак ещё раз, когда внимание Тони привлекла странная деталь: глаза у Кирюхи были совершенно белые и сам он был весь...

Тоня потерялась, пытаясь подобрать нужное слово... Как будто одеревеневший. Неживой как будто. Кирюха повернул голову и укусил Лёню. Точнее, не укусил — выдрал кусок мяса из Лёниного подбородка. От боли и удивления конвоир разжал хватку и сделал шаг назад, а Кирюха — Тоня не верила своим глазам — бросился на него и зубами стал рвать Лёнину шею... Она застучала по стеклу изнутри, закричала «Кирилл, остановись, остановись!!!».

Кирюха, точнее то, что при жизни было Кирюхой, повернуло голову на звук. Вперило молочные глаза в автозак, принюхалось, а потом повернулось обратно к поверженному врагу и продолжило его есть.

***

Главный редактор телеканала Russia Today Маргарита Симоновна Симоньян бродила по своему кабинету, как тигр в клетке. Офис одной из главных российских пропагандисток был оформлен в пастельных тонах. Просторный, с длинным (не таким длинным как «у начальника», но всё-таки) столом для переговоров, с окнами «в пол», он смотрел на Боровую улицу.

Маргарита волновалась, она не знала, что делать. Это было для Симоньян нехарактерное состояние: вопреки молве, она не была глупой. Напротив — умной, циничной и бесконечно хитрой. В каждой ситуации она могла найти способ заработать — будь то политические очки или деньги. Из каждой ситуации она знала как минимум три пути отхода. Из каждой, но не из этой.

Офис Russia Today пусть формально, но был офисом новостной организации. Что сотрудники RT делали

47

с информацией и новостями дальше, было делом другим, но в семиэтажное здание на Боровой улице стекались именно факты. И Симоньян последний час вместе с другими сотрудниками с ужасом наблюдала за репортажами Reuters, AP и AFP, не говоря уже о видео, которые из разных районов Москвы присылали её собственные корреспонденты. Она всё уже поняла и про вирус, и про угрозу городу и его жителям, но команды давать правду в эфир не было, а значит, все ресурсы RT молчали и продолжали работать так, как будто ничего не происходит.

Сейчас Маргарита кляла себя за то, что она задержалась на совещании и поздно увидела новости: её помощнице было строжайше запрещено прерывать её регулярные зумы с куратором из администрации президента. Что бы ни случилось, надо дождаться завершения. Ну вот, блин, дождалась.

Сейчас бежать было поздно. Точнее даже так — бежать самостоятельно Маргарита не могла. Когда её важный зум закончился, кроме новостей Маргариту ждали ещё 44 неотвеченных вызова от Тиграна. Уведомление о них она увидела даже раньше, чем чудовищное видео со станции метро «Выхино» — приславший его сотрудник в пояснительном сообщении написал, что насчитал на кадрах больше 340 трупов... И часть из этих трупов после смерти поднялись снова...

Чертовщина какая-то.

Она перезвонила Тиграну. Перекрикивая шум мотора, какой-то странный грохот и непрекращающиеся гудки автомобилей, Тигран кричал:

— Я еду. Мчу! Никуда не уходи! Я уже почти приехал!

Ей это было приятно. И она действительно услышала звук мотора его Rolls-Royce — звук этот с другой машиной перепутать было абсолютно невозможно. Она подошла к окну: в этот раз Тигран не стал парковаться, он просто свернул с Боровой на небольшую тропинку, ведущую ко входу в серо-зелёное здание. Попутно смял стоянку самокатов и остановил машину только у самого входа.

Хлопнула дверь. Маргарита не видела, что произошло дальше. Не увидела. Но услышала крики.

Постояв секунду у окна, она вышла в ньюсрум и приказала всем ещё оставшимся на этаже сотрудникам немедленно идти домой. Это было жестоко, она сама это понимала, но она также понимала, что если от зомби-апокалипсиса (Симоньян смотрела фильмы и читала книги, она отлично знала, что именно происходило сейчас на улицах Москвы) не спастись сразу, его необходимо переждать.

На седьмом этаже было два вендинговых автомата. Плюс у её помощницы были запасы печенья к чаю. Может быть, у кого-то в столах найдутся бутерброды. Месяц как-нибудь проживу. Я выживу, думала Симоньян. Не дождётесь. Такие, как я, всегда выживают.

В ньюсруме не было окон, а в сообщения новостных агентств или в видео очевидцев новость о смерти Кеосаяна ещё не попала. Собственно, кроме неё самой на этом этаже никто и не знал, что она выгнала людей на верную смерть.

Симоньян закрыла на ключ дверь на лестничную клетку. Потом вызвала лифт и, приложив некоторые усилия, заблокировала его, наполовину задвинув внутрь кабины письменный стол.

Что ж. Теперь она была одна. Она обеспечила себя едой. Чуть попозже, когда она немного выдохнет, она попробует сделать себе запасы воды, налив в пустую оборотную тару, сложенную в кладовке, воду из-под крана. И будет ждать. Она обязательно выживет. Вероятно, её хорошо — пусть и поспешно — продуманный план мог сработать. Если бы она не забыла про Рубена.

Рубен был новеньким, он пришёл на RT на прошлой неделе работать осветителем. Когда его коллег выгоняли из офиса на верную смерть, Рубен сидел в туалете и, скрючившись на унитазе, играл на телефоне в танчики. Когда он осторожно вышел, этаж был уже пуст, только издалека доносились пыхтение и приглушённый мат: Маргарита с трудом двигала к лифту письменный стол. Он снова достал телефон, но на этот раз открыл твиттер. Немного почитал.

Рубен неслучайно работал в сорок лет осветителем: человеком он был ленивым и неамбициозным. Но так же, как и хитрая Маргарита, он смотрел в своей жизни много фильмов о зомби-апокалипсисе. Даже, вероятно, много больше, чем она. И он тоже понимал, как важно сделать запасы. Поэтому, когда Маргарита вернулась в свой кабинет, он тихонько подпёр дверь снаружи стулом. Снэки из вендинговых аппаратов — это хорошо, это лучше, чем ничего. Но если ждать придётся долго, думал Рубен, нужно заранее обеспечить себе источник белка.

***

Ася до сих пор никак не могла решить, какой глагол ей необходимо использовать для описания «облачения себя в ростовой костюм мыши».

Формально Ася мышь на себя «надевала», но поскольку мышь была огромной, а Ася — миниатюрной, можно было сказать, что она скорее внутрь костюма забиралась. Как Рипли в робот-погрузчик в третьем «Чужом».

Процесс этот был сложный и неприятный — внутри костюма пахло потом и сигаретами, — но делать было особенно нечего. Асе отчаянно нужны были деньги, и если ради них нужно было по шесть часов подряд в костюме Мыши зазывать посетителей в сувенирный магазинчик на Старом Арбате, торгующий всякой псевдо-русской туристической ерундой, ну, значит, надо работать Мышью. Что тут поделаешь. За смену Ася получала чуть меньше двух с половиной тысяч, кроме того, ей разрешалось оставлять половину наличных, полученных от желающих с ней сфотографироваться туристов или подвыпивших москвичей.

Сейчас забираться в мышь Асе приходилось впопыхах — она немного опоздала, и её непосредственный начальник Вадим довольно строго ей выговорил: «В мыше ходить большого ума не надо! Ещё раз опоздаешь, уволю к свиньям и узбека возьму!» Асю угроза напугала. Наверное, она могла найти сейчас и другую подработку, но на это всё равно надо было тратить время, а она старалась каждую свободную минуту использовать на любой кастинг или прослушивание. Всё что угодно, чтобы её заметили.

Ася приехала в Москву из Александрова. С лёгкостью — что бывает далеко не так часто — поступила в учи-

50

лище имени Щепкина и даже получила место в общежитии. Собственно, она опоздала сегодня потому, что вчера они с однокурсницей Кристиной ходили на очередную бессмысленную премьеру (и последующую вечеринку) какого-то третьесортного фильма. Кристина объясняла, что делать это необходимо и что это «нетворкинг». Асе казалось, что Кристина путает «нетворкинг» и «блядство», но ссориться с подругой не хотела и терпеливо ходила с ней смотреть чудовищное кино и пить дешёвое шампанское.

Ася вышла из подсобки в костюме, неся в руках огромную мышиную голову. Ей отчаянно хотелось курить. Она видела, что снаружи у магазинчика курит Саид, её напарник в костюме тигра. Ася было двинулась к нему, чтобы стрельнуть сигарету, но Вадим строго сказал «давай работать иди». Она послушно надела мышешлем и вышла на Старый Арбат.

Ростовыми куклами работали в первую очередь трудовые мигранты — в общем, приветливые ребята. И поскольку голова Мыши была непрозрачной, «коллеги по профессии» регулярно говорили Асе при встрече «Салам алейкум». Быстро поняв, что объяснять дело долго (а время — деньги), Асе пришлось научиться убедительным мужским (пусть и немного высоким) голосом отвечать «Ва аллейкум ас салам, брат». Так было проще.

Ася огляделась. Саид докурил сигарету почти до фильтра и уже собирался надеть голову тигра, когда на Старый Арбат выбежали первые заражённые.

Они бежали стеной от метро «Арбатская». Ася не сразу поняла, что происходит, а когда поняла, что надо бежать и спасаться, поскользнулась и упала между двумя лотками с ушанками и матрёшками. Заражённые накатили на неё и Саида волной. Напарника они, раздирая на части, унесли с собой. Ася видела, как какая-то женщина с мясистыми руками и белыми глазами оторвала Саиду ногу.

Примерно в это же время волна заражённых, ввалившаяся на улицу со стороны «Арбатской», встретилась у театра Вахтангова с заражёнными, выбравшимися со станции «Смоленская». На Арбате образовалось подобие человеческого смерча. Или роя человеко-пчёл, состоящего из заражённых, их зубов, оторванных конечностей, крови, мяса. Смерти.

На лоток, за которым пряталась Ася, упал грузный мужчина. Она чуть отползла в сторону, попыталась встать, споткнулась о чей-то труп, снова упала и потеряла сознание.

***

К вечеру 31 мая Москва потеряла почти девять миллионов человек. Вчера ещё полный жизни город за несколько часов превратился в поле постапокалиптической битвы. В пространство бесконечной смерти и страданий. Казавшиеся вечными и непоколебимыми институты, на которых, по мнению многих, и держалась земля русская, были за пару-тройку часов сметены миллионами заражённых.

Страна давно уже осталась без президента — губернатор Тамбовской области Александр Валерьевич Никитин оказался Владимиру Владимировичу не товарищем и во время доклада в Кремле отгрыз ему голову. Александр Валерьевич сделал то, о чём мечтал много лет назад Митя — в несколько прыжков преодолел длинный стол, отделявший его от бессменного президента РФ, и с наслаждением надкусил ему шею. Сотрудники ФСО, прибежавшие на истошные крики, конечно, застрелили мятежного губернатора, но было уже поздно. Впервые за двадцать лет власть в России сменилась. В каком-то смысле органичным для сути этой власти образом. Но для Москвы это было уже абсолютно неважно.

Как неважным было и то, что в километре от Кремля погибли обитатели Лубянки. Страшное ФСБ исчезло ровно так, как когда-то случайно предсказал Корней Иванович Чуковский.

После инцидента с безумным мужиком, который пришёл на Лубянку 19 декабря 2019 года, вопрос безопасности штаб-квартиры ФСБ был пересмотрен, и все правила усовершенствованы. Поэтому, после того как ФСБ получило первые сообщения о непонятных и кровавых событиях в московском метро, входы и выходы здания на Лубянке были закрыты. Законсервированы.

За бронированными дверьми и зарешеченными окнами люди в сером почувствовали себя в полной безопасно-

52

сти. И, вероятно, всё бы могло для них обойтись лёгким испугом, если бы прямо перед тем, как двери окончательно закрылись, в здание не забежал молодой следователь. Вчера он обмывал повышение, проснулся с тяжёлым похмельем и поехал на работу на метро, решив не искушать судьбу и не садиться не протрезвевшим за руль. Вместе с запахом перегара он принёс на работу и вирус Михайлина.

«Волки от испуга скушали друг друга», — писал Корней Иванович. Так и произошло, и было это малоприятным зрелищем. И было это, честно говоря, уже тоже неважно.

***

Первый час после возвращения домой Костя и Сева провели почти в полном молчании, сидя на широком подоконнике в кухне. Каждые пять минут, а иногда и чаще, Костя писал в семейный чат.

Папа, ты где?

Мама, где ты?

Вы в порядке?

Мы дома

Мы волнуемся, когда вы придёте?

Мам?

Пап?

Отзовитесь!

...

Сначала сообщения никто не читал. Потом они перестали отправляться.

Костя долго собирался и наконец, со слезами на глазах, спросил у Севы:

— Как ты... Думаешь, они в порядке?

— Надеюсь. Да... Мама обещала сегодня прийти пораньше... Может она где-то спряталась и пережидает. Может быть она уже в подъезде? Давай подождём.

Размышления брата немного успокоили Костю. Но сам Сева волновался, наверное, даже больше, чем его младший брат. Он помнил, что папин офис находится в самом центре, где-то между «Павелецкой» и «Новокузнецкой». Машину они продали ещё год назад — папа очень радовался тому, что из его жизни исчезли проблемы парковки, траты на бензин, техобслуживание и КАСКО, — а значит, думал Сева, ехать домой он должен именно на метро. Ведь, кажется, такси в зомби-апокалипсис не ездят.

А что в метро?

А что в центре?

Этими мыслями делиться с Костей он не стал. Братья просто продолжили сидеть на широком подоконнике и смотреть в окно. В него они видели, как гибнет их город. Как со стороны станции метро хлынула волна заражённых. Как на огромной скорости прямо в толпу влетела полицейская машина. Сева был уверен, что она «разрежет» толпу как нож масло, но она забуксовала в телах. От удара о людскую массу стёкла в машине разбились — двое до смерти перепуганных полицейских попытались выбраться и сбежать, но их поглотила толпа заражённых. Звуки сирены утонули в страшных криках, рычании и вое.

— Сева, Сева, смотри! Смотри скорее!

В голосе Кости уже звучал не страх, а нотки истерики. Он протянул Севе телефон.

— В YouTube... кто-то стрим ведёт...

Сева не хотел смотреть. Кажется, первый раз в жизни он думал, что вокруг происходит что-то важнее видео на YouTube, и немного сердился, что Костя его дёргает с каким-то там стримом.

— Да смотри! Какой-то чел сидит в башне в Сити и сверху показывает.

Раздражение Севы улетучилось. Он взял телефон и повернул его так, чтобы и Косте было видно.

Стример стоял на одной из смотровых площадок — он снимал город сверху, и никакого оконного стекла на видео не было.

Людей с такой высоты было не разглядеть, зато отчётливо было видно, как то тут, то там что-то взрывалось. Камера дёргалась, когда стример резко переводил её с одного взрыва на другой. Часть города заволокло страшным чёрным дымом с желтоватым оттенком.

Костик провёл пальцем по экрану, и их кухню наполнил чужой возбуждённый голос.

— ПИЗДЕЦ! ПИЗДЕЦ! Я нихуя не понимаю, что происходит... просто горит, взрывается. Не забудьте поставить...

В этом месте стример запнулся. Он хотел сказать дежурную и уже ставшую автоматической фразу про «лайк и подпишитесь на канал», но в последний момент понял, что она, вероятно, потеряла актуальность.

Сева выключил звук. Комментарии постороннего сейчас показались ему лишними. Он и так понимал, что происходит именно пиздец. Он продолжил держать телефон, но отвернулся, чтобы посмотреть в окно. В эту секунду Костя закричал «смотри, смотри!», и Сева снова посмотрел на экран смартфона.

Камера была направлена чуть вниз и вбок — в кадр попали два самолёта. Это были большие пассажирские лайнеры, летевшие на совершенно нехарактерной для такого рода машин высоте. Они очевидно пытались забраться повыше, но что-то мешало каждому из них. Мальчишки заворожённо следили за тем, как один из самолётов вдруг поднял нос практически вертикально...

— Да он...!

— Штопор!

— ...сорвётся!

Сева с Костей закричали почти одновременно. Но самолётик справился, нос его опустился, он лёг на правый борт. Сначала это выглядело как начало манёвра, но тут самолёт сделал в воздухе «бочку». Один переворот, другой. С каждой секундой он терял высоту, пока не рухнул на жилой квартал у реки. Звук Сева обратно так и не включил, поэтому они не слышали страшного взрыва, но на видео сумерки наступающей ночи прорезал ослепительный свет.

Камера снова повернулась и поймала в фокус второй самолёт. Его пилот, казалось, видел, что стало с его товарищем. Он вёл борт вверх плавно, без резких движений, самолёт набирал высоту. Камера смотрела на него сейчас практически вертикально снизу.

Вдруг что-то сверкнуло. Сева с Костей одновременно вскрикнули — в двигатель самолёта попала ракета, и он взорвался. Видео продлилось ещё секунду и экран потух.

Костя опустил телефон.

— Там же люди были… И стример этот… умер?

Сева не нашёлся что ответить. Наверное, сейчас ему было уместно заплакать, но он не мог. Шок от происходящего вокруг был так велик, что он как будто онемел. Ему казалось, что он перестал чувствовать своё тело — и это не он сидит на подоконнике, а какой-то другой мальчик, и Сева на этого мальчика просто смотрит со стороны. Смотрит про него кино.

Вдруг бахнуло совсем рядом. В доме через дорогу взорвался целый этаж. Дом был не новый — это была типовая многоэтажка, и после взрыва по фасаду побежала внушительная трещина. На асфальт посыпались осколки стёкол и куски бетона. Трещина добежала до последнего этажа, и от дома отвалился кусок. Севе показалось, что кусок этот был размером с квартиру с балконом. Он зажмурился. Плотно закрыл глаза, досчитал до трёх, открыл их снова. Ничего не изменилось.

Они сидели, обнявшись. Обессиленный Костя в какой-то момент уснул, прислонившись к оконной раме. Сева сходил в комнату за пледом и накрыл брата. Он ещё немного посмотрел в окно, раздумывая, не стоит ли попробовать перенести Костю если не на его кровать, то хотя бы на диван в гостиной. Наверное, стоит.

Но он сделает это потом. Сейчас же Севе очень хотелось наконец дойти до входной двери — последний час ему казалось, что он слышит какой-то странный звук, доносящийся с лестничной клетки. Пока Костя не спал, он боялся его оставлять и боялся брать с собой — вдруг там что-то страшное. Он посмотрел на спящего Костю и аккуратно вышел из кухни.

В прихожей было темно, тихо и уютно пахло их верхней одеждой. Привычными запахами повседневной любимой жизни. Сева не стал включать свет — наверное, так будет лучше видно. Он аккуратно отодвинул с прохода брошенные ими впопыхах кроссовки, вплотную прижался к двери и посмотрел в глазок.

Яркая лампа освещала коридор перед их квартирой. В коридоре стояла мама. Голова её была неестественно запрокинута, она с шумом вдыхала ноздрями воздух. Принюхивалась.

Резко и неестественно, как у куклы, голова её повернулась к двери, она посмотрела на Севу белыми незрячими глазами. Ещё раз с шумом втянула воздух, сделала два шага в его сторону и принялась царапать ногтями дверь в квартиру.

Глава 3

Тоня лежала на полу автозака и плакала. Она посчитала — уже вторые сутки она была заперта с заключённым. Только что пошёл 25-й час.

Первый день тянулся в невыносимой, скользкой духоте. Ночью стало ненадолго полегче, но уже к 11 утра летнее солнце нагрело автозак до такого состояния, что Тоне казалось: ещё чуть-чуть, и она не вынесет, расплавится, растечётся по полу лужицей. Это была не баня — она чувствовала себя так, будто кто-то большой и злой запекает её живьём в духовке. Точнее, запекает «их».

Тоня бросила взгляд на старика — он привалился к стене и тяжело дышал. Всё это время они не разговаривали. Он не начинал первым, а Тоня в принципе не желала с ним говорить. И дело было даже не в разнице статуса — сейчас она меньше всего думала о том, что она сотрудник ФСИН, а он — в клетке. Просто в первую очередь Тоню интересовало происходящее за окном, а не её случайный товарищ по несчастью.

Вчера, когда она оправилась от первого шока, Тоня подошла к окну: она видела, как мёртвый Кирюха разорвал и съел Лёньку. Потом он побежал куда-то в сторону проходной. Минут десять Тоня и заключённый сидели в полной тишине, и Тоня уже думала приоткрыть дверь, когда на автозак обрушилась волна людей. Тоня с криком отскочила вглубь машины: от метро «Лефортово» шли, бежали, ковыляли сотни, нет — тысячи людей. У всех, как у Кирюхи, были страшные белые глаза. Они рвали всех, кого встречали на пути. Автозак страшно трясло, и Тоня ужасно боялась, что сейчас безумная толпа его опрокинет, или кто-нибудь откроет снаружи дверь и всё... Но толпа не задержалась, обогнула автозак и пошла крушить дальше.

Прошло ещё около часа, и Тоня устала стоять и смотреть в окно. Она легла на пол автозака и стала слушать звуки, доносившиеся снаружи. Много кричали. Она слышала выстрелы. Ближе к вечеру за окном послышался рёв танковых моторов и скрежет гусениц. Тоня встала посмотреть, но, видимо, танки шли по Солдатской улице где-то в ста метрах от выезда из Лефортово. Далеко. Не видно. Тоня снова легла.

Она не заметила, как уснула, а когда проснулась, рядом снова стреляли, кричали и плакали, и снова Тоня слышала страшный нарастающий звук бегущей толпы.

Второй раз Тоня проснулась рано утром — автозак наконец остыл, но в нём всё равно отчаянно не хватало воздуха. Тоня с тревогой посмотрела на старика в клетке — если ей тяжело дышать, то как же он? А если помрёт? Это соображение было в первую очередь о её, Тонином, комфорте — он помрёт, начнет пахнуть, начнёт разлагаться на жаре... Сама мысль о том, что пожилой человек может умереть от жары, Тоню не смущала. Она редко думала о других. Другие могут о себе позаботиться сами, а вот о Тоне, кроме самой Тони, не позаботится никто. С раннего детства она усвоила себе это правило, и только оно, как ей казалось, и помогло ей выжить и выбраться.

Ха! Выжить и выбраться, чтобы умереть вот так глупо — в автозаке, на жаре, от духоты.

Она подошла к двери и посмотрела на улицу — вокруг никого не было. Через небольшое окно Тоня видела кусочек улицы, видела тела — их стало так много, что она больше не могла разглядеть в общей куче именно Лёньку. Но вроде бы никакого шевеления. Она аккуратно приоткрыла дверь.

Её спасло чудо. Или, может, первобытный инстинкт, который подсказал ей, что надо захлопнуть дверь в тот же момент, пока она приоткрыла её лишь на сантиметр. И Тоня захлопнула. Одновременно с этим в автозак врезался заражённый. И ещё один. И ещё один. За несколько минут вокруг машины собралась внушительная толпа.

Следующие несколько часов Тоня и старик сидели в тишине. С каждой минутой становилось всё жарче и жарче. Тоня несколько раз подходила посмотреть в окошко — толпа потеряла к ним интерес и разбрелась в разные стороны. Ей всё равно было страшно даже подумать о том, чтобы открыть дверь. Но если не открыть, они тут испекутся… Она. Она тут испечётся живьём. Тоня снова повторила про себя спасительную мантру: «Тонины проблемы решит только Тоня. Тоня справится сама, Тоне никто не нужен».

— Простите, что вы сказали?

Тоня не заметила, как произнесла последнюю фразу вслух. Она смутилась. Обернулась, чтобы ответить, но старик продолжал.

— Тоня — это вы? Вас так зовут?

— Сержант Матвеева меня зовут, — к Тоне вернулся её рабочий «ментовской» голос. Колючий. Жесткий. Специально лишённый какой-либо человечности. — И я тебе говорить со мной не разрешала. Сиди молча.

Старик посмотрел на неё с лёгким недоумением и потянулся. Он встал и вплотную подошёл к решётке.

— Сержант Матвеева, вы, конечно, формально всё ещё сильнее меня: я в клетке, а вы — нет… У вас на поясе электрошокер и пистолет. Я же — абсолютно безоружен. Стар. В каком-то смысле немощен. — Старик сделал паузу, но не отвёл взгляда от Тони. — Но не кажется ли вам, что сейчас эти обстоятельства потеряли прежнюю значимость?

Он говорил спокойно и сдержанно. У него был приятный голос, чем-то он был похож на голос телеведущего Николая Дроздова. Такая же приятная интонация.

— Вчера утром я был заключённым, а вы — конвоиром. Но с тех пор наш мир несколько изменился, вы не находите? И, быть может, сейчас самое время как-то пересмотреть наши с вами отношения? — Он снова сделал паузу. — В конце концов, нас обоих, как я понимаю, в скором времени ждёт неминуемая смерть. Либо мы медленно умрём здесь, в автозаке. Я умру заключённым, а вы — моим конвоиром… Но, знаете, смерти от обезвоживания и термического шока будет, в сущности, на такие формальности наплевать — она заберёт нас обоих.

Старик смотрел на Тонину реакцию, а она молчала. Растрёпанная, потная, в расстёгнутой форменной рубашке она стояла и молча его слушала, и понять по её лицу, о чём Тоня думает, было абсолютно невозможно. Она просто смотрела на Старика стеклянными глазами.

— Либо же вы откроете дверь, и тогда мы умрём с вами быстрой смертью. Вполне возможно, мучительной, но тем не менее быстрой. Так стоит ли нам цепляться за рудименты былых иерархий и вам продолжать настаивать на вашем доминирующем формальном статусе?

Тоня чуть стиснула зубы, её подбородок подался вперёд. Ей показалось, что Старик нарочно дразнится — вот тупая, слов его сложных не поймёт, сразу её на место поставил. Но Тоня не была тупой. Она действительно не знала значения его последних сложных слов, но она очень хорошо поняла их смысл. Старик был прав. Но признавать этого Тоне не хотелось. Не хотелось, чтобы она вдруг оказывалась для него бессмысленной дурочкой, которой можно вот так несколько слов умных сказать, и она побежит уже приказы его выполнять.

— Ну или я тебя пристрелить могу. Сам же говоришь — пистолет у меня, а ты в клетке и безоружный.

Она почти вплотную подошла к решётке и теперь смотрела Старику прямо в глаза. Чувствовала неприятный запах из его рта — от обезвоживания. У неё, наверное, так же гадко пахло. Неважно — она отмахнулась от неожиданной и неуместной мысли.

— На это что скажешь? Как тебе такой вариант?

— Да, вы можете меня пристрелить. Убить безоружного старика — это несложное решение, если принять его однажды. Но думаю, вы этого не сделаете.

Старик говорил медленно, казалось он даже не говорил, а размышлял вслух.

— Во-первых, и эта мысль, я уверен, вам уже пришла в голову: тело моё в такой жаре довольно быстро станет пахнуть, и находиться с моим трупом для вас станет физически невозможно. Во-вторых, и об этом, мне кажется, вы не подумали: выстрел в железной комнате, коей является наше с вами пристанище, будет слышен на много десятков метров вокруг. Как колокол.

Старик замолчал и посмотрел Тоне прямо в глаза.

— А что бы ни было снаружи, я почти уверен, что его или их привлекают именно громкие звуки.

****

Они шли с мамой, папой и Костиком к озеру и только что свернули с открытой части дороги и оказались в лесу.

Севе всегда особенно нравился именно этот короткий миг — когда из-под солнца и с пыльной дороги заходишь под ёлки. Ну и сосны там всякие. И тебя обволакивает прохлада и какой-то особенный зеленоватый свет, пробивающийся через ветки, листья и хвою.

Сева замер, чтобы насладиться моментом.

Впереди что-то оживлённо объяснял Костику папа. Мама молча шла чуть позади. Сева специально немного отстал, чтобы посмотреть на свою семью издалека. Какие они классные, как он рад, что он часть этой семьи.

Мама на ходу обернулась — проверить, что Сева не потерялся — и улыбнулась ему.

Единственное, чего отчаянно не хватало для полной идиллии — собаки. Вот если бы вокруг них по кустам носился, например, корги! Вот тогда бы всё было совсем роскошно. Тогда бы мир был в равновесии.

Сева поспешил догнать маму. Раз папу занял Костя, может быть, они с мамой о чем-то поболтать успеют спокойно. Он сделал шаг вперёд и проснулся.

Он вспомнил весь вчерашний день во всех его страшных подробностях: зомби, погибающих у них на глазах людей, самолёты... маму... Все эти воспоминания обрушились на Севу одновременно. Он моргнул, но не заплакал.

Сева не помнил, как лёг спать, но хорошо помнил, как ещё несколько раз подходил к дверному глазку посмотреть... Мама не возвращалась. Он помнил, как сидел потом у окна и смотрел на пожар в доме напротив, а вот как разделся, надел пижаму и забрался в кровать — он не помнил.

Рядом, крепко прижимая к груди Плюшевого Лиса Семёна, сопел Костик — должно быть, он ночью пришёл и как обычно забрался к брату под бок.

Когда мама только сказала им, что они переезжают в новую квартиру, мальчишки возмутились.

— Это вас с папой бесят трещины в потолке, обои отлипшие, плитка треснутая, — серьёзно говорил Костик родителям. — А нам с Севой тут абсолютно нормально, это наш дом, нам другого не надо.

Мама с папой даже удивились — они были уверены, что мальчики обрадуются — новая квартира, да ещё и с собственными комнатами... Сева попытался объяснить, что они отлично живут вдвоём, что привыкли ночью просыпаться и слышать дыхание друг друга, что Костя боится грозы и всегда, когда на улице только слышны первые раскаты грома, прячется у старшего брата в кровати.

Но Сева довольно быстро свыкся с идеей собственной комнаты. Более того, он начал находить в ней неожиданные плюсы — он объяснял Костику, что в его возрасте иногда бывает важным иметь собственное пространство, в котором ты можешь закрыть дверь, желательно на замок. Костю перспектива закрытой двери всерьёз рассердила, но в конце концов они пришли к компромиссному решению: Сева будет закрывать дверь лишь в исключительных случаях и только после того, как они с Костей вместе посмотрят прогноз погоды и убедятся, что никакой грозы не планируется.

Сева посмотрел на брата, а затем аккуратно выбрался из кровати, стараясь не шуметь. Это на самом деле, подумал он, было бессмысленно — Костя спал сном школьника, который не могли потревожить ни чудовищные крики за окном, ни новые взрывы, собственно, и разбудившие Севу. Он аккуратно подошёл к окну и отодвинул занавеску — в самом конце улицы куда-то деловито полз танк.

Танк сминал перед собой машины. Вот он врезался в автобус. Точнее, не врезался, а просто переехал его и пополз дальше.

Иногда башня танка поворачивалась, и он стрелял, но куда именно, из окна их комнаты Сева не видел. Наверное, по заражённым. Как бы в ответ на его догадки улицу заполнил страшный хриплый вой — на танк ринулась толпа.

Как муравьи, нашедшие летним днём леденец, заражённые облепили бронированного монстра. Очевидно, броня надёжно защищала экипаж, но танк больше не мог двинуться с места, забуксовал. Он наматывал заражённых на гусеницы и крутился на месте, превращая пяточок асфальта в кровавое болото.

Танк сделал четыре полных оборота вокруг своей оси, а затем замер, только башня его изредка поворачивалась. Экипаж не сдавался и продолжал стрелять, но, поскольку нападавшие были совсем рядом, стрельба эта была бесполезна — снаряды попадали только в жилые дома.

Наверное, раньше Сева бы так и застыл, поражённый этим страшным и увлекательным зрелищем, но сейчас битва танка с зомби ему наскучила, и он пошёл на кухню. Дверь в родительскую спальню была открыта, и он остановился: папа вчера уходил из дома последним, поэтому кровать была, разумеется, не заправлена.

Сева стоял и молча смотрел на спальню, на привычные родительские вещи, сложенную аккуратно на спинке стула мамину домашнюю одежду. Сейчас он ещё не был готов переступить порог и поэтому развернулся и пошёл на кухню.

Просторная, она была залита светом. После крошечной кухоньки их съёмной квартиры, к которой так привык Сева, новая казалась по-настоящему огромной, а Сева в ней — маленьким и потерянным.

Он подошёл к холодильнику, открыл его и замер. Ему не приходила в голову мысль о том, что холодильник может оказаться местом ещё более интимным, ещё более набитым воспоминаниями о внезапно потерянной жизни, чем родительская комната. Вот папин салат с тунцом, который он вчера приготовил специально для Костика — это было любимое блюдо брата. Вот мамин суп. Его, Севы, кусок вкусного сыра в фольге. В контейнере последний недоеденный кусок бабушкиного «Наполеона», открытая бутылка вина, которую не допили папа с мамой...

Сева почувствовал ком в горле, обжигающие слёзы, готовые политься ручьём. Он с силой захлопнул холодильник так, что внутри зазвенели бутылки.

За окном что-то опять взорвалось. Взрыв был не очень сильным, но в окнах задрожали стёкла, и Сева испугался. Он аккуратно подошёл к окну — в корпусе напротив загорелась ещё одна квартира. Видимо, это в ней что-то взорвалось, потому что сразу из четырёх её окон валил чёрный дым, а асфальт во дворе был усыпан свежеразбитым стеклом.

Сева закрыл глаза. Пожар был, с одной стороны, не в их доме, с другой, думал он, если его никто не будет тушить, а тушить его очевидно некому, значит, он может и до них добраться? Это была страшная мысль, и он понял, что сейчас у него нет сил об этом думать. Он развернулся и пошёл в душ.

В их семье не было принято стыдиться слёз, но Сева всё равно не очень любил, чтобы кто-то видел, как он плачет. Папа, который когда-то и объяснял маленькому Севе, что для мужчины плакать это нормально, а те, кто говорят обратное — дураки и не лечатся — предложил ему лайфхак. Укромное место, в котором можно всегда спокойно поплакать. И сейчас Сева стоял в душе и горько рыдал.

Он делал это довольно тихо, почти беззвучно. Сева плакал о маме и папе, о неслучившемся лете, о том, что жизнь больше не будет прежней и понятной, и впереди только страшное и неизвестное. Он плакал о том, что детство, с которым он совсем не собирался прощаться, вдруг внезапно закончилось. Когда тебе плохо, горячий душ очень помогает — этому тоже научил его папа. Сева подставил лицо воде, давая ей смыть солёные слёзы.

Он не услышал, как в ванную тихо зашёл Костик. Зашёл и присел на закрытую крышку унитаза.

— Сева, ты плачешь?

— Да, Котичек, — Сева сглотнул подкатившие с новой силой слёзы.

Котичек было детское имя Кости. Когда мама с папой принесли десять лет назад к ним домой пищащий кулёк, Сева ещё не очень хорошо выговаривал букву «С», поэтому брата он сначала называл Котя или Котик, вызывая бурное умиление у любого оказавшегося рядом взрослого. Имя прижилось, и теперь в минуты особой нежности Костя для всех становился Котичком.

— Вылезай, давай вместе плакать.

Сева выключил воду. Из-за занавески Костя протянул ему полотенце. Сева не стал вытираться, а просто промокнул лицо, обмотал полотенце вокруг таза и одёрнул занавеску.

Костя казался сейчас ещё меньше обычного — потерянный маленький мальчик. Его брат. Его ответственность. Его семья.

Они обнялись, сели на пол ванной и заплакали. Точнее, плакал сейчас больше Костик, а Сева его обнимал и что-то говорил. И слёзы тихонько капали из его глаз на Костину макушку.

***

Метро сыграло в гибели Москвы решающую роль. Именно от станций на бульвары, площади и улицы города впервые попали заражённые, и благодаря тому, что метро ежедневно пользовались миллионы жителей, из вестибюлей в город заражённые выходили не по одному, а толпами. Выплёскивались из дверей человеческими волнами, сметавшими на своём пути всё живое.

На Арбате, в районе поворота в Староконюшенный переулок, встретились две таких волны — одна состояла из пассажиров со станции метро «Смоленская», вторая же неслась ей навстречу от «Арбатской». Сейчас, чуть меньше суток спустя, место, где встретились эти две толпы, выглядело как промышленная мясорубка, в которую кто-то шалости ради бросил ручную гранату.

Мостовую Арбата и асфальт переулка покрывали тела, выбитые зубы, ногти, руки, ноги... Какой-то страшный, рождённый вирусом, инстинкт гнал заражённых не просто убивать и пожирать каждого встречного — своих жертв они рвали на куски. Не кусали или царапали, а именно рвали. Непосредственно же в месте, где две толпы впервые столкнулись и где потеряла сознание Ася, сейчас громоздилась гора тел и останков.

Ася пришла в себя уже несколько часов назад, но только ближе к шести вечера ей удалось наконец выбраться из-под горы трупов. От жары и трупного смрада она несколько раз теряла сознание, но всё равно не сдавалась.

Ася очень осторожно поднялась на ноги и огляделась.

Она вбирала в себя окружающую реальность молча. Во-первых, ей нужны были все доступные силы, чтобы не блевануть. Просто сдержать в себе всё. Не захлебнуться. Во-вторых, какое-то внутреннее чутьё подсказывало Асе, что именно сейчас надо вести себя максимально тихо. Просто на всякий случай.

«Меня спас костюм». Это была первая мысль, посетившая Асю, когда она только пришла в себя. Идиотский розовый костюм Мыша, которого она стыдилась, который был для неё вечным символом неудачи, невозможности состояться — именно он спас её от обезумевших людей. Прямых тому доказательств у Аси, конечно, не было, но она была жива, и она не заразилась. Тоже ведь доказательство.

Она сделала глубокий вдох и поняла — если она сейчас же, сию же секунду не снимет «голову» Мыши, она сойдёт с ума. Ей нужен был хотя бы один глоток воздуха.

Ася огляделась по сторонам — она была на Арбате одна. Насколько она могла видеть, больше на главной туристической улице Москвы не шевелилось ничего. Даже голубей не было видно. Она аккуратно сняла «голову» костюма и сделала глубокий вдох. Это было довольно идиотским решением, но понимание этого пришло к Асе поздно, когда её уже отчаянно и громко рвало на мостовую. Без «головы» Мыша в нос Асе ударил запах — видимо, внутри костюма он чувствовался всё-таки не так остро. Трупный запах, запах пожара, запах фекальных масс и мочи — запах страшной смерти миллионов людей.

Ася в панике огляделась — не привлекла ли она чьего-то внимания? Нет, всё спокойно. Она надела голову обратно и медленно пошла в сторону «Смоленской».

Идти было сложно — на сотни метров в любую сторону Арбат был скользким от крови. Три раза Ася поскальзывалась и падала, но вставала и шла дальше. В нескольких местах кровь собралась в довольно крупные лужи, и их обойти было как раз просто, но в других — запекшаяся, она покрывала брусчатку толстым слоем.

У здания театра Вахтангова Асе пришлось буквально вжаться в противоположную сторону улицы — театр пылал, и жар от пожара, особенно в костюме, был невыносим.

Ася перестала смотреть по сторонам, в костюме для этого нужно было поворачиваться всем телом, и это было попросту неудобно. Она смотрела вперёд и под ноги — главное, не попасться никому на глаза, главное, не упасть и не свернуть себе шею. Ася прошла мимо памятника Пушкину и Гончаровой и остановилась.

Выход с Арбата на Садовое был заблокирован страшной аварией. Со стороны здания МИД на пешеходную улицу въехали три бронетранспортёра — видимо, они преследовали толпу, которая бежала от «Смоленской». Все здания вокруг были в дырках от крупнокалиберных пулемётов. В домах не было ни одного целого окна. БТРы, очевидно, двигались на большой скорости, и прямо на углу с Денежным переулком, у «Макдональдса», первый из них столкнулся с грузовиком, пытавшимся вырваться переулками на Новый Арбат.

Ася прошла ещё немного вперёд, чтобы рассмотреть аварию поближе. Путь был полностью перекрыт. Можно было попробовать перелезть через мёртвые машины, но делать этого она не стала. Ася повернула направо, собираясь по переулкам выйти к Новому Арбату, и замерла.

От метро к ней шла заражённая. Это была женщина непонятного возраста — её лицо сейчас представляло собой одну сплошную рану, и невозможно было понять, двадцать ей или восемьдесят. В тёмных брюках и когда-то белой блузке она выглядела, как продавец-консультант из магазина бытовой техники.

Женщина шла в сторону Аси, но, кажется, её не видела. Ася сделала шаг назад, и женщина остановилась — прислушалась. Ася замерла. Заражённая неестественно запрокинула голову, потом опустила её и начала медленно поворачиваться и принюхиваться. Между ними было едва несколько десятков метров.

Ася сделала ещё один аккуратный шаг назад — голова женщины резко повернулась, и она бросилась в её сторону. В панике, совершенно не отдавая себе отчёта в том, что она делает, Ася сделала ещё один шаг, но не назад, а вбок. Этот шаг и спас ей жизнь. Заражённая добежала ровно до того места, где стояла Ася, остановилась и снова стала принюхиваться.

Если бы Ася захотела, она могла дотянуться до заражённой рукой. Костюм действительно её спасал — он маскировал Асин запах, а видели заражённые, видимо, не очень хорошо. Ася не знала, сколько ещё она сможет простоять неподвижно, когда заражённая вдруг издала громкий хрип и забилась в конвульсиях. Она упала. Ася с ужасом смотрела, как чудовищные судороги крутят тело женщины. Как только заражённая затихла, Ася бросилась бежать.

Плевать на безопасность, плевать на всё — Асю гнал вперёд страх, которого прежде она не испытывала никогда в жизни. Она бежала вперёд по арбатским переулкам, перепрыгивая через трупы погибших, которые лежали то тут, то там, протискиваясь между навсегда застрявшими автомобилями, поскальзываясь, падая и снова вставая.

Ася бежала и бежала, наугад поворачивая из одной улочки в другую, пока не оказалась в Чистом переулке. Рядом с аккуратным, выкрашенным в жёлтый цвет особняком она остановилась.

Особнячок стоял чуть вдали от дороги за красивой кованой оградой. Ася облокотилась о стену — она еле дышала, ноги болели, и главное — она вдруг поняла, что ей отчаянно нужно найти туалет. Прежде чем она сможет сделать что-то или даже о чём-то подумать, ей очень нужно простого человеческого «пописать».

Это было новой проблемой, требующей отдельного осмысления. Ничто не мешало Асе снять костюм и присесть прямо в Чистом переулке рядом с аккуратным особняком — людей вокруг не было, да и соображения приличий или воспитания сейчас, рассуждала Ася, абсолютно не актуальны. Хочет кто-то посмотреть, как она писает — да ради бога. С другой стороны, сняв костюм — а это был единственный вариант, расстегнуть его было невозможно — она останется беззащитна перед заражёнными.

Риск был слишком велик, а значит, Асе надо найти безопасное место. С дверью, которую можно закрыть на замок, и с туалетом. Ася огляделась — чуть вниз по переулку виднелась вывеска «Азбука Daily». Там, подумала она, наверняка есть туалет для сотрудников. И запирающаяся дверь.

Впереди переулок перегородил длинный чёрный лимузин с затемнёнными стёклами и флагом России на капоте. Водитель, видимо, не рассчитал то ли скорость, то ли габариты, выезжая из кованых ворот, и врезался в дом напротив.

Обойдя машину справа, Ася увидела, что кто-то из находившихся в ней людей пытался убежать — задняя пассажирская дверь была открыта. Спастись этому кому-то, правда, не удалось — в паре метров от лимузина лежало растерзанное тело. Ася прошла вперёд, стараясь поскорее уйти подальше от ужасного зрелища, но обо что-то споткнулась.

Она опустила глаза — на тротуаре лежала оторванная голова седого пожилого мужчины, в котором Ася узнала патриарха Кирилла. От неожиданности она вскрикнула. Несмотря на то, что последние часы её жизни были наполнены самыми страшными ужасами, почему-то именно сейчас она особенно остро осознала собственную беззащитность. Если целый патриарх, у которого охрана, бронированный лимузин, у которого власть безграничная и деньги — если даже его ничто не спасло, то что станет с ней? Она одна среди всего этого ужаса. Одна. В костюме розовой мыши.

Впервые у Аси навернулись на глаза слёзы. Она злобно пнула оторванную голову и пошла вперёд, к вывеске и заветной двери.

До магазина оставалось буквально несколько метров, когда Ася услышала топот. В этом месте переулок слегка изгибался, и она не сразу увидела, что происходит, а когда увидела, Ася бросилась изо всех сил вперёд, к стеклянной двери, ведущей в магазин.

Со стороны Пречистенки к этой же двери бежал человек. Он был одет в камуфляжные штаны и белую футболку, всю запачканную кровью. Вряд ли военный — скорее охранник какого-то местного заведения. Но бросилась к двери Ася не из-за мужика — сразу за ним в переулок хлынула толпа заражённых.

Мужик бежал из последних сил и уже почти достиг цели, но Ася успела забежать в магазин первой. Забежать и закрыть за собой дверь. Даже если бы она не сделала этого, несчастный охранник всё равно бы не успел спрятаться — как только Ася захлопнула дверь, волна заражённых врезалась в него и впечатала в дверь. Ася стояла за толстым стеклом и видела, как заражённые буквально за минуту расправились со своей жертвой. Дети, мужчины, женщины и старики — как стая гиен, они разорвали человека на части.

Она оцепенело смотрела перед собой. Пусть стекло было толстым, но это всё равно было стекло — сейчас оно треснет, сейчас её съедят. Но заражённые не ломились в дверь, не стучали кулаками и не пытались её открыть. Закончив с охранником, теперь они просто стояли. Прошло немного времени, и некоторые из них стали отделяться от толпы и расходиться в поисках добычи. Другие же так и остались стоять и смотреть незрячими глазами перед собой, периодически принюхиваясь.

Чуть придя в себя, Ася прошла внутрь магазина. Она была уверена, что встретит здесь людей, но магазин был пуст. Она быстро нашла служебный туалет, и пусть ненадолго, на пару мгновений, жизнь её стала легче и приятнее.

***

Когда Костя открыл холодильник и нашёл салат, он даже не стал перекладывать его в тарелку. Просто залез с ногами на подоконник и начал есть прямо из салатницы. Сева же сварил себе овсянки и сейчас сосредоточено её ел.

Странное какое оказалось дело, думал Сева, сколько раз я думал, что вот вырасту, буду жить один, буду есть сладкое сколько угодно — на завтрак, на обед и на ужин. Начинать день с тарелки мармеладных мишек! А вот сейчас некому мне сказать «нельзя есть сладкое на завтрак», могу что угодно съесть, а ем кашу. Овсяную.

В кашу капнула слеза, и Сева замотал головой. Больше сейчас плакать нельзя, надо придумывать, что им с Костей делать дальше.

Электричество есть, вода есть. Даже горячая. Пока есть. Когда-нибудь и, кажется, уже довольно скоро, это всё может исчезнуть. Как исчез интернет — Сева проверял. Ни интернета, ни телевидения. Их, подключенный к трёмстам телеканалам, большой новый телевизор показывал только белый шум. Единственным источником информации для них оставался вид из окна. Сейчас, после завтрака им с Костей надо будет составить список всей еды, которая у них есть. И, может быть, набрать воды? Ну, на всякий случай.

Костин голос отвлёк Севу от важных размышлений.

— Сев, Сев, иди сюда!

Сева поднял глаза и посмотрел на Костю. Рукой брат показывал ему куда-то вверх. Из-за стола то, на что указывал Костик, было не рассмотреть, и Сева нехотя подошёл к окну.

В доме напротив на восьмом этаже на балкон вышла женщина. Она была растрёпана и в халате. Женщина держала в руке бокал вина. Залпом его осушив, она бросила его с балкона, мельком взглянула вниз, схватилась обеими руками за перила и громко закричала:

— Боря! Боренька! Довольно прятаться, иди домой!

Двор молчал.

— Боренька, я жду тебя, пожалуйста, возвращайся! Я дверь оставила открытой!

И снова тишина. Костя дёрнул Севу за рукав, но брат не отреагировал. Почему-то эта немного нелепая сцена казалась ему очень страшной. Как будто это было начало чего-то ужасного, что сейчас непременно случится.

— Боря, Боря, Боря, Боря!

Женщина повторяла имя то ли мужа, то ли сына, как заведённая. Не останавливаясь и не понижая голос. На балкон этажом ниже вышел мужчина. Он повертел головой, нашёл источник звука, но вместо того, чтобы закричать что-нибудь типа «да заткнись ты уже», посмотрел во двор и со всей дури заорал:

— Катя, Катюша, я здесь! Иди домой, Катя!

Сева с Костей наблюдали, как всё новые и новые люди выходили на балконы. Их было не очень много — может быть, пара десятков. Мужчины, женщины, дети, старики и старушки. Уже невозможно было разобрать, кто из них звал кого — в отчаянном многоголосии имена не вернувшихся домой терялись и тонули.

Костя отчаянно сжал Севину руку. Ему вдруг стало очень страшно от этих криков, от голосов, от ощущения истерики. Он хотел что-то сказать, когда та самая женщина, звавшая Борю, оттолкнулась двумя руками от балконных перил и бросилась вниз.

Сева вскрикнул.

Один за другим люди, вышедшие и звавшие своих, все они бросились вниз. Сева и Костя слышали, с каким влажным хрустом падали их тела на выложенный плиткой тихий двор. Ещё одно тело упало прямо под их окном — видимо, прыгнул кто-то из квартиры выше. И ещё. И ещё.

Братья молча отошли от окна. Есть больше не хотелось. Костя дрожал, но не плакал. Он посмотрел на Севу:

— Сева, почему они все прыгнули, почему? Это что, какая-то страшная магия? ...страшно...

У Кости не было сил больше говорить, и он просто обнял большого Севу и спрятался у него на плече от ужаса, происходившего за окном. Сева крепко прижал к себе брата. Ему тоже было страшно. Он тоже не знал ответов на Костины вопросы.

Глава 4

Дело было не в том, что размышления Старика убедили Тоню отказаться от «рудиментов былых иерархий» или она преисполнилась состраданием к его преклонному возрасту и тяжёлому положению. Нет. Всё было значительно проще: в автозаке биотуалет находился ровно под скамьёй конвоируемого. Так что вот так — ничего личного, исключительно рациональное решение.

Когда она открыла дверь клетки, он осторожно сделал несколько шагов вперёд — так ходит кот, которого принесли в новое для него место и только открыли переноску.

— Отвернись, — скомандовала Тоня, и Старик отвернулся.

Он вытянул руки над головой во всю длину, потянулся, потом достал руками до носков. Повторил это несколько раз и лишь после этой короткой разминки подошёл к двери и посмотрел в окно.

Снова потянулись часы. Тоня засыпала, а Старик всё стоял и смотрел. Он не произнёс ни слова с момента, как Тоня открыла дверь клетки.

Когда Тоня вынырнула из беспокойной дрёмы — сном это было всё-таки сложно назвать — Старик продолжал стоять и смотреть в окно, как будто так и не пошевелившись ни разу за прошедшие несколько часов.

Тоня лежала и смотрела на эту странную фигуру у окна. Старик был высоким. Если смотреть со спины, его возраст был совсем не заметен — очевидно, в прошлом он занимался каким-то спортом: хорошая осанка, широкие плечи. Восемьдесят прожитых им на свете лет становились очевидны, лишь когда собеседник видел его лицо, седую бороду, морщины и, главное, — глаза. Серые-серые глаза.

— За что тебя?

Тоня решила, что если уж надо вступать с заключённым в разговор, то начать имеет смысл с самого очевидного и, наверное, важного вопроса. Старик впервые отвернулся от окна и посмотрел на Тоню с интересом. Он улыбнулся, как будто именно этого вопроса он и ожидал от Тони.

— Статья 275-я Уголовного кодекса, государственная измена, то есть — совершённые гражданином Российской Федерации шпионаж, выдача иностранному государству, международной либо иностранной организации или их представителям сведений, составляющих государственную тайну, доверенную лицу или ставшую известной ему по службе, работе, учёбе или в иных случаях, предусмотренных законодательством Российской Федерации.

Глядя на удивлённое выражение лица Тони, Старик поспешил добавить:

— Не удивляйтесь. У меня фотографическая память. Когда ко мне в Лефортово впервые пустили адвоката, он дал мне почитать статью УК, по которой меня обвиняют, вот я и запомнил.

Тонино лицо посерьёзнело. Ну да, так она и думала — предатель. Изменник! А ещё выглядит так мило, как будто-то дедушка чей-то, а на самом деле на врагов работал. Тонино представление об изменниках родины было сформировано советским кинематографом — другого она почти и не смотрела никогда — и в её голове слово «предатель» причудливо рифмовалось с чем-то вроде «фашистская гадина». Но вот только на гадину, а уж тем более фашистскую, этот дружелюбный старик совсем похож не был.

Тоня села на лавке, а Старик зашёл обратно в клетку, сел и прислонился к стене. Кажется, многочасовое стояние у окна его всё-таки утомило. Тоня не успела даже задать вопрос, а Старик уже продолжил объяснения.

— Я изучал сусликов.

Тоня не сомневалась, что паузу после этих слов Старик сделал специально, чтобы насладиться её реакцией.

— В смысле сусликов?

Суслики с госизменой, и тем более с «фашистской гадиной» никак не вязались. В деревне, где Тоня выросла, суслики водились в больших количествах — в детстве она очень любила следить за ними. Но как именно они могли представлять собой гостайну, Тоня не могла себе даже представить.

— Я понимаю вашу реакцию, Антонина.

Сержант Матвеева терпеть не могла, когда её называли Антонина. Она хотела гаркнуть на Старика, но впервые с момента их встречи она не сделала этого на автомате — «Да откуда ему знать», — и поправила его даже как-то мягко:

— Тоня. Лучше Тоня.

Старик кивнул и продолжил:

— Я действительно посвятил жизнь изучению берингийский длиннохвостых сусликов. Их ещё называют американскими сусликами или «евражками». Это удивительные животные, и в их организме скрыт ключ к межзвёздным путешествиям.

В этом месте Тоня окончательно потеряла нить повествования, но Старик, видя, как удивление на её лице сменяется раздражением, поспешил объясниться.

— Не удивляйтесь, пожалуйста, и простите мне это маленькое представление — это обычная реакция, и мне, признаюсь, очень нравится смотреть, как люди, далёкие от моей науки, реагируют на слова о межзвёздных сусликах.

Старик улыбнулся, но ответной реакции от Тони не получил.

— На самом деле всё абсолютно рационально и значительно более прозаично: дело в том, что берингийские суслики большую часть жизни проводят в спячке. И это совсем не простая спячка — они, по сути, балансируют между жизнью и смертью. Такое, подобное анабиозу, состояние, в котором они дышат лишь раз в минуту, а их сусличьи сердца бьются с частотой пять раз в минуту. Примерно каждые две-три недели они ненадолго «оживают». Знаете, когда в лютые морозы автовладельцы иногда спускаются к своим машинам и заводят их, чтобы мотор не замёрз? Они никуда не собираются ехать, просто поддерживают двигатель в рабочем состоянии. Так же и мои суслики: находясь, по сути, в спячке, они иногда «оживают». На сутки температура их тела повышается, они начинают подёргивать во сне лапами, но по-прежнему не едят и не пьют.

Старик сделал паузу, чтобы откашляться. Тоня поймала себя на том, что ей стало интересно, и она слушала и не перебивала. Рассказ о сусликах не имел никакого прикладного значения, но позволял ей хоть немного отвлечься.

— Так вот, я изучал именно эту особенность. В вопросах путешествий к другим планетам расстояния играют огромную, ключевую роль! Взять хотя бы наиболее похожую на Землю — как считают астрономы — планету Kepler-438b. Её открыли совсем недавно. Может быть, на ней есть жизнь, но расстояние до неё огромно — 340 световых лет. Простой человек не может пережить полёт на такое расстояние, но вот если бы человек умел впадать в спячку, как умеют это делать берингийские суслики, то подобные путешествия могли бы стать реальностью! Изучением этого процесса я и занимался всю жизнь...

Старик замолчал. Лицо его погрустнело, и Тоне показалось, что он грустит не потому, что за окном конец света, а он заперт в автозаке со своей конвоиршей, а потому что скучает по сусликам, которых точно больше никогда не увидит. Впервые Тоне стало его немного жаль. Старик откашлялся и снова заговорил, только теперь чуть тише. И грустнее.

— Всю жизнь я отдал науке. Я занимался своими исследованиями почти полвека, и никогда никому не было до меня никакого дела. Меня арестовали дома...

— Задержали.

— Простите?

— Вас «задержали» дома. Арестовать может только суд.

— Действительно... — Старик посмотрел на Тоню с лёгкой улыбкой, и сержант Матвеева не увидела в ней насмешки, которой там и не было. — Спасибо, Тоня, фотографическая память или нет, но в юридической терминологии я, признаюсь, не очень силён.

Старик замолчал и уставился в стенку автозака.

— Так что, вот так просто вязли и задержали? — Тоне хотелось продолжения.

— Да. Без предупреждения, без повестки или каких-то звонков, просто вломились рано утром ко мне в квартиру, напугали пса... Увезли меня сюда, в Лефортово. Адвокат объяснил — уже потом, уже после того, как я провёл в камере неделю, — что мои исследования стали «ретроспективно секретными». Кто-то использовал мои открытия в секретном проекте, и вот — я с вами в автозаке. Что это был за проект, кому понадобились мои суслики — ничего не знаю.

Тоне нечего было сказать. Она не сомневалась в том, что Старик говорит правду — сложно было выдумать настолько фантастическую историю, а в то, что кому-то из «фейсов» понадобилось выполнить план по «госизменникам», и они взяли первого рядом лежащего, она была готова поверить без труда. От «фейсов» никогда ничего хорошего нельзя ожидать. Никому.

В автозаке становилось всё жарче и жарче, утреннюю прохладу на улице сменило палящее солнце, и Тоня вся внутренне сжалась от мысли, что ещё немного, и она снова окажется в этой чудовищной духовке. Надо было что-то делать.

Тоня подошла к двери и выглянула в окно. Со вчерашнего вечера, когда она смотрела наружу последний раз, ничего особо не поменялось. Всё так же на асфальте лежали груды тел, ветер доносил откуда-то клубы дыма, но, очевидно, пожар был далеко, потому что дым был не густым. Старик встал рядом с ней, сейчас голос его звучал сухо и деловито.

— Я наблюдал за происходящим вокруг всю ночь. Я учёный, это моя работа — анализировать факты и пытаться найти закономерности. И вот что я могу сказать: очевидно, что в Москве наступило то, что в кино называют «зомби-апокалипсис». За ночь я видел примерно дюжину заражённых — кто-то проходил мимо, кто-то стоял рядом. Я видел достаточно, чтобы прийти к кое-каким выводам.

Старик рассказывал коротко и понятно, не засыпая Тоню мудрёными терминами и сложными словами — ей это нравилось. Из его объяснений она поняла: зараза, которая обрушилась на Москву, убила всех. Но лишь часть заражённых умерла сразу — остальные превратились в «зомби». Он использовал именно это слово.

— Как-то странно притворяться — наша культура давно придумала определение живому мертвецу, и как бы дико оно ни звучало для нас в повседневной жизни, это наша с вами новая реальность.

Но зомби, продолжал Старик, это тоже не финальная стадия. Очевидно, зараза — Старик предположил, что это вирус — запускает в человеческом теле особый цикл: смерть, возрождение, стадия невероятной агрессии, новая смерть, новое возрождение.

— Стадия агрессии, которую мы с вами наблюдали, очевидно, забирает все возможные силы у заражённого организма, и если он не может пополнить их немедленно, он умирает. Но вирус не даёт ему умереть окончательно и насильно «запускает» организм заново. Чем более изношенным он был на момент смерти и чем меньше питания — очевидно, белкового — он получает в промежутках между фазами, тем короче эти промежутки становятся. И в какой-то момент организм больше не может перезапускаться и умирает окончательно.

Тоня кивнула. Она тоже видела из окна, как некоторые заражённые падали на землю в конвульсиях, так что объяснения Старика звучали для неё разумно. Но оставался вопрос:

— Так а делать мы чего будем?

Старик отошёл от окна и сел на Тонину лавку. Она хотела сказать что-то жёсткое, просто по привычке, автоматически, но сдержалась. Старик думал. Тоня села с ним рядом и молча ждала, что он скажет дальше.

— Я совсем не знал своего отца.

Старик сделал паузу, а Тоня посмотрела на него с недоумением: это-то тут причём? Она вот тоже не знала, и слава Богу!

— Он умер, когда мне было два года, и «отцом» мне стал мой научный руководитель в университете. Он не только сумел увлечь меня биологией, он во многом объяснил мне, как жить, научил меня, показал своим примером... Рудольф Сергеевич всегда говорил: если принятие решения неизбежно, не стоит его откладывать. У него даже была математическая формула, которая строгим языком науки очень наглядно объясняла, что чем дольше ты откладываешь принятие решения, тем больше появляется факторов, которые могут негативно влиять на конечный результат.

Старик встал и подошёл к окну. Он внимательно оглядел всё доступное взору пространство и, не найдя ни одного заражённого в поле зрения, повернулся к Тоне:

— Если мы останемся здесь, мы умрём. Если мы попробуем выйти — мы тоже, скорее всего, умрём. Умирать от бездействия, умирать безвольно и побеждённым я не хочу. Для меня пришло время рискнуть. Вы со мной?

Он посмотрел Тоне прямо в глаза:

— Вы не помните, где ключи от автозака? Их ваш напарник взял с собой, или они так и остались в зажигании?

Тоня помнила, она отлично это помнила, потому что сама не раз отчитывала Лёньку за это абсолютно очевидное нарушение должностной инструкции: уходя покурить или по каким-то другим своим делам, он всегда забывал взять с собой ключи.

— В зажигании!

В голосе Тони прозвучала надежда. Она поняла, что именно хочет предложить Старик. Он протянул ей руку, и сейчас голос его звучал уверенно и решительно.

— Тогда выбор очевиден: нам надо выбраться и попасть в кабину нашего с вами автозака.

Происходящее сейчас за окном было похоже на массовое помешательство. Люди кончали с собой, прыгая с балконов. Зачем? Может, это так на них воздействовал вирус? Сева не имел ни малейшего понятия, но если эта неведомая хрень представляет опасность для них, то надо обезопаситься от неё чем скорее, тем лучше.

Они плотно задёрнули шторы. Костик включил кондиционеры во всех комнатах. Они сели в гостиной, включили «Плейстейшн» и до самого позднего вечера играли вдвоём в FIFA, выкрутив звук так, что Севе порой казалось, будто они с братом правда на стадионе. На пару часов мир за окнами просто перестал для них существовать, и мальчики были ему за это очень благодарны.

В этот раз первым уснул Сева — он просто вырубился с джойстиком в руках. Костя бережно укрыл брата пледом, выключил приставку и телевизор и пошёл бродить по квартире. Пока Сева спал, Костик опасался отдёргивать занавески и уж тем более открывать окна — что, если там происходит что-то ещё более страшное? Он сделал себе чай и теперь сидел в тёмной кухне и думал.

Мыслей было так много, что ему сложно было сконцентрироваться. Севина идея отвлечься и поиграть очень помогла ему успокоиться и собраться, но всё равно, когда он взял чашку с чаем, то заметил, что рука его дрожит.

«Кита надо есть по кусочкам». Когда Костя услышал эту фразу впервые, он ужасно рассердился и расплакался. По рассказам мамы — сам Костя тогда был совсем маленьким и сейчас уже эту историю не помнил — он налетел на папу с кулаками. «Нельзя китов есть, киты добрые!» — плакал Костя.

Когда ему было три года, они с семьёй отдыхали в Испании и плавали на маленькой лодочке в китовом заповеднике у испанского острова Гомера. Костя само путешествие не помнил, а вот фотографии маленького себя, смотрящего с маминых рук на кита, плывущего рядом с лодкой, помнил и очень любил. Уже позже, прямо перед тем, как он пошёл в школу, первым фильмом, на который они сходили в кино всей семьёй, для Кости стали «Океаны». Фильм так впечатлил его, что вплоть до второго класса он на любимый взрослыми идиотский вопрос «кем ты хочешь стать, когда вырастешь» отвечал «морским биологом».

Так вот. Тогда, в его детстве, папа совсем не рассердился и объяснил, что на самом деле это выражение совсем не про настоящих китов — так говорят, когда на пути встречается огромная сложность или дело, которое кажется совершенно неподъёмным. Как кит. Тогда это большое дело надо разделить на много маленьких и начать делать их — шаг за шагом. Кусочек за кусочком. И так сразу всё получится.

Сидя в пустой тёмной кухне, Костя подумал, что пришло время есть кита. Раз он не может сейчас придумать, как решить их самую большую проблему — а Костя не сомневался, ответ на этот вопрос не знает не только Сева, но и все взрослые, оставшиеся в Москве, — то надо разделить её на несколько маленьких и начать решать их. Несмотря на то, что ему было ужасно страшно даже об этом думать, Костя понимал, как важно им с Севой узнать, что же именно происходит снаружи. От этого напрямую зависела их безопасность.

Он собрался с духом, встал, отдёрнул штору в окне на кухне и встал на подоконник — так ему была видна большая часть двора. Он насчитал 14 тел. Это были те из их соседей, кто поддался общей истерии и прыгнул. Костя с ужасом смотрел на изломанные тела, на кровь, испачкавшую их классную детскую площадку. Квартира, которая загорелась утром, выгорела целиком, но удивительным образом огонь не пошёл дальше — четыре чёрных окна на девятом этаже хищно смотрели на Костю из темноты.

Костя слез с подоконника и пошёл к другому окну, из которого утром они видели танк. Танк стоял на прежнем месте, но люк его башни был открыт. Поскольку вокруг всё было и так завалено телами заражённых, невозможно было определить, сумел ли кто-то из экипажа спастись или же они так и остались лежать в этой открытой братской могиле. Косте было очень страшно смотреть на танк и тела, ему хотелось поскорее задёрнуть занавеску. Но раз уж он решил сделать это дело, то он доведёт до конца.

За те десять минут, что Костя смотрел на танк и окрестности, на улице никто не пошевелился. Иногда моргал уличный фонарь, но он и в обычное время так делал. Необычным же было другое обстоятельство — за все десять минут Костя не увидел ни одной птицы, хотя раньше на их улице бесконечно встречались и голуби, и воробьи, и вороны, а сейчас — пустота и тишина.

Наконец он задёрнул занавеску. Теперь надо было посмотреть из окна в спальне родителей. Оно смотрело на другую сторону дома. Может, там Костя увидит что-то важное?

Идти в родительскую комнату очень не хотелось, не хотелось думать о них, чувствовать запах, который они оставили после себя... Костя тихонько заплакал, но всё-таки пошел. Переступил порог спальни, вдохнул запах — папина классная туалетная вода, которой он всегда брызгался, если ему предстояла важная встреча. Древесный, немного терпкий запах — Косте он так нравился, что в дни папиных встреч он особенно часто старался его обнимать, чтобы нанюхаться вдоволь. Мамин крем для рук, запах их дыхания, который не выветрился ещё из комнаты. Костя старался идти тихо, как будто родители были здесь и их нельзя было разбудить.

С маминой стороны кровати у стены стоял походный рюкзак — их мама была очень основательным человеком и к любому делу готовилась заранее и вдумчиво. До отъезда в Карелию ещё была неделя, а она уже начала собирать рюкзак... Стоп! Костя вдруг вспомнил, зачем мама могла вытащить рюкзак. Третий день их похода должен был прийтись на папин день рождения! Костя сам с мамой ездил за подарком!

Он бросился к рюкзаку, запустил внутрь руки и достал коробку с папиным подарком — впервые за сутки Костя по-настоящему обрадовался. Это был дрон. Папа давно мечтал именно о таком — о простом дроне, с которого можно делать классные фотки их семейных путешествий, которым просто управлять и не страшно сломать. Когда на прошлой неделе они ездили с мамой за ним, продавец даже дал Косте им поуправлять — чтобы продемонстрировать, как прост этот аппарат в управлении, что даже ребенок разберётся.

Не без сожаления Костя разорвал праздничную обёртку, содрал защитную плёнку и достал дрон из коробки — полностью заряжен. Что ж! Он даже немного задрожал от предвкушения — такого необычного чувства, когда одновременно и страшно, и очень хочется скорее попробовать. Костя открыл окно, поставил дрон на пол, сделал глубокий вдох. Полетели!

Аппарат приятно зажужжал и поднялся над полом. Костя вёл его аккуратно — сначала он облетел комнату, чтобы вспомнить, как именно управлять дроном — получалось вроде ничего. Он ещё раз глубоко вздохнул, повернул рычажок на джойстике, и дрон вылетел в окно.

В их доме было 19 этажей. Костя решил сначала очень аккуратно поднять дрон до последнего этажа, чтобы понять, как обстоят дела. Он отлетел чуть назад, чтобы видно было всё здание — во всей их большой жилой башне светилось только одно окно на 17-м этаже. Костя направил дрон к этому окну: на экране возникла кухня, обычная икеевская кухня, за столом сидела девушка с растрёпанными волосами.

Перед ней на столе стояла бутылка вина, девушка смотрела не мигая прямо перед собой, иногда отхлёбывая вино прямо из бутылки. Она не заметила Костин дрон, а дрон поднялся выше. Костя осмотрел крышу, на которой не было ничего примечательного, и повёл аппарат ещё чуть выше — перед ним открылась панорама ночной Москвы, но вместо привычного моря огней Костя увидел пожары и взрывы. Одна из башен Сити полыхала как спичка — наверное та, на которую упал самолёт. Где-то рядом горело ещё несколько сильных пожаров, а на востоке, почти на горизонте, что-то взрывалось — с одинаковыми интервалами ночное небо озаряли фаерболы новых взрывов.

Костина рука дрогнула, задрожал и дрон. Испугавшись, Костя снова снизился и повёл дрон к окошку их квартиры.

Вся эта короткая вылазка заняла от силы семь минут, но Костя всё равно поставил дрон заряжаться. Спать ему решительно не хотелось — в голове его созревал план.

В этот раз Сева выспался, и это была отличная новость. Ему нужен был сон и нужны были силы. С другой стороны, поскольку он так и уснул, сидя на полу и прислонившись к дивану, сейчас тело недовольно ныло, а шея противно болела.

Потягиваясь, он пошёл искать Костю, который нашёлся в родительской спальне — он прямо в одежде растянулся на кровати и сопел. Ну и пусть пока спит.

Сева зашёл на кухню и отдёрнул занавески. Он проснулся с неприятной мыслью и сейчас шёл её проверить — двор под их кухонным окном располагался на солнечной стороне. Сева открыл окно и принюхался. Последнее было излишним — едва он приоткрыл окно, как сладковатый трупный запах уже проник в кухню. Сева поспешил захлопнуть его как можно плотнее. Чёрт. Когда солнце встанет и начнёт припекать их двор, запах станет абсолютно невыносимым — на втором этаже и подавно. Он включил кондиционер в надежде не только охладить кухню, но и, может, избавиться от попавших в неё запахов. Опять плотно задёрнул штору.

В кухню вбежал довольный Костик — задыхаясь от возбуждения, он рассказал Севе и про дрон, и про свои вчерашние полёты. Во время второй вылазки он перелетел через дом напротив, который отгораживал их двор от Зубовской улицы, посмотрел, что там происходит, и сейчас возбуждённо докладывал брату об увиденном.

— Представляешь, вся улица в машинах, но никто не едет. И это не пробка! Вообще никто не шевелится и тишина. И у всех фары включены.

Сева попытался себе представить эту картину.

— Я хотел чуть опуститься и посмотреть поближе, но тут заорала где-то сигнализация, и они появились... Прямо раз! Толпа собралась! Они отовсюду лезли, и все прямо облепили машину, у которой сигнализация сработала. Мне страшно стало...

— Тут кому угодно бы страшно стало! Ты вообще молодец, что слетал!

Костик засиял от похвалы.

Братья быстро позавтракали, а потом Сева притащил из комнаты два блокнота и ручки, и они сели за стол составлять план. Костя открыл свой блокнот и написал на первой странице красивыми печатными буквами: КИТА НАДО ЕСТЬ ПО КУСОЧКАМ. Затем он отступил строчку, написал красивую цифру один, поставил точку и вопросительно посмотрел на брата.

— Долго нам дома оставаться нельзя, — начал Сева. — Я утром открыл окно во двор, и они... Ну, тела, в смысле, они уже пахнут. К вечеру, наверное, будут пахнуть так, что и открывать нельзя будет, а потом — пока электричество есть и кондей работает, наверное, мы в порядке, но если перестанет? И с водой тоже непонятно. Сейчас есть, но долго ли ещё будет?

Костя грыз кончик ручки. Он понимал, что Сева прав — ему самому многие из этих соображений приходили в голову, но ему было очень страшно от мысли, что им и правда придётся уйти из безопасного дома.

— И куда мы пойдём? Там всюду заражённые, даже если ты их сразу не видишь — они там точно есть. Весь город в них!

— Да. Поэтому, я думаю, надо уходить из города. На дачу к бабушке и дедушке.

Это было неожиданное предложение. Костя задумался.

— Но это же далеко! Это же километров семьдесят, да? А как мы дорогу найдём?

— Я подумал... Мне кажется, надо просто идти по путям. Дойдём с тобой до вокзала и пойдём в сторону дачи — там, наверное, будут всякие развилки, но мы же много раз ездили — поймём, где и куда поворачивать.

Эта мысль звучала разумно, и Костя кивнул. А Сева продолжал:

— Помнишь, мы с Ромой и Вовкой на квест ходили? Там одно из заданий было — пройти по карте из одного места в другое. Я тогда себе скачал в Яндекс.Картах карту Москвы. Я уже проверил — даже без интернета работает.

Он достал телефон и положил его на стол между собой и Костиком. Открыл Яндекс.Карты и попросил приложение построить маршрут от Зубовской площади до Ярославского вокзала.

— Пешком семь километров, — прочитал с экрана Костик. — Можно пройти за один час и двадцать четыре минуты!

— Ну это вряд ли. Это если идти через обычную Москву, то за полтора часа, а через Москву, в которой случился зомби-апокалипсис, боюсь, будет дольше. Но за день или два мы точно должны дойти.

— Ага... Если нас не съедят.

Над столом повисла тягостная пауза. Это ведь и был главный вопрос. Понятно, что план Севы был хорошим и рабочим, но как быть с заражёнными? Как два маленьких мальчика смогут преодолеть такой длинный путь через умирающий город, если на каждом шагу их стерегут зомби?

— Не съедят.

Сева сказала это с чуть большей уверенностью, чем думал на самом деле, и сразу поправился.

— Не должны съесть. Ну или знаешь что — мы с тобой приложим все усилия для того, чтобы не съели. И потом, какой у нас выбор? Остаться тут, сделать вид, что ничего не произошло, и ждать, пока отключат электричество?

На это Косте было нечего возразить. Зато у него появилась идея:

— Нам надо понять, как эти заражённые устроены. На что они реагируют, и как их можно обойти или обхитрить.

— Точно! Именно это я и хотел предложить. У нас есть папин дрон. Давай разведаем, что и как.

Вот это уже было похоже на план. Они договорились, что Костя полностью берёт на себя пилотирование, а Сева — сбор и систематизацию информации.

Первым делом, сказал Сева, надо понять: «Что это за зомби?» Имеют ли они дело с классическими зомби из «Ночи живых мертвецов», или же это более современные зомби, как в «28 дней спустя» и «Мировой войне Z»? Это был принципиальный вопрос.

Пока Костя возился с дроном, Сева записывал вопросы. Умеют ли эти зомби собираться в стаи, как в игре Days Gone? Или же они стихийные зомби, как в «Мировой войне Z»? Есть ли у них общее сознание, как в «Мобильнике» Стивена Кинга, или же оно у каждого заражённого индивидуальное? И есть ли оно вообще?

Братья уселись рядышком на родительской кровати. Костя запустил дрон, а Сева пристально вгляделся в экран и приготовился записывать.

Формально у их дрона — Костя предложил назвать его «Виталиком» — была заявленная дальность 700 метров, но Костя отказывался улетать дальше 500. Ему казалось, что всюду, где можно перестраховаться, им лучше перестраховаться — если Виталик не долетит до базы, то всё — нельзя пойти в магазин и купить себе новый, это будет конец.

Постепенно Севин блокнот с вопросами стал заполняться ответами.

К сожалению, зомби, с которыми им предстояло иметь дело, бегали. Причём бегали быстро. Это стало очевидно в их первый вылет, когда Виталик завис над Зубовской: как и рассказывал Костя, у одной из припаркованных машин заело сигнализацию, и как по команде раз в 15 минут она включалась, оглашая мёртвые окрестности. И каждый раз — опять-таки, как по команде — со всех концов улицы к машине сбегались заражённые. Сева попытался рассчитать скорость их движения, прикинув расстояние от Садового кольца до машины — получилось примерно 25 километров в час.

Это была плохая новость, которая довольно сильно испортила мальчикам настроение. Пока Виталик заряжался, они пили чай с бутербродами в абсолютной тишине. Костя что-то рассеяно рисовал в своем блокноте, а Сева просто молча переживал.

Во второй раз Костя опустил Виталика пониже к земле — они хотели рассмотреть поближе, что происходит на улице.

Их дом стоял во дворах, примерно посредине между Садовым кольцом и Новодевичьим сквером, и в этом месте Зубовская была широченной улицей — две полосы от Садового и три — по направлению к нему. Костя аккуратно опускал дрон всё ниже и ниже. Сева обнял его за плечо:

— Коть, там сейчас страшно будет, ты уверен, что готов?

Костя знал, что будет страшно, и на самом деле — ему уже было страшно. От одного этого ожидания ужасного ужаса ему хотелось бросить джойстик и бежать куда глаза глядят. Во рту страшно пересохло, что-то кололо в левом боку, но он твёрдо решил, что не испугается. Что сможет.

Он помотал головой.

Все пять рядов Зубовской были забиты машинами. На самом деле, посчитал Сева, там, где предполагалось пять полос, сейчас было втиснуто по семь машин в ряд. Они стояли так плотно, что владельцы зажатых в середине дороги автомобилей не смогли выбраться...

— Господи, они живые...

В голосе Кости звучал ужас.

— Они выбраться не могут и живые сидят...

Машины в почти всех центральных полосах были с людьми, иногда это были семьи, иногда — отдельные водители. Кто-то плакал, кто-то подавленно смотрел в одну точку. Девушка в зелёной Subaru увидела дрон мальчишек и отчаянно заколотила в лобовое стекло.

Сева отвернулся. От сознания того, что они ничего не могут сделать, чтобы спасти эту девушку, ему стало как-то отчаянно гадко.

У нескольких застрявших машин были выбиты лобовые стекла, а ещё у парочки — очевидно более дорогих комплектаций — открыты люки. В этот раз Костя отчётливо видел, что случилось с теми, кто пытался бежать. Яркое московское солнце освещало заваленные трупами тротуары, сплошное кровавое месиво из человеческих тел.

Костя уже собирался взлетать, когда на экране крупным планом возникло страшное лицо заражённого. И ещё одно. И ещё!

Звук их маленького коптера привлёк заражённых. Костя собрался резко поднять Виталика, но Сева положил ему на плечо руку.

— Подожди. Чуть-чуть подними, давай на них вблизи посмотрим.

Это было довольно омерзительное зрелище. Костя и в кино не очень любил фильмы про зомби, в реальной же жизни ему снова захотелось скорее бросить джойстик и побежать в туалет, но он удержался.

— Нам надо понять, как они себя вести будут.

Эта короткая встреча дала Севе ответы на несколько очень важных вопросов. Заражённые реагируют на звук. Об этом мальчишки уже догадывались, но теперь знали наверняка. Следующий вывод первым сделал Костик:

— Они не видят его! Они его только слышат.

Сева кивнул. Под дроном собралась довольно большая толпа, сразу 15 или 20 зомби — точнее посчитать было сложно, потому что они всё время двигались — но никто из них не следил глазами за их маленьким летательным аппаратом, они безучастно «смотрели» пустыми белёсыми глазами прямо перед собой. Косте пришла в голову новая идея.

— Смотри!

Он поднял дрон повыше, так, чтобы снизу шум винтов перестал быть слышим. Мальчишки смотрели на экран за заражёнными: немного постояв, они начали расходиться в разные стороны. Костя увёл коптер чуть левее от того места, где уже собралась толпа, и резко опустил его вниз — ещё ниже, чем в первый раз. В этот момент для него перестал существовать весь мир, он был полностью сосредоточен на управлении — одна ошибка, и они потеряют Виталика.

Начавшие было расходиться заражённые побежали на звук с разных сторон. В последний момент, когда ближайший заражённый был буквально в двух шагах, Костя резко поднял коптер на безопасную высоту.

— Смотри! — Костя показывал Севе на то место, где собралась толпа. — Посмотри туда, где они друг с другом столкнулись?

Он нажал на кнопку «приблизить», и Сева увидел, что имел в виду брат: заражённые бежали с разных сторон к одной точке — туда, где завис коптер, — но когда Костя поднял его, они не остановились, а продолжили бежать друг навстречу другу. И сейчас, когда коптера было больше не слышно и они снова стали разбредаться по углам, на земле остались лежать три или четыре тела...

Когда Костя поставил пульт и дрон на зарядку, Сева решил подытожить:

— Итак. Мы теперь знаем, что эти твари реагируют на звук, плохо или совсем не видят, очень быстро бегают и не умеют в мелкую моторику.

— Это что такое?

— Ну они не умеют пользоваться руками и ногами, кроме простейших движений. Ты обратил внимание — никто не пытался подпрыгнуть? Или рукой схватить дрон? Они совсем, кажется, не умеют в сложные движения.

— И останавливаться они тоже не умеют!

Последние два года школы Сева вёл упорную, если не сказать упрямую, борьбу со своей классной руководительницей Марьей Сергеевной. Марья Сергеевна была женщиной пожилой и не очень умной, и на очередное родительское собрание она принесла статью из какой-то неизвестной Севе газеты, в которой родителей предупреждали о вреде и опасности компьютерных игр. И часть присутствовавших родителей даже этой ерундой впечатлилась, что очень испортило жизнь Севе — не потому, что ему кто-то что-то запретил, наоборот. В их семье не играла только мама, но и она к их играм относилась положительно. А вот нескольким Севиным друзьям запретили компьютер, и это Севу дико бесило.

С папиной помощью он перевёл с английского большую умную статью из The New York Times, в которой со ссылкой на самых авторитетных учёных и многолетние исследования было прямо сказано — не влияют компьютерные стрелялки на уровень насилия в обществе или в школе. Всё это выдумки! Сева даже добился того, что ему разрешили выступить на собрании и озвучить свою позицию.

В ответ Марья Сергеевна вызывала Севину маму в школу и сказала, что Сева «подрывает её авторитет как педагога», и если мама не примет меры, то их примет Марья Сергеевна. Когда мама в тот день вернулась домой, она принесла с собой пинту клубничного-отличного из «Баскин Робинс» — любимого мороженого Севы.

И вот сейчас, думал Сева, нам с Костей в буквальном смысле слова наши знания компьютерных игр жизнь спасти могут, а всю эту хрень — Сева был в этом абсолютно уверен — наверняка устроили взрослые, которые в жизни своей даже в тетрис не играли. И что, Марья Сергеевна, вы теперь скажете?

Сева аккуратно записал полученные выводы в блокнот. Настроение его немного улучшилось. Костя подошёл к окну, задумчиво и грустно посмотрел в него, а потом сказал Севе:

— Ты только тварями их не называй, ладно?

— Почему?

— Мама с папой ведь такими тоже стали, да? А они ведь не твари... И эти, наверное, тоже.

Весь боевой оптимизм моментально улетучился из Севы. Костя был совершенно прав.

— Не буду. Кость, ты не думай пока про маму и папу, хорошо?

— Постараюсь.

— Мы доберёмся до дачи сначала, а потом подумаем?

— Угу...

Последнее Костино «угу» прозвучало предельно неубедительно... Сева и сам не был до конца уверен, что у него получится не думать про папу с мамой.

***

Ася уснула прямо на туалете. Усталость и шок сделали своё дело. Она не просто «уснула» — будто кто-то нажал в её сознании кнопку «выключить», и дальше всё, темнота. Сейчас она очнулась с криком, страшно вздрогнула и больно ударилась головой о стену. За дверью что-то очень громко бухнуло, и Ася подпрыгнула от неожиданности.

Она встала, скрючившись, натянула обратно джинсы. Ася приложила ухо к закрытой двери. Туалет для сотрудников был крошечный и узкий, и ей пришлось снять костюм снаружи, и сейчас, прислушиваясь к доносящимся из магазина звукам, она понимала, какой большой ошибкой было это решение. Её костюм, её единственная защита — там, за дверью, а она — тут. Чёрт!

Но больше никаких звуков Ася не услышала, сколько ни прислушивалась. В магазине стояла тишина, и она рискнула открыть дверь и выйти. Ася обошла весь магазин, тщательно осматривая каждый угол. Зашла за кассу, за прилавок мини-кафе и наконец подошла к входной двери.

90

Заражённые ушли. Наверное, в поисках еды или, может, услышали жертву. Неважно. Главное, что улица за дверью была пуста.

Ася отошла от двери и подошла к кассе — достала из шкафа пачку сигарет и закурила. Затянувшись, она подумала, что странно, находясь в продуктовом магазине, курить на голодный желудок. Эту очевидную мысль догнала следующая — не просто в продуктовом магазине, а в дорогой «Азбуке» с кофемашиной и отделом готовой еды... И никого нет, и значит, всё можно?

Ася подавила желание сразу наброситься на какой-нибудь бутерброд, и вместо этого следующие пятнадцать минут она методично и аккуратно накрывала себе стол.

Когда-то в родном Александрове одно лето она работала бариста в самой модной кофейне города и несмотря на то, что здесь кофемашина была поновее и помоднее, Ася быстро разобралась. Она сделала себе капучино, достала салат, пирожки, открыла пачку помидоров черри, принесла свежего хлеба и достала с полки с прессой последний Esquire.

Вот теперь она будет завтракать. Как человек. Не как загнанный зверь, который вынужден каждую секунду бороться за право выжить, а как нормальный человек.

Она ещё раз выглянула на улицу и поёжилась от вида ошмётков тела несчастного охранника. Ей было его жаль, но, проигрывая в голове события вчерашнего дня, она всё равно приходила к выводу, что выбора у неё не было. Задержись она на секунду, подожди его, и толпа растерзала бы их обоих.

Ася вздохнула и начала завтракать.

Это был один из лучших её московских завтраков. В тишине пустого магазина она ела и читала интервью Дэниела Рэдклифа — его фото было на обложке свежего номера. Пролистнула интервью с актрисой Дарьей Мороз, которая казалась Асе женщиной неприятной, зачиталась «правилами жизни Джорджа Оруэлла», с удовольствием посмотрела подборку «Советский Союз и Россия в объективах фотографов легендарного агентства Magnum: с 1950-х до наших дней».

На час или может чуть побольше Ася забыла о том, что улица, на которой стоит магазин, залита кровью, что в окрестностях бродят толпы заражённых, что только стеклянная дверь отделяет её от мира смерти и ужаса, и совсем скоро ей в него предстоит вернуться.

Она дочитала Esquire, выкурила всю пачку сигарет и выпила уже три каппучино.

Несколько раз, когда с улицы снова начинали доноситься крики, она прерывалась и в панике бежала к двери, но в Чистом переулке всё было спокойно. Видимо, заражённые находили новых жертв где-то на Пречистенке.

Асе стало страшно, и она подумала, что, может быть, стоит обратно надеть костюм, но потом вспомнила, как вчера толпа заражённых так и не смогла открыть дверь, и успокоилась. Наверное, толпа побольше может дверь просто вынести, но если Ася не будет шуметь и привлекать внимания, то откуда такой большой толпе взяться.

Она села на прилавок и ещё раз оглядела магазин. Может быть, не Бог, но точно в мире существует какая-то кармическая справедливость, какая-то высшая сила, которая видит обессиленную девушку, отчаянно борющуюся за свою жизнь, и посылает ей безопасное место с едой, туалетом и алкогольным отделом.

Ася обшарила весь магазин, но штопор так и не нашла, зато в винном отделе она захватила сразу несколько бутылок австралийского сухого, закрытых не пробками, а завинчивающимися крышками. Когда-то в твиттере она прочитала шутку, что для людей с повышенной тревожностью два первых бокала — это просто возможность прийти в норму. Она допила первую бутылку. Наверное, в норму в этих обстоятельствах прийти невозможно, но ей точно стало легче. Может быть, и не нужно отсюда никуда уходить? Запасов еды здесь одной Асе хватит на месяц, а может быть и больше.

В задумчивости она открыла вторую бутылку и начала медленно прохаживаться между стеллажами. За завтраком она подумала, что в Москве больше ей оставаться не имеет смысла. Если город наводнили заражённые, значит надо бежать от города подальше. Это была простая и понятная мысль, даже скорее инстинкт, чем осознанное решение.

Но ведь не обязательно бежать прямо сейчас? Если подождать, может, выбраться из города будет проще и безопаснее? Она сделала ещё глоток — вино было правда отличное.

А может быть...

Асины размышления прервал резкий электронный звук. Его невозможно было перепутать ни с чем. Это сработал звонок на входной двери в магазин, извещающий продавцов о том, что к ним пришёл новый покупатель. От удивления Ася уронила бутылку. Она с грохотом разбилась о кафельный пол. Магазин наполнил резкий запах разлитого вина. Аккуратно Ася выглянула из-за стеллажа с печеньем.

Внутри магазина стоял абсолютно голый мужчина. Из «одежды» на нём был только перекинутый через плечо на длинном ремне автомат. Он закрыл за собой дверь и повернулся к Асе.

— Господи, человек! Живой! Господи!

Мужчина упал на колени.

Глава 5

Старший лейтенант Рома Кириллов ненавидел такие вызовы. Соседи услышали звуки драки. Точнее, не драки, а как женщину в одной из квартир били головой об стену. Женщина кричала страшно, так что слышал весь подъезд, и — что удивительно — в полицию позвонили сразу трое жильцов. Рома и его напарник Семёнов получили вызов и приехали к месту.

Какой, правда, в этом был смысл, Рома не очень понимал.

Статьи нет, забрать в отделение они мужика не смогут. Ну, может, скажут ему, чтобы бабу свою бил потише. Так бы, по крайней мере, сказал Рома. Семёнов же к вопросу домашнего насилия относился строже... Пока Рома курил на лестничной клетке (игнорируя и табличку «не курить», и осуждающие взгляды из соседних квартир),

Семёнов объяснял мужичку, что в следующий раз его заберут в отдел и «засунут в жопу швабру по самые жабры».

Рома вообще не очень понимал, из-за чего весь сырбор. Насилие для него было нормой, просто одним из способов коммуникации. Две недели назад, во многом из-за регулярных побоев, от Ромы ушла жена. Правда, сам он этого не понимал, он был уверен, что ушла она из-за его маленькой зарплаты, о чём и жаловался за кружкой пива друзьям. Друзья кивали с пониманием — ну да, бабы они такие, меркантильные.

Ромин отец его мать бил часто и с удовольствием, как и самого Рому. Но если мать Саныч, как его звали дворовые собутыльники, бил преимущественно ремнём с тяжёлой бляхой, то сына он любил бить маленькой табуреткой — её во втором классе в подарок на 23 февраля папе сделал сам Рома. Била она больно, и маленький Рома всё молился, чтобы она наконец развалилась. Но табуретка была сделана на славу — мастеря её, Рома очень хотел сделать папе приятно.

Семёнов вышел из квартиры, не закрыв дверь. Сплюнул на пороге. Рома бросил окурок на пол, раздавил его подошвой тяжёлого ботинка. Полицейские пошли вниз. Лифта не было, шли в тишине.

Подъезд дома на Пречистенке, в который их вызвали, был устроен как космический шлюз — с улицы человек попадал в крошечный предбанник между двумя железными дверьми. Дверь на улицу запиралась на кодовый замок, а дверь в подъезд не запиралась вовсе. Именно в этом предбаннике Рома и остановился поправить съехавший с плеча автомат. Он слышал, как хлопнула за напарником тяжёлая дверь и уже собирался тоже выйти, но в этот момент с улицы донеслись крики.

Они переросли в визг, потом последовал грохот, что-то с силой ударилось о дверь подъезда. Рома включил рацию, и предбанник наполнился криками — его коллеги кричали о заражённых, о пожарах, о тысячах погибших. Пытались говорить одновременно. Один за другим они замолкали — иногда перед тем, как кто-то пропадал из эфира, остальные слышали страшный рев, выстрелы, хриплое бульканье крови в чьём-то разорванном горле...

Рома стоял и не шевелился. Семёнов точно был мёртв, и если Рома сейчас рискнёт выйти наружу, то погибнет сам. Он лёг на пол предбанника и упёрся вытянутыми руками в дверь — она открывалась с улицы внутрь. Ногами же он держал дверь из подъезда в предбанник.

Он пролежал так почти двое суток. Слушая, как за дверью умирает город. Слушая, как в эфире на коротких волнах умирают его сослуживцы. Рома не шевелился. Иногда в дверь снаружи стучали, но он не открывал. Кто-то пытался выломать и внутреннюю дверь, но Рома держался. К вечеру второго дня всё затихло.

Рома лежал в собственных испражнениях, живот крутило от голода, тело его онемело, мысли путались — пережитый шок и отсутствие сна мешали ему сосредоточиться. Зловоние сводило с ума.

Когда лейтенант Кириллов открыл дверь на улицу, это не было актом смелости или даже жестом отчаяния, он просто не мог больше терпеть запах, жару. Не мог больше лежать. Он не до конца осознавал, что делает — просто вывалился на улицу.

У входа в дом стояла их сгоревшая машина, лежало растерзанное тело Семёнова. Убитых вокруг было много — десятки, может, сотни. Рома не считал. На негнущихся ногах он сделал несколько шагов вперёд и стал истерично раздеваться — снимал, почти срывал с себя испачканную вонючую одежду, пока не остался абсолютно голым. Он оставил себе только автомат — это скорее было решением инстинктивным, чем осмысленным.

Вероятно, именно то, что Рома разделся и оставил остро пахнущую «приманку» для заражённых, в конечном счёте и спасло ему жизнь.

Он шёл куда глаза глядят. Медленно, спотыкаясь, но шёл. И наградой ему были двери рая, у которых он оказался для себя совершенно неожиданно. Над дверьми этими было написано: «Азбука Daily». За ними была еда и безопасность. И Рома, не веря своему счастью, открыл дверь и зашёл внутрь.

***

День в результате кончился спором, который чуть не перерос в ссору. Сева считал, что раз они решили уходить, надо прямо сейчас собираться и идти. Костик возражал — дома было безопасно, и пока есть вода и электричество, надо оставаться тут и не нарываться на излишние опасности. В конце концов Сева сказал, что «утро вечера мудренее». Костик фыркнул, но согласился отложить решение. Утром же оказалось, что решать больше нечего.

Сева проснулся от того, что ему было немыслимо жарко. Было нечем дышать, он промок насквозь, и липкая пижама противно облегала тело. Он выскочил из кровати, схватил пульт от кондиционера — ничего. Не сработал и выключатель верхнего света. Полный самых дурных предчувствий, Сева зашёл на кухню и открыл холодильник — ни света, ни холода.

Он услышал за спиной шаги сонного Кости.

— А вода хоть есть?

Сева включил кран и с удовлетворением посмотрел на струю воды. Теперь надо ей запастись, пока не кончилась. Их семья перерабатывала мусор, поэтому в кладовке стоял мешок с пластиковыми бутылками. Сейчас Сева принесет их все и наполнит водой. За своими мыслями он не расслышал, что сказал Костя, а когда увидел, что он собирается делать, было уже поздно.

Со словами «какая же духота невыносимая» Костя открыл окно.

Плотный, немного сладкий запах смерти заполнил собой всю квартиру. Севу вырвало прямо в раковину, Костя успел добежать до туалета. Задержав дыхание, Сева дошёл до родительской спальни и открыл окно там в надежде, что сквозняк как-то поможет. Лучше не стало. Решение придумал Костик, который притащил себе папину походную бандану, а Севе — мамин шейный платок. Через ткань запах был не настолько ужасен, да и вещи родителей ещё пахли ими, и так было легче.

Теперь вопрос «когда уходить» больше не стоял. Мальчики начали собираться.

Костик этого терпеть не мог. В школу ещё ладно, со школой всегда всё было понятно — какие уроки, такие и учебники. Собираться в путешествие или поход было значительно сложнее, потому что надо было садиться и составлять список, думать, что могло бы понадобиться, думать про разную там погоду и прочие скучные вещи, о которых думать совершенно не хотелось. Пока Костя был маленьким, его собирала мама, и кроме как положить в рюкзак Плюшевого Лиса Семёна от него ничего не требовалось. Но в прошлом году Косте был куплен отдельный чемодан, и мама сказала, что теперь это его ответственность — теперь всё сам.

Если быть уж совсем честным, в их семье по-настоящему хорошо умела собираться только мама. Это был её особый талант. Каждый раз перед выездом, когда такси уже ждало у подъезда, мама продолжала методично запихивать в уже заполненный чемодан какие-то вещи, необходимость которых в путешествии всем остальным членам семьи была абсолютно непонятна. Папа сердился, они с Севой маялись в дверях — уже одетые, с рюкзаками и чемоданами — а мама всё собиралась и собиралась. И каждый раз — Костя точно помнил, что из этого правила не было исключений — мама оказывалась права, и всё то, что они с папой оставили бы дома, непременно им пригождалось. И мама никогда даже не позволяла себе сказать «а я вам говорила». Хотя и могла. Она просто смотрела на них своими серыми красивыми глазами, и её мужчины всё и без слов понимали.

В его комнату заглянул Сева.

— Коть, тебе помочь?

Костя отрицательно замотал головой. В этот раз он точно справится сам. Точнее, он уже почти справился: три пары трусов, сменные носки, две футболки, худи, зарядка для телефона, дрон «Виталик», книжка про Муми-троллей — букинистическое издание из папиного детства, которое он долго искал по книжным магазинам. Зубная щётка и Плюшевый Лис Семён.

Ещё Костя прошёл по всей квартире и собрал все фотографии, которые были у них дома. Вытащил их из рамок и аккуратно сложил за корешок книги, чтобы не помять. Когда он заходил на кухню, чтобы снять несколько полароидных снимков с холодильника, то встретил там Севу. Брат стоял и смотрел на их последний семейный снимок: Новый год, вся семья у ёлки. Фото было сделано ещё на старой квартире, и на снимке пусть не очень отчётливо, но был виден треснутый потолок. Мама из-за этого не хотела, чтобы папа вешал этот снимок на холодильник, где его могут увидеть гости, но папа убедил: «Смотри, какие мы тут все счастливые».

У Севы по щекам текли слёзы. Костя не хотел тревожить брата, но тот его уже заметил, обернулся и едва заметно улыбнулся. Он вытер слёзы и перевёл взгляд на рюкзак младшего брата — ещё раскрытый, но уже почти собранный. Костик сделал пару шагов в сторону стола и начал, не оборачиваясь:

— Я тут, знаешь, что подумал... Давай не будем с собой еду брать? Все эти консервы тяжёлые. Нам по пути магазины всякие встретятся и, может быть, даже рестораны — там точно еду взять можно будет.

— Хм. — Сева тоже проследовал к столу и сел напротив Кости. — Ты думаешь вообще никакой не брать?

— Бутерброды можем сделать и воду, а остальное — по дороге наберём. В конце концов, нам же не очень далеко.

Сева задумался.

— Это нам не очень далеко до вокзала... А потом до бабушки с дедушкой — это далеко будет! Я палатку взял, мы с тобой пару дней точно до них добираться будем.

— Ну давай возьмем банку тушёнки на крайний случай, а потом на вокзале ещё запасов сделаем, там же много всего съедобного всегда продавалось.

Сева не был до конца убеждён в том, что Костя прав, но перспектива не идти по жаре с тяжеленным рюкзаком манила его, и он согласился.

— Я тогда сейчас закончу собираться, и пойдём. Нам сегодня до вокзала попробовать дойти надо, там переночуем и утром уже по железке двинем.

Костя согласно кивнул, встал из-за стола, подошёл к холодильнику и аккуратно снял с него фотографию семьи у ёлки. Он обернулся, чтобы показать фото Севе, но увидел только затылок брата, исчезающий в дверном проёме.

Сева вошёл в спальню родителей. Ему надо было забрать две важные вещи из папиного рюкзака: нож и верёвку. Нож папа купил якобы для похода — большой, длинный, с красивой рукояткой и очень острым лезвием.

Когда папа принёс нож домой, мама спросила, уверен ли он, что в Карелии водятся мамонты? На это папа ответил, что пусть мамонтов там и не водится, хороший нож в походе никогда не помешает. Севе с Костей этот нож сразу понравился. Костя сказал, что он похож на меч Бильбо Бэггинса из «Хоббита».

Мальчик сел на кровать. Опять к горлу подступил ком, опять Сева почувствовал, как горькие слёзы готовы навернуться на глаза. Но в этот раз он не будет плакать, сейчас на это уже нет времени. Им надо идти. Сева резко встал. Он достал со дна папиного рюкзака нож и моток верёвки и вышел из комнаты. От родного запаха родителей тут больше ничего не осталось, только мерзкий, принесенный с улицы запах трупного разложения. Сева с силой закрыл дверь в их комнату. В последний раз, как будто прощаясь.

С обоев его спальни смешные лесные звери смотрели на него как будто с осуждением: зачем ты нас тут бросаешь, Сева? Разве мы были тебе плохими друзьями? Разве мы плохо берегли твой сон? Почему ты уходишь? Сева смотрел на свой маленький кусочек самостоятельной жизни и думал о том, что ему бы хотелось унести в рюкзаке всё. Но всё не влезет. Их фотографии влезли, всё нужное и необходимое тоже, но вот его плюшевая акула из Икеи, которую он обнимал ночами (всё реже и реже), никак не поместится. И его стол, и большинство его книжек, и...

Он не удержался и взял одну с собой. Ощущение того, что в рюкзаке есть книга, делала предстоящее путешествие чуть менее страшным. «Гарри Поттер и Узник Азкабана». Та книжка, в которой у Гарри наконец появилась семья, в которой был добрый, пусть и импульсивный, Сириус, в которой был мудрый Люпин. Пусть это толстая и тяжёлая книжка, Сева потерпит.

Выходя из своей комнаты, дверь он оставил открытой и даже сам не понял, почему.

***

Когда первый испуг прошёл, Ася бросилась к голому мужчине — войдя в магазин, тот просто рухнул на пол и так и лежал первые минуты, не подавая никаких признаков жизни. Ася с трудом подтащила его к кассе, чтобы он мог обо что-то опереться спиной, и поднесла к его губам бутылку с водой.

Не открывая глаз, мужчина пил жадно и быстро. Одной бутылки не хватило.

— Ещё... — прохрипел он.

Ася подала вторую. Он всё ещё держал глаза крепко закрытыми, и лишь добив второй литр воды, открыл их и пристально посмотрел на Асю.

— Я Рома. А..., — он поперхнулся, с непривычки говорить было тяжело. — Ты кто?

— Я Ася. Я тут от зомби прячусь.

— Зомби... Да, они и есть, — Рома перевёл взял с Аси на стеклянную дверь. — Зомбаки. Напарника моего сожрали, я два дня в подъезде прятался, не ел, не пил, думал, подохну там...

От Ромы неприятно пахло и сейчас, когда Асе стало очевидно, что он в порядке и приходит в себя, она сделала пару шагов назад.

— Тут еды и воды достаточно. Бери, что хочешь.

Рома очумело огляделся. Казалось он только сейчас понял, где именно оказался.

— А одежды у тебя случайно нет?

— Не, откуда тут одежда... — Ася развела руки. — Продуктовый. — После недолгих поисков единственное, что Ася сумела найти, был кухонный передник, брошенный за прилавком. Передник прикрывал Ромину наготу, но добавлял ситуации комизма. Тем более, что автомат с плеча Рома снимать категорически отказывался.

— А это что за хуйня?

Он показал пальцем на аккуратно сложенный на стуле Асин костюм. Голова розового Мыша смотрела на Рому с осуждением.

— Сам ты хуйня! Это мой костюм. Я на Арбате работала ростовой куклой, знаешь таких? Мы посетителей в магазины зазываем. Ну и за деньги с туристами фотографируемся.

Рома кивнул. Он поднял «голову» и с интересом повертел её в руках. Ася тихонько продолжила:

— Он меня от смерти спас.

Рома положил «голову» на место и повернулся к ней.

— Как?

— Эти твари не видят почти, только слышать могут и по запахам ориентироваться. В костюме я человеком не пахну, вот и не заметили меня.

— Слепые они. Интересно...

Метафорические шестерёнки в заржавевшем Ромином мозгу начали потихоньку поворачиваться. Костюм, значит, от зомбей защищает. Но костюм один, а их здесь двое.

В отличие от Аси, Рому кофе и полноценный человеческий приём пищи не интересовал. Он с презрением посмотрел на предупакованные бутерброды на прилавке, взял батон, разрезал его поперёк, положил сыра и колбасы из упаковок с нарезкой и начал есть, запивая свой поистине пролетарский бутерброд кефиром.

Ася молча смотрела, как ест голый мужик. В его внешности ничего особо угрожающего не было, напротив — он был мужчиной вполне себе конвенционально привлекательным. Асе такие нравились. Высокий, с голубыми глазами и копной тёмно-русых волос. Прямой нос, волевой, покрытый щетиной, подбородок. Только вот глаза его были прозрачными, как у рыбы — Асе никак не удавалось «считать» в них никакой эмоции, сколько бы она ни пыталась. И вёл он себя так... Наверное, это какая-то национальная черта наша, думала Ася, что мы ментов даже без формы безошибочно угадываем. Даже когда на них из одежды только передник. А ментов Ася, как и все обычные люди, инстинктивно не любила и опасалась.

Рома доел, вытер остатки бутерброда со рта тыльной стороной ладони и поднялся.

— Так. А бухнуть тут у тебя есть?

Бухнуть, разумеется, было, и было в излишке. В отличие от Аси, Рома пил не чтобы расслабиться — сейчас ему хотелось только одного: забыться и отключиться. Он уснул, даже не допив до конца бутылку коньяка, который Рома пил так же, как и кефир — жадно и из горла.

Ася сидела и молча смотрела на храпящего Рому. За окном темнело. Вина Асе больше не хотелось. Ей тоже пришла в голову мысль о том, что их здесь двое, а спасительный костюм — один.

На кухне Костя наполнял пустые бутылки из-под колы водой. Он уже упаковал бутерброды.

— А ещё шоколадку нам взял и аптечку сложил! Можешь её к себе положить?

Сева был впечатлён. Он расстегнул маленькую сумочку, которую родители использовали в путешествиях как аптечку. От головы, от живота, бинт, пластырь, йод — вроде бы всё, что им может понадобиться. Костя закрыл бутылки крышками и вытер руки о шорты.

— Пойдём?

— Пойдём.

Костя подошёл к окну и выглянул. Повязка на лице помогала, но даже сквозь неё пробивался настойчивый запах лежалой смерти. Костя вдруг понял, что он к нему постепенно привыкает. Он посмотрел вниз: одно из тел лежало прямо под их окном. Он обернулся к Севе:

— Я пойду рукавицы наши принесу!

— Зачем рукавицы? Лето ж.

— Чтобы руки о верёвку не обжечь, дубина!

И опять Сева с удивлением посмотрел на младшего брата — ну, конечно, как он сам не подумал!

— Ну ты ваще, Кость! Моё уважение.

Костя сделал вид, что пропустил похвалу мимо ушей.

— А ты к чему верёвку привязывать будешь? — спросил он у брата.

— К батарее, тут без вариантов.

— А как?

— Помнишь, меня папа морской узел учил вязать. Вот я его вспомнить пытаюсь.

— А если не вспомнишь?

— Ну тогда двенадцать бантиков завяжу!

Это была папина походная шутка, которую братья много раз слышали, но почему-то сейчас она прозвучала совсем по-новому, и Костя расхохотался. Сева сначала поднял на него удивлённые глаза, а потом тоже захохотал.

Они стояли на кухне и смеялись, и Сева думал, что это ведь был первый раз, когда он смеётся после того, как они потеряли папу и маму. После того, как он увидел мамины мёртвые глаза. И вот они смеются. Значит, они не разучились, значит, ещё в их жизни будет смех...

Сева отлично справился с узлом, проверил — как учил папа — что получился именно «морской», а не «тёщин» — это когда неправильно перекидываешь концы верёвки и узел развязывается, стоит только потянуть. Всё было надёжно, как швейцарские часы.

Они сбросили рюкзаки вниз, Сева перелез через подоконник и начал аккуратно спускаться по верёвке. Костя с волнением следил за братом, высунувшись из окна практически по пояс.

Сева старался не спеша менять хват рук — это было не просто. Ему было очень страшно упасть. Упади он с высоты второго этажа раньше, он бы отделался сломанной ногой, поездкой в травмпункт и гипсом. А сейчас как? Если он упадёт, они с Костей пропадут. Он сконцентрировался на этой мысли: вся его семья сейчас — это он сам и один маленький Костик. Ему нельзя падать.

Верёвка качалась, было страшно, но Сева долез. Сначала одна его нога коснулась асфальта, потом вторая, и... Он услышал омерзительный хруст — Сева так сфокусировался на верёвке, что не смотрел под ноги и наступил на руку лежавшей прямо под их окнами мёртвой девушки.

Сева знал эту девушку, она жила двумя этажами выше и очень ему нравилась. Каждое утро, выходя из квартиры, он надеялся, что встретит её случайно во дворе или — что ещё лучше — в лифте. Она была сильно Севы старше, но его это никак не смущало, и он тайком любовался её отражением в зеркале лифта. Её вздёрнутым носом и веснушками, её короткими рыжими волосами. Он мысленно попросил у неё сейчас прощения за то, что наступил ей на руку. Смерть изменила её, и Севе было страшно и стыдно. Он не хотел смотреть ей в глаза. Он ещё раз прошептал «простите» и аккуратно за ноги оттащил её тело, чтобы Косте было удобнее слезать.

***

Тоня выглянула в зарешёченное дверное окошко и постаралась осмотреть пространство вокруг автозака как можно внимательнее — не притаились ли где-нибудь заражённые? Не стоит ли кто-то из них, подняв обезо-

103

браженное смертью лицо к небу, и не вслушивается ли в мёртвую тишину улицы? Но вокруг никого не было. Тоня повернулась к Старику.

— Смотри. Шанс у нас всего один, поэтому делать надо строго как я скажу.

Старик выглядел сосредоточенным, и даже немного напуганным. Что бы он ни говорил Тоне про свой возраст, страх смерти всё-таки был силен и в нём.

— Я открою дверь, и мы секунд 30 подождём. Просто на всякий случай. Если вдруг рядом есть заражённые, которых мне отсюда не видно, сможем успеть дверь захлопнуть. Если всё в порядке, идём к кабине, — Тоня на секунду задумалась. — Обходить машину с двух сторон — значит вдвое увеличить риск, поэтому идём к пассажирской двери. Я открою и первой залезу на водительское место, ты сразу за мной и закрываешь дверь. Не бежим, стараемся идти максимально тихо.

Профессор дал Тоне договорить и лишь в самом конце поднял руку — как школьник.

— Что не так?

— Думаю, нам не стоит ждать. Как только вы откроете дверь, надо сразу идти.

— Так а если там зомби?

— Такой риск, конечно, есть, но подумайте, Тоня. Если мы сделаем, как вы говорите, и там заражённые, то нам придется ещё Бог знает сколько часов провести в этой духовке. Вы на это готовы?

Этот вопрос застал Тоню врасплох. Врождённая осторожность говорила ей, что надо перестраховаться и сделать так, как она придумала изначально, но в словах Старика была логика — сидеть ещё сутки или больше в автозаке? Умирать от жары и жажды? Она вдруг поняла, что если сейчас не примет решение, она «зависнет» в обсуждении всех «за» и «против», они потеряют драгоценное время и, может быть, свой единственный шанс. Тоня кивнула и открыла дверь автозака.

Не оборачиваясь, она быстро спустилась по короткой металлической лестнице. Она старалась идти как можно тише. Огляделась — рядом с машиной никого не было, но чуть поодаль — может быть, метрах в ста от них — у ворот тюрьмы стояла, задрав головы, группа из пяти или семи заражённых. Тоня слышала, как за спиной часто дышит Старик, но не обернулась проверить, как он — сейчас даже секунды нельзя терять.

Тоня быстро подошла к двери, дёрнула её на себя и залезла в кабину. Со стороны тюрьмы донесся хриплый рёв, заражённые их услышали.

Тоня перелезла на водительское сиденье и завела машину ровно в тот момент, когда Старик забрался на пассажирское и захлопнул за собой дверь. В эту же секунду в дверь с силой ударился первый заражённый. А потом ещё. И ещё.

Машину трясло. Поскольку Тоня завела мотор, вероятность того, что заражённые оставят их в покое, теперь была нулевой. Она нажала кнопку блокировки замков. Они были в безопасности. Но вот только что им делать дальше?

***

Они шли очень осторожно, стараясь не шуметь и даже дышать как можно тише. Через детскую площадку они вышли к арке, ведущей на Зубовскую улицу. Напротив выхода из двора через улицу высилась громада здания Счётной палаты. Когда-то папа объяснял Севе, чем именно занимаются сотрудники этого учреждения, но Сева объяснений не запомнил и остался при своем убеждении — будто там просто сидят и пересчитывают деньги. Как гоблины в банке «Гринготтс».

Он оглянулся бросить прощальный взгляд на дом.

— Не грусти, — Костин голос звучал неожиданно бодро. — Мы обязательно вернёмся!

— Наверное...

Сева не стал продолжать. Он знал, что они никогда больше не вернутся сюда и никогда больше не увидят свой дом. Он не стал говорить этого вслух, потому что сейчас это было неуместно и жестоко по отношению к Костику.

Теперь они и есть свой собственный дом — всё самое важное они уносят в своих рюкзаках. Севе вдруг представилось, что если бы они были героями какой-нибудь сказки, то на картинке их и надо было нарисовать с двумя маленькими домиками за спиной — два брата, смело идущие навстречу неизвестности. Только вот Севе было страшно. Этот сложный коктейль из грусти о потерянном доме и страха перед будущим сжимал его сердце так сильно, что, казалось, оно сейчас выскочит из груди. Он вдруг почувствовал, что задыхается.

Костя крепко сжал его руку, и Сева сделал глубокий вдох. Паника отступила. Он не один, они вместе, а вместе им ничего не страшно.

Оглядываясь каждую секунду, братья вышли из арки на Зубовскую. Толпа заражённых, которую они видели глазами Виталика, разбрелась — сигнализация, привлекавшая их внимание, молчала. Мальчики подошли к застывшему потоку машин. В ближнем к ним ряду у всех были открыты двери, и весь широкий тротуар улицы был покрыт телами погибших. Ладно бы телами — заражённые рвали своих жертв, поэтому целых тел на улице было на самом деле не очень много.

Сева сглотнул, пытаясь побороть подступившую тошноту. Костя же вплотную подошёл к ближайшей к ним машине и залез на капот, а с него — на крышу. Сева последовал его примеру.

— Нам ведь на Пречистенку нужно, правильно?

Они повернулись и посмотрели в сторону перекрёстка, на котором Зубовский, пересекая Садовое, превращался в Пречистенку. Да, им надо было именно туда. Когда в прошлый раз они запускали Виталика, братья не заметили важной детали — ведь всё их внимание было обращено к их собственной улице: Пречистенка была перекрыта. Поперёк улицы стояли два танка — дула их орудий были повёрнуты в сторону Зубовской.

— Мы по крышам до танков дойти сможем! — Косте вдруг пришла в голову вдохновляющая мысль. — Заражённые ведь не умеют лазать, правильно?

— Ну, мы этого точно не видели.

— Да не, не умеют, — отмахнулся Костя. — Значит, и на машину они залезать не могут. Если пойдём по крышам, будем в безопасности.

Уверенность Кости передалась Севе. Они начали аккуратно прыгать с крыши на крышу, пробираясь к центру пробки. Делать это оказалось совсем не так просто, как Севе показалось на первый взгляд. Несколько раз они с Костиком подскальзывались и падали, а один раз Костина нога застряла между машин, и он с трудом выбрался. Но самое сложное было даже не в этом.

Теперь, когда они были совсем рядом, а не наблюдали за машинами с коптера, они вблизи видели заживо замурованных в них людей. Большинство уже умерли. От обезвоживания, от жары. А другие... Может они спали?

Постепенно, медленно и непросто, братья преодолевали Садовое.

— Как думаешь, а почему танки не стреляли? Почему у них люки открыты?

Этот вопрос занимал Костю последние несколько минут. Бросить танк и бежать, на его взгляд, было худшей идеей. Заражённые ведь никак не могли пробраться в него — почему же тогда сейчас эти страшные механические машины замерли с открытыми люками, очевидно покинутые в спешке? Сева только пожал плечами.

Ответ на вопрос Кости, на самом деле, был простым: больше всего людей в последние дни погубил не непосредственно вирус, а хаос и паника. Никто и никогда не готовился к зомби-апокалипсису. Ни у военных, ни у полиции — вообще ни у кого не было никакого плана или должностных инструкций, как вести себя в подобной ситуации.

Когда вся мощь вируса обрушилась на Москву, все сотрудники в форме, как и чиновники, облечённые властью, оказались перед лицом опасности просто людьми — не всегда умеющими адекватно оценить угрозу и принять правильное решение. Полковник, отдавший приказ танкам выдвигаться в центр Москвы и перекрыть дороги к Кремлю, не знал, что перекрывать их было бессмысленно, ведь в Кремле уже не оставалось живых. Приказ его был скорее инстинктивным — «спасти самое важное». А приказ есть приказ, и танки выдвинулись. Правда, к моменту, когда они оказались на позиции и перекрыли Пречистенку, полковник был уже мёртв, и что делать дальше, танкистам было абсолютно непонятно.

Когда по радио кто-то сказал, что надо бежать и спасаться, бросать технику, никто из экипажей не задумался о том, насколько это разумно. Бежать в тот момент казалось очень правильной мыслью. Вот только спастись ни у кого из них не получилось. Но ни Сева, ни Костя об этом не знали.

Вблизи танки казались ещё страшнее и ещё огромнее. Мальчишки перепрыгнули с капота ближайшей машины на танк и залезли на башню. Перед ними открылась Пречистенка: здесь пробки не было, видимо, когда бронетехника закрыла въезд, все, кто мог уехать, сумели как-то спастись. Или просто прорваться куда-то подальше. Как бы то ни было, дорога впереди была относительно свободна, и с башни танка мальчишки видели золотые купола Храма Христа Спасителя.

Глава 6

Рома лежал без движения. Он громко храпел и иногда сквозь сон что-то мямлил. Ася ворочалась и волновалась. Пару раз сквозь неглубокий сон ей казалось, что Рома проснулся, что он стоит над ней и смотрит — она вздрагивала и просыпалась, чтобы обнаружить голого полицейского всё так же мирно спящим у стеллажа с чипсами.

Когда окончательно рассвело, Асе в конце концов надоело — волчий сон не приносил облегчения, а, казалось, наоборот, забирал силы. Она хотела сделать кофе, но подумала, что звук кофемашины разбудит полицейского, чего ей вообще не хотелось.

Свалился, гад, как снег на голову!

Ася походила по магазину и нашла в холодильнике кофе в жестяной банке — ну хоть так. Она села за стойку и невидящим взглядом уставилась в прочитанный накануне журнал.

На самом деле Рома уже не спал. Его алкогольный сон был на удивление чутким, и когда Ася встала и начала искать кофе, он сразу проснулся и стал следить за ней сквозь полуоткрытые веки. С похмелья он не сразу вспомнил, что это за женщина и где он оказался.

Он лежал и смотрел, как Ася пьет кофе из банки: а она ничего! Симпатичная. Грудь только маловата, но ладно — сойдёт для нынешних обстоятельств.

Рома понимал, что сейчас надо подумать о будущем: вряд ли стоит задерживаться в магазине надолго. Надо попробовать найти военных, может, выбраться из города, если есть куда выбираться. С другой стороны, в магазине есть еда, выпивка, женщина — куда торопиться?

— Ты сама-то откуда? С Москвы?

Ася аж подпрыгнула от неожиданности. Рома встал, покачиваясь дошёл до стойки кафе и тяжело сел на стул. Он обратил внимание на пустой стакан с недопитым кофе.

— Кофе сделать мне можешь?

— Сейчас. Не, не из Москвы. — Ася специально сделала акцент на этом «из», подчёркивая Ромину неграмотность, но он то ли не заметил, то ли ему это было совершенно фиолетово. — Я из Александрова. Город такой во Владимирской области, пару часов на электричке от Москвы.

— Понял. А я с Уфы. Думал, вот, выбрался в Москву, тут деньги, перспективы... — Рома сделал паузу и закурил. — Ну а тут, гляди, чего вышло. Хуйня какая-то. Хорошо хоть не сдох.

— Ну так а в Уфе, думаешь, сейчас иначе? Там, что ли, не случилось?

— Уверен. В Уфе вообще ничего никогда не случается. Только в Москве всё.

Рома выпустил дым из ноздрей. С похмелья есть ему не хотелось, а вот выпить было бы очень кстати. Пока Ася готовила ему кофе, он дошёл до полки с дорогим алкоголем и взял себе виски — самую дорогую бутылку. Потом вернулся к стойке, сделал несколько глотков кофе, обжёгся, поморщился и вылил четверть бутылки виски в чашку.

— Будет этот, как его — по-ирландски кофе!

И без того нервная от появления нежелательного соседа, Ася напряглась ещё больше. Она отошла вглубь магазина и уселась на принесённый из подсобки стул. За Ромой, казалось ей, наблюдать лучше с безопасного расстояния. Она обратила внимание, что даже с сильным похмельем и даже сейчас, когда он выпил ещё, Рома держал автомат на расстоянии вытянутой руки. Не то чтобы он ему понадобился, реши он справиться с Асей...

Она твёрдо решила, что при первой же возможности сбежит. В голове Ася использовала именно этот глагол — «сбежит». Не уйдёт, потому что всем своим видом Рома показывал — теперь он считает её своей собственностью. Он привык относиться к женщинам исключительно так, и уж точно для Аси, несмотря ни на какие внешние обстоятельства, он исключения делать не будет.

— Знаешь, в Уфе я в соседнем доме от рэпера этого вырос известного — от Фейса! Он тоже в Москву перебрался. За перспективами, за деньгами... Сдох, небось, когда зомби пришли, или может, сам в зомбака превратился!

Рома хмыкнул удачной, на его взгляд, шутке.

— Прикинь? Фейс-зомбак. Весь такой забитый в татухах, ходит сейчас где-нить, людей ест...

Тут он осёкся. Шутки шутками, а Рома вдруг резко вспомнил все свои жизненные обстоятельства и главное — перспективы. И ему от этих мыслей очень погрустнело.

— А тебе чего в Александрове своем не сиделось? Где родился, там и пригодился же, нет?

— Актрисой хотела стать. В училище поступила в Москве. Вот, Мышем пришлось подрабатывать, чтобы на еду хватало.

— Актрисой? — Хоть Рома уже всё и решил, но посчитал, что следующие слова будет правильнее сказать в кружку. — С актрисами у меня ещё не было...

Ася сделала вид, что этих слов не расслышала, а Рома довольно хмыкнул. Его кофе по-ирландски уже закончился, и теперь он просто доверху налил кружку виски.

***

Первые десять минут они просто сидели, смотрели по сторонам и молчали. Или, может, не десять минут, а час? Концепция времени сейчас представлялась Тоне чем-то слишком абстрактным.

Она думала, что тут будет страшнее — из высокой кабины автозака заражённые были отлично видны: рассматривай во всех деталях сколько хочешь. Совершенно не то же самое, что следить за ними из маленького зарешёченного окошка. Но глядя теперь на обезображенные смертью лица, Тоня испытывала в первую очередь брезгливость, а вот страха не было. Может, это было временное ощущение безопасности. Или, может, измученный ожиданием смерти организм решил на время взять паузу и дать Тоне выдохнуть? Ответа она не знала.

Её спутник тоже никаких видимых признаков беспокойства не выказывал, но с интересом наблюдал за тем, как заражённые раз за разом кидались на машину. Автозак шатало, но не более — шатает и ладно.

Вдруг Тоня вспомнила. Она перегнулась через старика и открыла бардачок: есть! Пусть изрядно расплавившиеся от жары, но в бардачке лежали несколько батончиков Snickers — Тонин перекус на время длинных поездок и ещё более длинных ожиданий. Каждый раз, когда они застревали надолго или у суда, или в пробке, она доставала себе шоколадку. Пара конфет и бутылка теплой воды — сейчас и ей, и старику эти простые вещи были милее, чем самая богатая накрытая поляна.

Старик надкусил батончик.

— Вообще-то начинать день со сладкого вредно. — К старику вернулась его «учительская интонация». — От сладкого резко повышается уровень сахара с тощакового значения. Это провоцирует большой выброс инсулина в ответ на этот скачок, сахар снова падает вниз, и в результате организм снова чувствует резкий голод. И так по кругу.

— Ой, да какая разница! Я два дня не жрала, я сейчас сапог бы с радостью съела!

— Тоже правда. Даже не знаю, зачем я это сказал — сила привычки!

Старик дожевал шоколадку и снова уставился в окно.

— Мне кажется, если мы сейчас никуда не едем, вам стоит выключить мотор и не жечь бензин.

Тоня чуть не поперхнулась водой. Как эта простая мысль не пришла ей в голову! Она срочно повернула ключ в зажигании — сначала надо понять, куда они едут. И как вообще у них это получится...

А ведь как сформулировал этот старик, не рявкнул, не обозвал Тоню словом каким-нибудь нехорошим, а деликатно сказал. Для Тони это был новый опыт, и она искоса посмотрела на Старика, как бы ожидая подвоха, оскорбительного продолжения. Но Старик молчал.

— А тебя... Вас как зовут?

— Зовите меня просто Лавр.

— Смешное имя, я думала лавр — это приправа...

— Нет, Тоня, вы имеете в виду Láurus nóbilis, Лавр благородный. Это кустарник, который, действительно, используют в готовке. Моё же имя — это сокращение от Лаврентий.

Тоня кивнула.

— Такое я знаю. Как Берия?

Лицо Лавра помрачнело. Впервые Тоня увидела на нём что-то такое, что не сочеталось с его образом тихого, интеллигентного профессора. Что-то, что Тоня привыкла видеть среди коллег — злобу. Или, может, это была горечь?

— Знаете, это имя уничтожило мою семью...

Старик сделал паузу и отвернулся, как будто эти слова вызвали у него острую реакцию, и он мог заплакать. Тоня хотела что-то сказать, но Лавр повернулся. Глаза у него были сухими. Он продолжил. Чуть тише, чем обычно.

— Мой отец был сыном священника. Он родился прямо накануне революции. Каким-то чудом мой дед сумел скрыть от советской власти своё происхождение, и отец смог поступить в университет, а затем, уже с дипломом, устроился на Сталинградский тракторный завод. У него была хорошая должность, и наша семья — у меня была ещё старшая сестра — неплохо жила. Но отец был всю жизнь убеждённым антикоммунистом, он ненавидел советскую власть и всё, что было с ней связано. Люто!

Хоть начало рассказа и выбило Тоню из какого-никакого равновесия — чего это он про семью свою? — сейчас она слушала Лавра внимательно. Он отвлек её от страшных звуков заражённых — с выключенным мотором их рёв в кабине стал гораздо лучше слышен.

— Мать же моя была из крестьян. Она была истовой коммунисткой и мечтала назвать меня Лаврентием в честь Берии — отважного борца с контрреволюционной заразой и предателями. Представляете, Тоня? Вот такая это была семья, — Лавр неожиданно (и для самого себя) улыбнулся широко и спокойно. — Но мать любила отца без памяти, а отец — её. Моё появление и моё имя — мать всё-таки настояла на Лаврентии — стало для нашей семьи началом конца. Отец всё чаще задерживался на работе, всё чаще проводил время не дома, а с друзьями... Наверное, если бы не война, они бы развелись.

Лавр сделал паузу, и в этот раз глаза его и вправду увлажнились.

— Ну а потом война. Отец погиб на фронте, а я остался. С вот таким смешным именем и грустной историей.

Тоня подумала, что глупо так упираться из-за имени, ну какая разница, как называть — а уж ломать из-за имени семью... Но вслед за этой мыслью, пришла и другая:

— А меня Антониной назвали. Отец с матерью сына хотели, имя ему выбрали, а я вот — не угодила, девочкой родилась. Мне мать рассказывала, папки я и не знала никогда по-настоящему. Так что вот.

Минуту в машине висела тишина. И Лавр, и Тоня пусть ненадолго, но вернулись в мир каких-то детских и, кажется, не очень счастливых воспоминаний. Лавр очнулся первым:

— Нам надо ехать. Пока я не очень понимаю, куда именно, но точно отсюда и поскорее. Полагаю, что разумнее всего в наших обстоятельствах попробовать выбраться из Москвы. Какое здесь шоссе ближайшее?

— Энтузиастов.

Тоня была полностью согласна, что из Москвы им надо выбираться, и чем скорее, тем лучше. Вот только она была совсем не уверена, что сделать это на громоздком автозаке у них получится просто. Но они, конечно, попробуют.

Небольшой кусок переулка, на выезде из которого стоял их автозак, был пуст. Насколько Тоня могла видеть, они точно смогут доехать до поворота на ближайшую большую улицу — Солдатскую. А вот на Энергетическую им даже соваться не имеет смысла: с водительского места Тоня видела, что улица заставлена машинами. Какие-то были целы, какие-то, и это она видела даже отсюда, жёстко пострадали от огня, танковых гусениц или столкновений с другими машинами.

Тоня завела мотор, и как по команде с удвоенной яростью заражённые кинулись на автозак. Тоня переключила передачу, и машина тронулась. Она не хотела сильно разгоняться, опасаясь каких-то сюрпризов. Один из заражённых — молодой человек лет 25-ти в дорогой одежде, заляпанной кровью, — обогнал машину. Тоня нажала на газ, дала чуть вправо и с удовлетворением услышала, как хрустнуло под колёсами тело. Лавр немедленно посмотрел в зеркало заднего вида.

— Не, выжил. Ползёт за нами.

— Ну пусть ползёт, мы от него уедем.

— От него да, а от его коллег? Это нам ещё предстоит увидеть.

Заражённые следовали за их машиной, как стая бродячих собак за велосипедистом. Не догоняя, но и не отставая ни на шаг.

Тоня доехала до перекрёстка. Впереди была закрытая шлагбаумом дорога, на которой жители соседнего дома организовали парковку. Тоня знала, что здесь можно проехать насквозь, а хлипкий шлагбаум её автозаку был не помехой. Она нажала на газ.

***

— Завтрак будешь?

Сейчас нужно было быстрее перевести тему, а потом Рома напьётся, и Ася тихонько убежит. Она внутренне страшно злилась на этого бессмысленного мужика — пришёл в её «дом», нарушил покой, принес в её безопасный уголок ощущение острой небезопасности. Но ничего — она сбежит!

— Да я и так уже завтракаю!

Рома залпом выпил кружку виски и налил себе опять до краев.

— Видишь? Завтрак для чемпионов! Куда теперь торопиться, можно прямо с утра бухать! Тебе налить?

— Нет, — чуть более сухо, чем положено, сказала Ася. — Я с утра лучше кофе выпью.

— Чего так? У тебя планы, что ли, какие-то есть?

Ася вся сжалась от этого вопроса.

— Смеёшься? Куда мы отсюда денемся? Там — зомби, а тут — еда. Вино, опять-таки.

— Ну вот и налей себе вина, чего я один тут бухаю!

Последнее предложение было сказано уже с отчётливой угрозой в голосе, и Ася подчинилась. В надежде, что еда притупит действие алкоголя, она нашла себе самый большой бутерброд, который был в магазине, и налила белого вина в бумажный стаканчик.

— Ну и отлично! Давай за встречу выпьем!

Они чокнулись, и Ася с ужасом увидела, как полную кружку виски Рома выпил опять залпом. Пока она делала вид, что пьёт вино, Рома разделался и с третьей и отшвырнул пустую бутылку. Он грузно поднялся, алкоголь, очевидно, начал действовать — Рому штормило.

— Туалет тут где?

Ася показала рукой в сторону туалета. Рома сделал шаг и упал, растянувшись во весь рост на полу лицом вниз. Спустя пару мгновений Ася увидела, как под ним начинает расползаться лужица мочи.

— Да что ж ты, блять, за животное такое!

Раз Рома в отключке, надо воспользоваться этим моментом и сбежать. Ася на секунду задумалась: может связать его? Снять передник и замотать ему руки? Да нет, бессмысленно. Вот если бы верёвка была или что-то покрепче — передник такого лося не остановит. Только зря время потеряю.

Ася торопливо начала собираться. Ей отчаянно не хватало рюкзака или хотя бы сумки — единственным вариантом был магазинный пластиковый пакет, в который она побросала бутерброды, какие-то пирожки с витрины, протеиновые батончики, сигареты и пару бутылок воды. Наверное, если бы она была одна и собиралась спокойно, она бы подошла к делу как-то более осмысленно, но сейчас выбора не было.

Она поставила сумку с провизией у двери и начала аккуратно и, насколько возможно, бесшумно надевать костюм Мыша. Автомат Ромин она брать не собиралась: во-первых, если она будет в костюме, как и чем она будет на курок нажимать? Мышиными лапищами? Во-вторых, пусть Рома и вёл себя гадко, смерти он не заслуживал, и с автоматом у него оставался хотя бы шанс выжить (а

Ася не будет чувствовать вину за то, что ушла и бросила его одного). Осталось «надеть» голову...

Она даже не сразу поняла, что именно произошло — просто мир вокруг в мгновение перевернулся с ног на голову. Рома со всей пьяной дури ударил Асю в спину ногой. Она отлетела на метр и ударилась головой о прилавок. В глазах у неё потемнело.

— Бросить меня собралась, тварь? — Рома навис над ней. — Подыхать тут одного?!

Он схватил Асю за волосы и швырнул её в сторону. Ася снесла стойку с чипсами и другими снеками.

— Взять думала костюм, а меня тут оставить? Чтобы меня зомби пожрали?

Рома был вдребезги пьяным, это было заметно и по тому, как его шатало из стороны в сторону, и по тому, что речь его звучала как запись на зажеванной магнитофоном кассете. Полицейский размахнулся и со всей дури ударил Асю ногой в живот. Точнее, он хотел ударить её со всей дури в живот, но поскользнулся на собственной моче и упал. Затылок его с треском ударился о кафельный пол.

На четвереньках Ася подползла поближе: Рома был без сознания, по кафелю под его головой медленно расползалась лужица крови. Ася снова оказалась перед выбором — бросить его так, или...? Или что? Убить? Разве это выбор? Помогать она ему сейчас точно не будет, но убивать... Ася вскочила, лихорадочно натянула на себя мышиную голову, схватила пакет и выскользнула на улицу.

***

«Разблокировано воспоминание». Севе нравилась формулировка, он её часто использовал у себя в инсте. Сейчас, стоя на раскалённой броне танка, он думал, что свой сегодняшний пост написал бы так: «разблокировано воспоминание о том, как мне семь лет и я лазаю по танку. Это танк-памятник, кажется, Т-34 — он стоял на постаменте во дворе школы, в которую я пошёл в первый класс. Я много раз по нему лазал, но тот день помню особенным образом — маленький Костя тоже хотел на танк, а мама ему не разрешала, а я сказал, что помогу и что буду его охранять, и мама разрешила. И Костя был счастлив. И я был счастлив. И все мы были счастливы».

116

Его воспоминания нарушил вой — где-то позади группа заражённых нашла себе новую жертву. Женщина из углового дома, выходившего окнами на Садовое, решила попытать счастья: Сева видел спущенную из окна третьего этажа верёвку, кажется, сплетённую из простыней. Женщина то ли сама упала, то ли простыня порвалась, но теперь она лежала на земле и кричала от боли и страха. Буквально минута и всё. Только толпа заражённых — никакой больше женщины.

Сева инстинктивно обнял Костю, которого страшная сцена отвлекла от собственных мыслей. Он думал о сусликах. Правда, не о берингийских сусликах, которых изучал незнакомый ему профессор во благо всего человечества, а об обычных, полевых. В одном из походов у него было развлечение: он просыпался пораньше, вылезал из палатки и смотрел, как рядышком на полянке из своих нор выглядывают суслики. Они очень смешно это делали — сначала появлялся сусличий нос, потом полсуслика и, наконец, целый маленький суслик, который стоял неподвижно и внимательно изучал мир вокруг: нет ли тут для него опасности? Вот и они с Севой сейчас, как два суслика, стояли и изучали лежащую перед ними улицу.

Заражённых видно не было, но улица была не совсем пуста — то тут, то там стояли брошенные машины. Некоторые из них полностью выгорели. Чуть подальше, по левую сторону дороги, машина скорой помощи протаранила витрину аптеки. Сева помнил, что рядом с аптекой в доме была арка, и его это тревожило. Да, на Пречистенке зомби не видно, но они могли ходить по дворам или по переулкам. Увидеть этого отсюда мальчики не могли, а значит, идти им надо было крайне осторожно. Они аккуратно слезли с танка и пошли вперёд. Сева решил, что идти по правой стороне улицы будет безопаснее.

На группу заражённых они тем не менее наткнулись почти сразу: человек семь ходили по обнесённому решёткой двору медицинского центра, расположенного в самом начале Пречистенки. Опасности для мальчиков они не представляли — выбраться из-за высокого забора им было бы и в нормальном состоянии сложно, что уж говорить о сейчас.

Когда братья поравнялись с аркой, Сева остановился. Они снова внимательно оглядели мир вокруг. Вроде бы тихо, вроде бы никого. Они шли так, чтобы производить как можно меньше шума, но делать это было совсем не просто. То тут, то там на тротуаре встречались тела или части тел погибших людей. Сева поймал себя на неуместной мысли о том, что ему сейчас жаль любимые кроссовки — когда они вышли из дома, они были ещё белого цвета, а сейчас пропитались кровью и стали какими-то бурыми. Косте казалось, что они шли целую вечность. Озираясь и оглядываясь, спотыкаясь иногда о тела или поскальзываясь в лужах крови. Это было довольно омерзительно, но самое главное — ужасно страшно. Они шли и думали, что вот сейчас, вот из-за того угла на них налетит заражённый, и они не спасутся...

Братья дошли до маленькой площади и только там встретили первого зомби: он стоял у пешеходного перехода, запрокинув голову, и издалека могло показаться, что это просто обычный человек, ждущий сигнала светофора. На человеке был костюм, и только когда он повернулся в сторону мальчишек, Сева с Костей увидели закатившиеся белые глаза и окровавленный рот — очевидно мужчина в костюме уже успел кого-то убить и съесть.

Стараясь не дышать, Сева рукой показал Косте на ограду небольшой клумбы, которая была разбита по левой стороне дороги. Это была даже не клумба, а такой приподнятый газон — его гранитная ограда была не настолько высока, чтобы гарантировать мальчикам безопасность, но она бы точно создала для заражённого препятствие и, может быть, помогла бы им спастись. Но заражённый, покрутив головой, ушёл обратно в переулок. У Севы уже родилась теория, что зомби не очень любят яркий солнечный свет и жару. Не в смысле «как вампиры не любят», а просто испытывают дискомфорт и стараются уходить и искать тень. Это было важным наблюдением — значит им стоит нарочно идти там, где самое солнце.

Костя первым заметил коляски — для совсем грудничков, закрытые, — стоявшие у памятника посреди площади. Вокруг никого не было, и над площадью висела зловещая тишина. Лишь изредка откуда-то издалека доносились ритмичные взрывы. БУМ. БУМ-БУМ. И опять тихо.

— Сев, давай не будем смотреть, пожалуйста. Давай обойдём?

Разум подсказывал Севе, что путь через центр залитой солнцем площади короче и безопаснее, но он не мог представить себе, что они пройдут рядом с этими колясками и не заглянут. Что-то ведь наверняка заставит заглянуть, а увидев, они этого уже никогда не забудут.

Они свернули левее и аккуратно пошли вдоль уродливой многоэтажки, которая смотрелась на этой когда-то красивой улице абсолютно чужеродно.

Братья только что вышли из-за угла обратно на Пречистенку, когда Костя вдруг закричал:

— Сева, Сева, гляди, там мышь!

Сева резко обернулся и посмотрел в сторону, куда указывал аж подпрыгивающий от возбуждения Костик.

— Там огромная мышь была! Розовая! Честное слово!

«Только солнечного удара у Кости сейчас для полного счастья не хватало!» — сердито подумал Сева, но вслух этого не сказал.

— Да я верю, не волнуйся. Может быть, убежала уже. Пойдём, нам совсем нельзя терять время.

В огромную розовую мышь Сева не верил, а вот гора трупов, которая лежала прямо перед ними на тротуаре, его всерьёз волновала. Даже сквозь банданы они чувствовали запах смерти, хоть сейчас он и стал немного привычнее. Сева, правда, думал не об этом. Уже не раз он обращал внимание, что заражённые держатся ближе к местам массовой гибели людей. Они видели такие нагромождения мёртвых, когда запускали Виталика, и когда переходили Садовое — тоже видели. Это точно не были гнёзда, заражённые не могли ничего создавать. Наверняка они возникали в тех местах, где сталкивались группы зомби, просто механически. Но как бы то ни было, потом заражённые всегда держались поблизости, а значит, рядом с братьями сейчас был источник опасности.

Сева и Костя на цыпочках перешли улицу на другую сторону, где рядом с домом с колоннами были припаркованы несколько дорогих машин. В одну из них врезался джип Land Cruiser Prado. Сева забрался на капот и помог залезть на широкую крышу Костику. Прежде чем они пойдут дальше, им стоит осмотреться.

***

Рома просыпался в луже собственной мочи не в первый раз. Хоть и не так часто — какое-то время из-за работы он старался ограничить употребление спиртного, — но такое с ним уже случалось. Пару раз дома, разок в бане...

Когда он открыл глаза, с минуту Рома думал, что всё как обычно и он дома и просто вчера с пацанами посидел хорошо. А потом он вспомнил Асю.

С рёвом «убью, сука!» он вскочил с пола, снова поскользнулся, снёс своим телом последний оставшийся целым стеллаж с продуктами и придавил его сверху. Второй раз он поднялся уже аккуратнее.

Его прозрачные глаза светились не просто злобой, это была ярость, больше похожая на тот страшный инстинкт, что гнал заражённых убивать. Он огляделся, понял, что в магазине он один, а баба сбежала.

Молча он взял автомат и решительно вышел на улицу: найдёт, догонит, и тогда эта грёбаная мышь пожалеет, что на свет родилась.

***

Костя увидел заражённую первым. Медленно, с шумом втягивая ноздрями воздух, из переулка справа от них вышла пожилая женщина в юбке и кофте. За ней, буквально в паре метров, шёл парень лет двадцати, а за ним — мужик в строительном комбинезоне. У всех трёх рты были измазаны кровью, голова у парня была неестественно запрокинута назад и вправо, а строитель подволакивал ногу. Костя ткнул Севу локтем в бок.

Сева был выше Кости, и когда он повернулся, то увидел, что чуть дальше по переулку стоит ещё несколько зомби. Он хотел рассмотреть их получше, но в этот момент из переулка напротив вышел человек. Человек был голым, из одежды на нём был только передник — такие передники были у поваров в школьной столовой. В руках человек держал автомат.

120

Костя подумал, что в кино в такие моменты режиссёр специально замедляет скорость происходящего на экране, чтобы зрители могли рассмотреть весь ужас в подробностях и мельчайших деталях. В жизни ничего, конечно, не замедлилось.

Заражённым потребовалась секунда, чтобы унюхать человека. Мужик же потратил эту секунду на то, чтобы поднять автомат и дать короткую очередь: голова заражённой женщины взорвалась. Она рухнула, но другие зомби ринулись на добычу ещё до того, как её тело коснулось асфальта. Рома успел выстрелить ещё раз, и вторая очередь «убила» молодого зомби, но лишь задела строителя, который вцепился полицейскому в горло.

Костя и Сева будто окаменели, и единственная их общая мысль была «только бы нас не заметили».

Вторая группа заражённых, которых видел Сева, была чуть дальше, и к моменту, когда зомби добежали до строителя, они успели разогнаться. На полной скорости они врезались в склонившегося над своей жертвой «сородича».

Сила удара была существенна, и вся компания заражённых кубарем покатилась дальше в переулок. Сева схватил Костю за руку и шепнул: «Бежим». Сейчас у братьев был шанс — незаметно проскочить, пока заражённые заняты друг другом и недоеденной жертвой.

Пробегая перекрёсток, Костя краем глаза увидел, что голый мужчина ещё шевелился. Он был жив. Вряд ли надолго, судя по страшным ранам, но жив. Костя отвёл взгляд и поспешил за братом.

Синеющими губами лейтенант Кириллов произнёс своё последнее слово.

— Сука…

Глава 7

Расул стоял и смотрел на звёзды. Он по ним очень скучал. За почти два года, что Расул провёл в Москве, он, кажется, и не видел их вовсе — электрический шум никогда не спящего города заглушал бесконечно далёкие облака рас-

калённого газа, и за ними надо было ехать домой, в Дагестан. Там, в его родном селе Ахалчи были такие звёзды,
которых москвичи и не видели, небось, в жизни своей.

Иногда вместе со своей старшей сестрой Мадиной
Расул уходил поздно вечером смотреть на ночное небо —
для этого надо было подняться на вершину холма, рядом
с которым располагалось их село. Они расстилали плед,
смотрели на звёзды, ели яблоки и болтали о будущем.

Вообще-то Расул планировал идти в армию, как дядя
и братья. Отслужить срочную и устроиться по контракту
в расположенную неподалеку в Хунзахе военную часть.
Стал бы пограничником, денег бы было достаточно —
семью бы завёл. Но неожиданно в армию его не взяли.
Не помог даже дядя-полицейский, который сына своего
устроить сумел, а Расула — никак. Это был довольно сильный удар, вот так раз — и рассыпались все планы и при-
думанная спокойная жизнь.

Попробовать съездить в Москву на заработки предложила мама, и Расул согласился. Пара часов на автобусе
через самый длинный в России тоннель — Гимринский,
из Махачкалы самолётом, и вот он уже на другой планете,
в Москве. Тут всё было иначе и всё было непонятно.

Но только поначалу. Сейчас, стоя на крыше дома номер 15 по Староваганьковскому переулку, Расул свои первые недели в Москве вспоминал с улыбкой.

Пожил у друга, нашёл, где снять комнату, устроился
курьером в «Яндекс.Лавку». По совету одного из родственников пошёл учиться на курсы при Бауманке — неожиданно понравилось. Оказалось, у него талант, и он думал
поступать на очное, тем более семья поддерживала: учит-
ся в Москве, может быть, толк из парня выйдет, человеком станет уважаемым. Снова Расул рисовал себе в воображении предсказуемое и спокойное будущее, и снова
судьба равнодушно и как бы походя разрушила все его
планы.

Он докурил сигарету почти до фильтра и с раздражением бросил затухающий бычок вниз. Сейчас опасаться
попасть в случайного прохожего уже не было нужды —
Староваганьковский переулок был заполнен телами

погибших и остовами искорёженных и выгоревших автомобилей. Один бычок не играл никакой роли.

Расул сел на крышу, прислонился к парапету и задумался, всё так же глядя на звёзды.

Это была последняя сигарета. Еда и вода закончились ещё вчера утром, так что, по сути, выбора у него и не оставалось — надо пробовать как-то слезть вниз. Не сейчас, конечно. Когда светать начнёт.

У Расула было только базовое представление о том, как именно он будет слезать с седьмого этажа, цепляясь за все доступные выступы на фасаде; но это была лишь идея, и совсем не факт, что через несколько часов он не пополнит ряды погибших, рухнув на асфальт с большой высоты. Это была грустная мысль. С другой стороны, вариантов правда не оставалась — умирать на крыше под палящим солнцем без еды и воды было идеей непривлекательной, а о том, чтобы возвращаться в подъезд, не могло быть и речи. Расул поёжился.

Он оказался на этой крыше три дня назад — в тот самый день, когда злополучная мышь совершила свой побег из Института функционального бессмертия. День у Расула тогда не задался с самого начала. Его велосипед, на котором он развозил заказы, сломался, поэтому на смену он вышел пешком, а значит — впереди его ожидал день в общественном транспорте, что означало меньше заказов и меньше денег. В автобусе, на котором он ехал на работу, сломался кондиционер. И без того не очень дружелюбные москвичи, умирая от жары в душном салоне, больно толкались и наступали на ноги — ещё бы хоть кто извинился!

В самом дурном расположении духа Расул повёз первый заказ — полный рюкзак какой-то азиатской еды, видимо, на компанию. Седьмой этаж. Разумеется, без лифта. Хорошо хоть дом недалеко от остановки.

Он услышал стуки и крики, когда добрался до пятого этажа. Звуки, перемешанные с орущей музыкой, доносились сверху. «Нормально веселятся», — подумал Расул. Чуть сбив дыхание, он добрался до седьмого этажа, где шум сливался в один неразборчивый фон.

Лестничная площадка представляла собой вытянутую в две стороны «кишку»: два одинаковых коридора закрывали хлипкие деревянные двери со стеклами. Расул нажал на кнопку звонка и увидел, как в самом конце коридора распахнулась дверь дальней квартиры. К долбящей музыке и стуку прибавилось рычание и истошный женский крик. Из открытой двери вылетела девушка. Она была в крови. За ней в коридор вывалился её преследователь.

Это был высокий парень с приятными чертами лица, только сейчас они были искажены в страшном крике. Изо рта у парня капала кровавая пена, а в глазах не было видно зрачков — только белки.

Это был инстинкт. Точно не осмысленное решение. Расул повернулся и побежал — но не вниз, в подъезд, а наверх. В конце короткой лестницы была решётка, закрывающая дверь на чердак, а в решётке — аккуратно выпиленная дыра. Он нырнул в неё, рюкзак с едой чуть не застрял, но Расул сильно дёрнул его на себя, порвал одну лямку и затащил его следом за собой.

Он обернулся и выглянул сквозь прутья решётки: чудовище догнало девушку и за те секунды, которые потребовались Расулу, чтобы спастись, повалило её и... Монстр просто рвал её и запихивал куски плоти себе в пасть.

Расул отвернулся и побежал. Через чердак и низкую дверь на плоскую крышу.

Прошло, наверное, полчаса, прежде чем ноги стали снова слушаться. Расул подошёл к краю крыши посмотреть, что происходит внизу. Заворожённый смотрел он, как волна за волной заражённые наполняли собой переулок, сея смерть и разрушения. Первые часы в переулке ещё было какое-то движение. На огромной скорости машины пытались прорваться к Кремлю, врезаясь в толпы зомби, но попытки эти чаще не удавались — автомобили увязали в телах.

Расул открыл твиттер — его старенький сяоми не тянул даже YouTube, а вот с твиттером как-то справлялся. Чтение новостей немного помогло: из хаотичных сообщений Расул понял, что в столице какая-то чума и все умирают, а кто не умирает сразу, становится зомби и начинает есть других. Он даже ущипнул себя, чтобы проверить, что он не спит — нет, не спит.

Наступила ночь, но на его крыше было светло от горевших вокруг пожаров. Храм, стоявший на другой стороне улицы, загорелся ещё в первый день, и сейчас от него не осталось ничего, кроме провалившегося от жара купола и оплавившегося креста.

Орали сигнализации, где-то страшно кричали люди. Бахнул танк, потом ещё раз. Расул услышал, как где-то неподалеку взлетает вертолёт. Звук лопастей сначала приближался, а потом оборвался, и ночь раскрасил столб огня — откуда-то со стороны Кремля. Расул смотрел и смотрел, он не мог отвести взгляд и всё время думал о доме. О звёздах и яблоках, о маме и сестре.

Он позволил себе открыть рюкзак, только когда голод стал совсем невыносимым. Аккуратно прочитал рукописные этикетки на всех контейнерах: лапша с курицей, рамен, том-ям с кимчи, пирожки бао со свининой. Это была незнакомая еда. В вопросах гастрономии Расул был консервативен, и за два года в Москве позволил себе только один раз попробовать суши (ему не понравилось), в остальном же он старался искать что-то родное и привычное. Но выбора не было, и за следующие дни он съел весь заказ, даже харамные пирожки. Ему показалось, что в сложившихся обстоятельствах Всевышний к этому поступку отнесётся с пониманием.

Отведя наконец взгляд от звёзд, он встал, ещё раз оглядел мёртвую улицу внизу, улёгся на тёплой крыше и уснул. Его сон состоял из шума и ярких вспышек: взрывы, крики, звуки лопастей вертолёта.

Когда Расул проснулся, было уже сильно за полдень. Даже пекущее солнце удивительным образом не нарушило его сон и, поднимаясь с уже горячей крыши, он почувствовал, что отдохнул и выспался. Только очень хотелось есть. Ну что ж, сейчас он узнает, будет ли сегодняшний день последним в его жизни, или Всевышний всё-таки даст ему ещё один шанс. Расул твёрдо решил, что если выживет, вернётся домой и никогда из села уезжать больше не будет. Даже в Кизилюрт.

Он снял кроссовки и кинул их вниз. Спускаться будет проще босиком. Он перевесился через парапет крыши и посмотрел вниз: очень высоко. Слишком высоко! Но делать нечего.

Расул уже было занёс ногу, чтобы перелезть, когда увидел в конце переулка странную фигуру. Очень аккуратно через горы мёртвых тел и машин пробирался человек в ростовом костюме розовой мыши. В отличие от Кости, Расула мышь ничуть не удивила — несколько его знакомых вот так подрабатывали на Арбате. Ему же такой способ заработка всегда казался унизительным. Впрочем, какая разница — главное, что по улице шёл живой человек!

Расул перелез через парапет, повис на нём, одной рукой ухватился за водосточную трубу и, цепляясь за неё, но никогда не перенося на неё весь вес, пополз вниз.

***

Тоня была уверена, что это случится раньше, но их автозак окончательно заглох и отказался заводиться, только когда она попыталась протаранить им ворота Лефортовского парка.

По Красноказарменной улице проехать было невозможно: у моста дорогу перекрыли два врезавшихся друг в друга трамвая. Множество разбитых машин закрывали съезд на набережную. Тоня с Лавром было отчаялись, когда ей пришла идея срезать через парк. Тут-то их и подвёл отечественный автопром. Автозак протаранил тяжёлые железные ворота, въехал в парк и издох.

Но это была не самая плохая новость. В зеркало Тоне с Лавром было отлично видно, какая толпа собралась у их машины. Сотни заражённых врезались в автозак, давили друг друга и страшно кричали. Тоня вроде уже научилась «отключаться» от этого омерзительного звука, но всё равно было неприятно и тяжело. Пробирало до мурашек. Как будто кто-то длинными ногтями скрёб по школьной доске.

Была и хорошая новость. Видимо, один из сторожей парка при первых признаках беды закрыл обе ведущие внутрь калитки. Автозак пробил ворота, но при этом задняя его часть заблокировала проход, и Тоня с Лавром могли при желании спокойно выйти и пойти вперёд. Но сначала, как разумно заметил Лавр, чтобы не испытывать судьбу, было правильно подождать, пока страсти поулягутся.

Они сидели молча уже около часа. Сил говорить не было — с момента, когда они выехали из ворот тюрьмы, они не спали и, что самое важное, не ели. От голода у Тони громко заурчало в животе.

— Вы правы, Тоня, есть очень хочется. Но где мы тут можем что-то найти?

Тоня неплохо помнила Лефортовский парк, он был рядом с работой и она иногда здесь гуляла.

— В центре парка есть кафе с блинами. Может, повезёт, и там что-то осталось.

Идея блинов, или даже просто какой-нибудь блинной начинки, вдохновила обоих. Тоня ещё раз посмотрела сначала в зеркало заднего вида, потом в окна — нет, заражённых в зоне видимости не было. Значит, можно рискнуть.

Они вылезли из машины, стараясь не шуметь и не привлекать к себе внимания собравшейся за оградой толпы, и медленно пошли по центральной аллее вглубь парка. Идти до кафе было недалеко, но Лавр считал, что им не стоит торопиться — важнее соблюдать осторожность и идти максимально тихо. В результате шли они не спеша, как будто прогуливались. Как будто они дедушка и внучка.

— Никого нет. Ни уток, ни белок, ни собак — просто никого...

Тоня вопросительно смотрела на Лавра, надеясь, что он предложит какое-то объяснение этому обстоятельству, но Лавр был весь погружён в мысли. Тоню же тишина угнетала — в тишине было ещё страшнее.

— Лавр, а дети у вас есть? Или там внуки любимые?

Вопрос про семью, казалось, ненадолго отвлёк Лавра от его очевидно грустных мыслей. Голос его стал как будто более звонким.

— Две дочки и внук. — Он сделал паузу и опять погрустнел. — Его зовут Давид, но я с ним, к сожалению, ещё не знаком. Не успел.

— Как так «не успел»?

— Дело в том, что мои девочки, обе, живут не в России. Они много лет назад уехали в Швейцарию и вышли замуж уже там. Давид родился у моей старшей — Вики — совсем недавно, ему всего пара месяцев. Я собирался полететь к ним в сентябре познакомиться, но теперь...

От этого ответа у Тони неожиданно испортилось настроение: вот, ей казалось, Лавр нормальный человек, а у него дочки в Швейцарии. Небось за богатеньких замуж выскочили и сбежали. Тьфу!

Лавр не мог знать об этих мыслях и продолжал говорить, хотя Тоня бы сейчас предпочла, чтобы он снова замолчал.

— Я всегда мечтал, чтобы мои девочки занимались наукой. Но я мечтал заразить их своей специальностью, чтобы они продолжали моё дело. А получилось, конечно, совсем не так, как я задумывал. Вика преподаёт в Бернском университете математику, а моя младшенькая, Соня, работает в ЦЕРНе. — По озадаченному лицу Тони Лавр понял, что слово «ЦЕРН» ей ни о чём не говорит, и поспешил объяснить. — Это самый важный в Европе центр ядерных исследований.

Минутное раздражение прошло, и теперь на Тоню накатила тоска. Лавр говорил о какой-то совершенно другой и непонятной ей жизни, как будто описывал быт марсиан. В этой жизни у девочек был папа, причём не просто как жизненное явление или предмет домашней утвари, а настоящий папа, заботливый, любящий. В этой жизни у девочек были возможности состояться — не просто безопасность, а возможность сделать карьеру, причём в каких-то областях, которые Тоне казались абсолютно для девочек недостижимыми. Живут в Швейцарии... От грустных размышлений её отвлек Лавр.

— Боюсь, с едой нам не повезёт...

Они дошли до небольшого перекрёстка на пригорке — внизу на небольшой площади и должно было располагаться заветное кафе. Но его место теперь занимало пепелище. Даже с расстояния Тоня видела, что вокруг сгоревшей постройки лежали тела.

— Из парка есть ещё один выход, — Тоня решила перевести тему. — Не через центральные ворота. Калитка прямо у набережной. Её обычно запирают на щеколду, не на замок, можем там попробовать выйти.

Лавр кивнул.

— Тоня, давайте только внизу не пойдём. До этой калитки ведь можно как-то иначе добраться?

Она сначала не поняла почему, а потом, проследив за взглядом Лавра, вдруг поняла так отчётливо, что ей даже стало немного дурно.

Правее от площади со сгоревшим кафе сквозь деревья были видны очертания детской площадки. Вот куда она точно не хотела сейчас идти... Горькая тошнота подступила к горлу от одной мысли.

— Да, мы поверху обойдём.

Весь парк был довольно небольшим, и они совсем скоро дошли по тенистой аллее до следующего перекрёстка и свернули на тропинку, спускавшуюся в сторону набережной. Несколько раз им встретились тела погибших: человек в шортах и футболке, которого очевидно загрызли на пробежке, молодая женщина в джинсах — её разорванное тело лежало прямо посреди тропинки. Ни Тоня, ни Лавр уже не находили в себе сил реагировать на смерть как на что-то необычное. Они обошли их и пошли дальше.

Неожиданно Лавр резко остановился и схватил Тоню за руку. От удивления она чуть слышно вскрикнула, и он поднял руку закрыть ей рот. Убедившись, что Тоня не собирается ни кричать, ни говорить, Лавр беззвучно показал рукой в сторону небольшого пруда, и Тоне пришлось приложить все силы, чтобы не закричать.

Вокруг воды плотной толпой стояли заражённые. Их было несколько десятков, может быть, сто человек. Они стояли, подняв головы вверх и не мигая смотрели на небо. Никто из них не шевелился, они застыли в одинаковых позах, как воины Терракотовой армии.

Тоня повернулась к своему спутнику с явным намерением что-то спросить, но Лавр отчаянно замотал головой.

Заражённые стояли в паре метров от тропинки, которая вела к заветной калитке и выходу из парка. Теперь они шли совсем тихо. С толпой таких размеров у них не было бы ни одного шанса, любое неверное движение —

и их разорвут на части. Шаг за шагом они аккуратно двигались мимо «спящей» толпы.

Чем ближе они подходили к заражённым, тем отчётливее чувствовался тяжёлый смрад, который исходил от стаи. Запах смерти, испражнений, крови, гниения. Тоне и Лавру стоило больших усилий удержаться и не издать ни звука.

До калитки оставалось метров двести-триста, но они двигались так медленно, что на этот короткий путь у них ушло часа полтора. Когда они думали, что стая осталась позади, они встретили вторую группу заражённых, которые стояли в тех же позах ещё ближе к тропинке.

Шаг за шагом, стараясь даже дышать беззвучно, Тоня и Лавр приближались к выходу из парка.

Тоня оказалась права: калитка была закрыта, но не заперта. Она резко отодвинула задвижку, а Лавр с силой потянул тяжёлую железную калитку на себя. Ржавые петли громко скрипнули, открываясь с явной неохотой. И одновременно — Лавр готов был поклясться, что калитка даже до конца ещё не успела открыться — начали просыпаться заражённые. Не один за другим, а все разом — они кинулись в сторону звука.

Лавр вытолкнул вперёд Тоню, повернулся закрыть задвижку и едва успел это сделать, когда в ограду врезался первый заражённый. Старик сделал шаг назад и помог Тоне подняться. Пространство за решёткой теперь было заполнено заражёнными, которые тянули через ограду руки и кричали.

Лавр с Тоней стояли и молча смотрели на это ужасное зрелище. В толпе было много людей в форме — в парке часто занимались военные из расположенного рядом университета — но большинство были обычными людьми. Студенты, школьники, молодые мамы. Тоня не отрываясь смотрела на девочку лет девяти в белой юбке в крупный синий горох и футболке с «миньонами». Просунув лицо сквозь прутья решётки, девочка кричала, неестественно широко разевая рот с выбитыми зубами. Тоне было очень страшно, и страх как будто парализовал её, она стояла и смотрела, и не могла оторваться. Лавр взял её за руку и потянул — им надо было идти дальше.

— Я устал, Сев...

— Коть, я тоже устал, но надо ещё немного пройти. Мы же только чуть-чуть прошли.

— Ну это если бы мы гуляли — было бы чуть-чуть, а мы от смерти спасались и от зомби убегали. Я устал!

Сева на самом деле тоже устал, и он отлично понимал, что раз он так себя чувствует, то младшему брату ещё сложнее. Но делать было всё равно нечего — они не могли сейчас остановиться.

— Давай ещё часок, и поищем, где на ночь спрятаться?

— Угу.

Они почти дошли до метро «Кропоткинская», и Костя увидел впереди кафе «Воронеж». Его родители это кафе очень любили, особенно папа, особенно их бутерброд с каким-то мясом. Костя его тоже пробовал, но ему не понравилось — вообще, зачем взрослые кладут в бутерброды такие невкусные вещи, как маринованные огурцы, он понимать отказывался.

Костя внимательно осмотрелся по сторонам. Заражённых видно не было.

— Может, зайдём в «папино» кафе?

— Давай не будем, а? Я не голоден вообще.

Костя пожал плечами. Ну, может оно и к лучшему. Они аккуратно вышли на площадь у метро и остановились. С тех пор, как здесь прошла Ася, толпа заражённых не только разрослась, но и сдвинулась ближе к метро.

Сева показал Косте рукой на большой храм и на начинающуюся рядом с ним Волхонку.

— Нам с тобой вот туда надо. Только как мы туда попадём?

Движение толпы заражённых издали выглядели как морской прилив или раскачивание маятника — они перемещались то ближе к выходу из метро, то, наоборот, всей толпой уходили в сторону набережной. Теоретически мальчишки могли подождать, пока этот страшный «маятник» не качнётся снова в сторону реки, и проскочить, но это было, во-первых, рискованно, а во-вторых, просто очень страшно.

— Идея! Давай их Виталиком отвлечём?

Сева восхищённо посмотрел на брата.

— Гениально! Ты просто чёртов гений! Конечно!

Костин план был прост. Сейчас они аккуратно дойдут до метро, перейдут на другую сторону площади и от угла дома напротив храма запустят дрон, который шумом отвлечёт заражённых и обеспечит братьям возможность безопасно пробраться дальше.

Воодушевлённые этой перспективой, мальчики двинулись вперёд, и прямо на углу Пречистенки и Гоголевского бульвара в Севу врезалась девочка.

От удара они оба растянулись на асфальте, а Костя налетел на девочку с кулаками, не сразу поняв, что она живая девочка, а не заражённая.

— Отстань, отстань, я случайно!

Костя сделал шаг назад. Девочка поднялась с асфальта и сердито посмотрела на него.

— Чего ты драться сразу лезешь! Если бы я больная была, я бы его сразу есть начала, а я не больная!

Выглядела она, действительно, совершенно здоровой. Севе показалось, что девочка его ровесница — она была как минимум с ним одного роста. Хотя это особо ни о чём не говорило, он встречал девочек младше себя, которые были при этом выше. На вид она была хрупкая, в джинсах и чёрном худи с логотипом ТикТока и в массивных серёжках. Её почти белые волосы были забрызганы кровью.

— Я — Маша.

— Мы — Костя, — Сева показал на брата пальцем, который сейчас насупился и был похож на сердитого совёнка, — и Сева. Ты тоже спасаешься?

Маша тяжело вздохнула.

— Ну да. Спасаюсь как могу. Пока вроде получается.

Сева смотрел на девочку и думал, вот мы вдвоём и нам страшно, а ей каково? И кажется та же мысль пришла в голову и Косте, который протянул Маше руку.

— Ну, давай... давай вместе спасаться...?

Маша кивнула и посмотрела на Костю с благодарностью. Севе показалось, что девочка была как-то особенно признательна за то, что Костя сам предложил, и ей не пришлось первой спрашивать и навязываться.

Они молча перешли дорогу, переступая через тела и обходя горы трупов, которых у метро было предсказуемо много. Костя с Севой закрыли себе нос и рот повязками, потому что запах снова стал абсолютно невыносимым.

Дойдя до угла дома, они остановились. Ближайшие к ним заражённые были примерно в двадцати метрах. Маша жестом показала на толпу и шепотом спросила:

— Мимо этих мы как проходить будем? Они ж услышать нас могут.

— Мы их Виталиком отвлечём!

Костя аж светился от гордости, а вот на Машином лице ничего кроме недоумения не читалось.

— Каким ещё Виталиком? Кто это такой? С вами ещё кто-то идёт?

— Это наш дрон. Ты ведь тоже заметила, что они не видят, а только слышат? Вот мы запустим дрон и его шумом отвлечём толпу. Это Костя придумал.

Сева ожидал какой-то реакции, может, слов похвалы или восхищения гениальностью Костиного замысла, но Машу план, кажется, вообще не впечатлил.

— Вы назвали свой дрон Виталиком?

— Ну да, а что? — В голосе Кости, кроме недоумения, слышалась лёгкая обида.

— Нет, нет, ничего.

Костя знал этот тон, это был мамин тон, когда они с Севой делали что-то не так, но вместо того, чтобы сказать прямо, мама начинала ёрничать. Скорее по-доброму, но всё-таки.

Маша выглянула из-за угла на площадь — один из заражённых неожиданно изменил траекторию своего движения и шёл теперь прямо на них. Не быстро, не целенаправленно, но тем не менее двигался в их сторону.

— Давайте, выпускайте Виталика, а то нас сейчас тут сожрут!

***

Ася не помнила, как дошла до площади у станции «Кропоткинская». Выйдя из «Азбуки», она просто шла, не разбирая дороги, всё время думая о том, что вот сейчас Рома её догонит, схватит, ударит. Подгоняемая этим страхом, она шла и шла вперёд. А страх не отпускал её, и в какой-то

133

момент превратился в панику, и Ася забыла о том, что город вокруг опасен, и побежала вперёд.

Она не думала о том, куда именно бежит, важнее было, откуда. Спотыкаясь и падая, она бежала вперёд — просто как можно дальше от проклятого места и страшного мужика.

Когда Ася была подростком, её младший брат Гриша любил играть на старом айпэде в игру про отважного мышонка. В ней надо было пальцем вести мышонка по имени Мистер Скуик по комнате, наполненной злыми котами, к заветному сыру. Пройти надо было таким образом, чтобы никто из котов не заметил. Сейчас Ася вдруг вспомнила Мистера Скуика и подумала, как бы хорошо было, если ответственность за собственную безопасность она сейчас могла вот так на кого-то переложить. Чтобы кто-то сверху взял и провёл её самым безопасным маршрутом.

Ася не могла этого знать, но её реальность на самом деле не сильно отличалась от Гришиной игры. Она двигалась сейчас по заполненному заражёнными району с такой скоростью и таким маршрутом, что все трагические и опасные события происходили на её пути ровно тогда, когда она выходила из зоны их поражения.

Она проходила подворотню, и минуту спустя из неё выбегала толпа заражённых. На одном из перекрестков она вполне могла погибнуть под колесами уродливого автомобиля УАЗ «Патриот». Отставной танкист, отсиживавшийся дома, добрался до любимого автомобиля и решил попробовать прорваться через толпу заражённых, которые перекрывали ему выезд из двора. Он достаточно разогнался, чтобы действительно снести стоявших на его пути зомби, но скорость была слишком велика, а машина плохо управляема. Выехав на Пречистенку, он не справился с управлением, врезался в дом напротив и умер, вылетев через лобовое стекло сразу в стену. Разбитая машина загорелась, и минуту спустя улицу потряс сильный взрыв. Но Ася была уже далеко.

Она остановилась у края площади и огляделась. Огромный Храм Христа Спасителя на другой стороне был в целости и сохранности, он возвышался над заставленной сгоревшими автомобилями и заваленной телами площадью и кокетливо подмигивал миру сверкающими куполами. Площадь рядом с ним и спуск к реке буквально кишели заражёнными.

Офисные клерки, пенсионеры, школьники, полицейские. Одни хаотично двигались, периодически поднимая головы к небу и издавая голодный рёв, другие застыли в полу-анабиозе. Изредка то здесь, то там в толпе заражённых кто-то падал и начинал биться в судорогах. Ася перевела взгляд правее — здание на углу площади, в котором располагался ресторан «Vаниль», выгорело целиком.

«Vаниль» был единственным полноценным рестораном, в котором Ася сумела побывать за всё время учебы в Москве. В отличие от своих столичных однокурсниц, которые обожали по субботам ходить на бранч в Noor или в какое-нибудь другое тусовое место, Асин рацион составляла в основном гречка с тушёнкой и жареным луком или наскоро сделанный салат из помидоров и огурцов со сметаной. Что-то дешёвое, что она могла очень быстро приготовить на кухне в общежитии. Ну, иногда «Мак». По праздникам.

В «Vаниль» совсем недавно её позвал на свидание молодой продюсер Ваня. Он показался ей симпатичным и искренним, и точно не производил впечатления героя шутки «а ты точно продюсер?». Ася согласилась на свидание, и Ваня не разочаровал, оказавшись приятным обаятельным парнем, которого в кино интересовало в первую очередь кино. По его округлившимся при виде меню глазам, Ася поняла, что он прежде в ресторане этом не был и возможности свои несколько переоценил. Ей очень хотелось поесть чего-нибудь вкусненького, но она сказала, что не голодна и разве что разделила бы с Ваней один простой салатик. Он ничего не сказал, но она почувствовала, что он понял. И оценил.

Они просто сидели и болтали, а потом прошлись пешком через реку до метро «Третьяковская» и договорились о следующей встрече...

Ася вспомнила, что встретиться они собирались как раз сегодня. Пойти в Нескучный сад погулять, а потом, может быть, в кино. Ей захотелось заплакать, но слёзы почему-то не потекли. Она было подумала «интересно, а что с ним стало?», но от этой мысли стало совсем грустно.

К счастью, Ася не могла знать, что Ивана съели у проходной Мосфильма — он ещё не до конца освоил столь важное для продюсера искусство бессмысленных понтов и ездил на встречи на общественном транспорте. Выйдя из автобуса, он только успел перейти дорогу к студии, когда на него напала толпа заражённых.

Ася огледела площадь ещё раз и поняла, что левая её часть — рядом с выходом из метро — была почти свободна. Если Ася не будет шуметь и привлекать излишнего внимания, она сможет пробраться по краешку к бульвару и подняться в сторону «Арбатской». Подальше от страшной толпы заражённых у храма.

***

Перекрёсток у набережной Яузы был одной сплошной пробкой, вставшей здесь уже навечно. Часть машин сгорела. Очевидно, пытавшийся прорваться на набережную грузовик застрял, врезавшись в скорую помощь. Тоня забралась на капот ближайшей к выходу из парка машины и огляделась. Сразу за пробкой начинался небольшой свободный отрезок набережной, в конце которого она увидела заправку.

— На заправке может быть еда какая-то. Пойдём?

Лавр кивнул. Что-то случилось с ним в парке. Он, казалось, ещё глубже погрузился в какие-то очень невесёлые размышления и сейчас просто послушно пошёл за Тоней по крышам и капотам машин, продолжая думать о чём-то своём.

— Заражённые в парке... Они так спят? Стоя? — спросила Тоня, шедшая впереди, не оглянувшись на Лавра. Тот чуть подождал с ответом.

— Это не сон. Полагаю, спать в привычном смысле заболевшие не могут. Их состояние больше похоже на анабиоз — помните, я рассказывал вам о сусликах? Когда мир вокруг становится слишком враждебен, когда холодно и нет еды, они впадают в спячку. Вот и эти... зомби. Они, вероятно, делают так же. Их заперли в парке без еды, и они впали в анабиоз.

136

Лавр не успел закончить объяснения, потому что одновременно произошли два события. Во-первых, Тоня заметила группу заражённых, которых она поначалу не увидела — их прежде заслоняла скорая помощь. В поисках пищи они бродили между рядов машин и заправкой. Во-вторых, двери заправки отворились, и изнутри вышел человек.

Несмотря на то, что между ними было порядка сотни метров, Тоня и Лавр могли довольно отчётливо рассмотреть незнакомца. Это был невысокий коренастый мужик в тёмных очках-авиаторах, чёрной футболке и камуфляжных штанах. Крепкий, бородатый, издали он напоминал актёра Александра Робака, которого традиционно звали в кино, если нужно было изобразить «нормального русского мужика».

Незнакомец уже увидел Тоню и Лавра, но пока не заметил заражённых. Одна рука у него была занята бутылкой пива, свободной же он приветливо помахал им. Тоня закричала, пытаясь предупредить незнакомца об опасности, но он уже всё понял сам.

Заражённые бросились к заправке. Бутылка пива выпала, мужчина обернулся на двери за спиной, а потом, поняв, что спастись уже не получится, снова посмотрел в сторону Лавра и Тони, которые замерли, с ужасом наблюдая за разворачивающейся перед их глазами сценой. Между заражёнными и их жертвой оставалось буквально пара метров.

С возрастом зрение у Лавра ухудшилось, и он не сразу понял, что именно снял с пояса мужчина. Тоня же разглядела этот предмет отчётливо:

— Граната...

Мужик повернулся в их сторону, широко улыбнулся, выдернул чеку и бросил гранату, но не под ноги заражённым, а в колонку заправки.

— С НОВЫМ ГОДОМ!

Тоня в прыжке сбила Лавра с ног, и они вместе рухнули между застрявшими машинами ровно в тот момент, когда заправка превратилась в облако плазмы. В шаре огня исчез и похожий на Робака мужик, и заражённые.

***

Ася с интересом наблюдала, как молодой человек пытается спуститься с крыши. Мысль о том, что, оказавшись на земле, он может стать для Аси таким же опасным, как и мент, пришла к ней не сразу, поэтому сейчас она просто следила.

Парень лез очень медленно и осторожно, но в районе третьего этажа водосточная труба, за которую он держался одной рукой, всё-таки не выдержала, надломилась, и он камнем рухнул вниз. В обычных обстоятельствах на этом жизнь неудачливого скалолаза могла и закончиться, но он упал не на асфальт, а на кучу мёртвых тел, которая доходила почти до второго этажа, и отделался парой ушибов.

После падения Расул пролежал буквально пару секунд, попытался подняться — не получилось. Тогда он на четвереньках спустился с кучи на асфальт, огляделся, помахал Асе рукой и начал искать свои кроссовки.

Пока молодой человек обувался, Ася вдруг вспомнила, что не собиралась знакомиться, а думала уйти ещё до того, как парень спустится. Она двинулась вниз по переулку в сторону Кремля. Юноша, однако, не собирался её так просто отпускать. Он уже обулся и теперь стоял у Аси на дороге и приветливо улыбался. Симпатичный такой — Ася решила дать юноше шанс. Заговорил он первым:

— Салам, брат!

— Я не брат, но и тебе «салам».

Расул смутился. Голос из костюма был очевидно женским, он совершенно на это не рассчитывал.

— Ой, простите. У меня просто много знакомых в таких костюмах работают. Думал, вы тоже с Кавказа. Я Расул. А как вас зовут?

— Я Ася из Александрова. Давай сразу на ты.

Ася сделала себе пометку, что даже стоя посреди уничтоженного зомби-апокалипсисом города, этот юноша начал с ней разговор на «вы». Это показалось ей важным, и она даже немного успокоилась. Но только немного.

— Пойдём? — Ася качнула мышиной головой в сторону.

— Куда?

— Туда, — Ася снова качнула мышиной головой.

— Пойдём...

Вместе они пошли вниз по переулку. Расул решил продолжить разговор, начатый у горы трупов:

— Я на крыше пересидел. Три дня, вроде. Или четыре. Потом еда и вода закончились, я вниз полез — не там же оставаться...

Ася кивнула. Видимо, теперь пережившие этот пиздец — никак иначе происходящее она описать не могла; слово «апокалипсис» звучало слишком книжно и не передавало полноты того ужаса, что обрушился на Москву — будут именно так начинать знакомства. Раньше рассказывали, кто где работает, а теперь — кто как выжил.

— Меня костюм спас. Они, заболевшие, почти слепые и по запаху ориентируются, а мой Мыш снаружи человеком не пахнет.

— Ничего себе! Это вам... тебе повезло.

Минуту они шли молча, аккуратно переступая через трупы. Ася к ним уже привыкла, а вот Расул... В какой-то момент он отбежал в сторону — его вырвало прямо на стену дома. Сидя на крыше, он видел ужасы издалека, оттуда он не видел мёртвых лиц. Да и на крыше так не пахло.

— Ты привыкнешь. Мы все... ну, кто выжил, привыкаем. К запаху трупному, к крови, к телам...

Расул посмотрел на Асю, точнее на Мыш, с огромной благодарностью, и Ася заметила, что у него в глазах стоят слёзы.

— И плакать нормально. Если тебе легче станет, то поплачь — я в эту хрень про «мужчины не плачут» и раньше не верила, а теперь и подавно. Плачь себе спокойно.

Заплакать сейчас у Расула не получилось, и дело было совсем не в том, что он стеснялся Аси, просто как-то слёзы не шли. Он остановился и повернулся к девушке.

— Скажи, пожалуйста, а куда ты идёшь?

— Не знаю. Куда-то в сторону дома. Куда ещё можно идти, когда вокруг ужас и смерть? План так себе, но вдруг получится, да и в Москве оставаться как-то совсем не хочется.

— В Александров прям?

— Ну да.

— Можно, я с тобой пойду?

В этом вопросе было что-то очень детское. Как будто этот бородатый мужик был не бородатым мужиком, а мальчиком, который подошёл к играющей в песочнице Асе, протянул ей машинку и спросил «давай дружить?». Ася даже не стала колебаться. Если от мента исходила угроза, то Расул выглядел, как защита. Не то, чтобы ей нужен был мужик для защиты — в мыслях она сразу же поправила себя— но лишним, наверное, не будет. Да и симпатичный вполне... Да даже фиг с ним с «симпатичным». Главное, что она не будет одна. Что рядом будет человек.

— Конечно, можно. Вдвоём всегда легче.

Расул благодарно кивнул, и следующие двадцать минут они просто шли рядом и молчали.

***

Раз план был Костин, то и запускать дрон должен был именно он. Сева быстро достал Виталика из рюкзака и дал Косте пульт. Дрон зажужжал: сначала Костя специально поднял его повыше, так, чтобы шум на земле слышно не было, и только после этого направил Виталика в сторону толпы заражённых. Маша с Севой стояли и напряжённо наблюдали за тем, как Костя сосредоточенно и очень аккуратно управляется с дроном. Виталик на пару мгновений завис над толпой и начал снижаться.

Заражённые подняли головы. Со всех сторон к источнику шума стали сходиться всё новые и новые зомби. Они кричали своим скрежещущим горловым криком, сталкивались, давили друг друга... Костя опустил дрон ещё чуточку пониже, чтобы его жужжание было слышно максимально хорошо. Схватить дрон заражённые не могли, но опусти Костя свою летучую машинку ещё ниже, кто-то мог задеть её рукой.

Сева огляделся по сторонам: все видимые ему заражённые были заняты дроном. Путь был свободен.

— Побежали!

«Это как на физкультуре бегать сто метров, только гораздо страшнее», — думал про себя Сева. Он специально пропустил Костю и Машу чуть вперёд и сейчас бежал за ними, отставая метра на два. Заражённых было не видно.

Бежать при этом было всё равно непросто, потому что улица была заставлена машинами. Здесь в какой-то момент явно взорвалось что-то, потому что большая часть машин, застывших в вечной пробке в тени большого Храма, были выгоревшими. Какие-то даже до сих пор тлели.

Группа добежала до здания Пушкинского музея и остановилась у перекрёстка. Сева внимательно посмотрел в переулок, но кроме погибших и застрявших машин в нём ничего не было. Впереди, перед музеем, был небольшой сквер, огороженный невысокой оградой и живой изгородью. Сева жестами показал своим спутникам на него — там они будут в большей безопасности.

Он неуклюже перевалился через ограду, и Костя с Машей последовали его примеру. Ребята вышли из-под ёлок на небольшую поляну и остановились отдышаться. Сева собирался что-то сказать, но в этот момент Маша закричала.

Уже это было странным — они ведь разговаривали исключительно шёпотом. Но девочка кричала от ужаса, и Сева повернулся посмотреть, что именно могло её так напугать: они забрались в сквер, потому что сквер был безопаснее — заражённые не умеют перелезать заборы. И это было разумным и правильным соображением, но Сева забыл, что работает оно, только если в самом сквере не было заражённых…

Он схватил Костю за руку, и они снова побежали — в единственном возможном направлении — вперёд к большой парадной лестнице музея. Маша с разгону запрыгнула наверх, протянула руку Косте и втащила его за собой. Последним — буквально в последнюю секунду — на ступеньки залетел Сева. И сразу за ним в каменную лестницу разом ударились пятеро заражённых. Кричащих, страшных, голодных.

— Сюда, сюда! Друзья мои, скорее идите ко мне!

Ребята не сразу поняли, откуда доносится голос, а потом Маша увидела на вершине лестницы седовласого старичка в костюме и бабочке, он кричал им и размахивал руками. Они побежали к старичку, который рукой показывал им открытую дверь музея.

Только когда она с грохотом захлопнулась за ними и старичок повернул для верности ключ в замке, только тогда Маша, Костя и Сева смогли перевести дух.

Глава 8

Первым делом Костя не просто обнял, а буквально вцепился в Севу. Сейчас ему было так страшно, как, кажется, не бывало ещё никогда. Он уткнулся носом в плечо Севы, дышал запахом тёплого, надёжного и любимого брата, и Сева не протестовал, он обнимал Костю так же крепко — ему самому это было нужно. Он чувствовал, как бешено колотится у брата сердце, да и у него самого оно, казалось, сейчас выпрыгнет из груди.

Прежде Костя ни разу не сталкивался с угрозой смерти — неминуемой, страшной. Он закрыл на секунду глаза, и в воображении тут же всплыли искажённые лица заражённых, которые минуту назад бежали за ними.

Маша стояла поодаль, и ей, кажется, было неловко. Ей тоже были нужны обнимашки, но напрашиваться было странно, а смешной старичок, спасший их от смерти, не производил впечатление человека, которого нужно обнимать. Сева заметил Машину нерешительность.

— Хочешь к нам?

Маша ничего не ответила, слова в этой ситуации были излишними. Она подошла и обняла братьев. И, наверное, стояли бы они так ещё минут десять, как скульптурная композиция «обнявшиеся», но старичку явно надоело ждать, и он громко откашлялся.

— Друзья мои, я рад, что вы успели спастись, и что вы теперь в безопасности.

Ребята повернулись к нему — он стоял спиной к мраморной парадной лестнице и выглядел в своём аккуратном синем костюме, белой рубашке и клетчатой бабочке довольно торжественно. На вид ему было... На самом деле никто из ребят не смог бы аргументированно сказать, сколько именно старичку было лет. Он был седым и старым — может быть, ему было 70, а может быть и больше.

Или напротив, может быть, он рано поседел, и на самом деле ему было всего 62.

Сева шагнул к старичку и протянул руку.

— Спасибо вам, что нас спасли. Меня зовут Сева, а это мой брат Костя.

— А я Маша.

— Очень приятно. Меня зовут Становой Тимофей Борисович, я заместитель директора Государственного музея изобразительных искусств имени Пушкина.

Тимофей Борисович ещё раз откашлялся и продолжил:

— Вы прежде бывали в нашем музее?

Все трое утвердительно кивнули. Сева был в Пушкинском даже дважды, один раз с мамой и Костей, а второй раз вместе с классом на школьной экскурсии.

Удовлетворенно кивнув, Тимофей Борисович повернулся к ребятам спиной и пошёл вперёд в сторону парадной лестницы.

— Как вы знаете, изначально наш музей был задуман исключительно как собрание слепков европейских произведений искусства. Иван Владимирович Цветаев, основатель музея, был большим сподвижником просвещения и считал очень важным дать возможность студентам МГУ, да и наибольшему числу граждан российской империи возможность прикоснуться к прекрасному. Как вы понимаете, путешествовать по Европе и смотреть оригиналы картин и статуй могли лишь очень обеспеченные люди..., — из-за тяжёлых дверей музея послышался вой и грохот, но Становой сделал лишь секундную паузу, не давая шуму заполнить помещение. — И вот профессор Цветаев придумал, как изменить ситуацию.

Заместитель директора говорил и шёл, приглашая ребят следовать за ним. Маша дёрнула Севу за рукав и зашептала ему прямо в ухо, чтобы старичок не услышал и не обиделся:

— Сев, он что, всерьёз нам сейчас хочет экскурсию провести?

— Кажется, да... Может, ну знаешь, может, у него шок и он так со стрессом борется? Типа не замечает происходящего?

Когда Тимофей Борисович начал свою «экскурсию», Сева и Маша на автомате пошли за ним, а вот Костя остался стоять, где стоял. Что-то в образе благообразного и воспитанного хранителя музея тревожило Костю. Что-то было в нём неуловимо опасное. Ну, и ещё Косте очень хотелось есть, и экскурсии в его планы не входили.

Сева обернулся на брата и понял всё без слов.

— Простите, Тимофей Борисович, — Становой не обернулся, но замедлил шаг. — Мы вам очень благодарны за помощь, вы нам жизни всем спасли, но, кажется, сейчас не очень время для экскурсии...

Сева старался говорить мягко и вежливо — вдруг старичок обидится и выгонит их обратно на улицу. Машу же вопросы приличий, очевидно, не волновали.

— Там конец света на улице! Мы еле спаслись, мы устали, мы хотим есть!

— И писать...

Это уже Костя включился в разговор.

Тимофей Борисович остановился, он обернулся к детям. Лицо его почернело — он сделал несколько решительных шагов в сторону Севы и Маши, и Костя на секунду испугался, что старик сейчас ударит кого-то из них. Но хранитель музея просто подошёл к ребятам максимально близко и снова заговорил. Теперь тон его был совсем не экскурсионным.

— Да, я знаю, что происходит. Но это не имеет никакого значения! — Он говорил с плохо скрываемым раздражением и едва не срывался на крик. — Страны приходят и уходят, рушатся и восстают из пепла империи, гибнут и рождаются вновь люди — всё преходяще! Всё тлен! Лишь искусство вечно!

Маша с Севой сделали шаг назад. Не столько потому, что рассерженный Тимофей Борисович их напугал, сколько потому, что изо рта у него очень неприятно пахло, а из-за того, что говорил он громко, на ребят попадала слюна. Эти два обстоятельства серьёзно снижали градус пафоса его возмущённой речи.

— Вы не просто спаслись, вы попали в храм искусства! В святилище! И, оказавшись здесь, о чём вы думаете? О пище и испражнениях!

— Я сейчас описаюсь.

Подошедший к брату Костя настойчиво дёргал Севу за рукав.

Очевидно, осознав всю тщетность объяснений, Тимофей Борисович раздражённо махнул рукой в сторону лестницы, ведущей на цокольный этаж.

— Вниз по лестнице. Там и туалеты, и буфет — я сейчас приготовлю вам что-нибудь перекусить.

Второй раз повторять приглашение ему не пришлось, ребята бросились вниз по лестнице с такой скоростью, будто Тимофей Борисович был не сварливым работником музея, а заражённым.

В конце концов старик поостыл. Он привёл Севу, Костю и Машу в длинный, похожий на каменную кишку буфет, накормил их макаронами с сосисками и напоил горячим какао.

Костя сидел на стуле и балдел. Ему было спокойно, сыто и безопасно. Горячий какао разливался по его организму, и вместе с ним разливалось по Косте ощущение умиротворения. Пусть временного, но оттого лишь более ценного.

Лишившись возможности провести ребятам экскурсию, Тимофей Борисович теперь говорил, не переставая. Костя и Сева собирались расспросить Машу о том, как она сумела спастись, вообще о том, кто она такая и что собирается делать дальше, но вместо этого они слушали рассказы Станового. Второй раз прерывать его никто не рисковал.

— Вся моя жизнь — это музей. Я посвятил себя служению искусству с юности и работаю здесь уже шестьдесят лет!

Сева присвистнул — ничего себе, шестьдесят лет на одном месте...

— Во время войны здесь работал мой отец, он не эвакуировался и остался в музее. Бомба упала совсем недалеко, и стеклянные крыши над Греческим и Итальянским двориками разрушило взрывной волной, и мой папа зимой каждый день чистил снег, помогал другим сотрудникам сконструировать защитный чехол для статуи Давида — её невозможно было вывезти с другими экспонатами из-за размеров.

Сева помнил статую Давида, разумеется, не потому что она была слепком выдающегося произведения искусства. Просто когда он с классом ходил в Пушкинский на экскурсию, все девчонки сделали селфи с большим гипсовым пенисом, и Сева одну такую фотку благодарному Косте показал.

— ...и когда я закончил Московский государственный университет, то решил продолжить дело моего отца.

Костя понял, что он, видимо, прослушал какой-то важный кусок речи, в котором рассказывалось об отце Тимофея Борисовича, но переспрашивать было странно — ну говорит и говорит. Главное, чтобы на улицу не выгнал.

— Шестьдесят лет я здесь. Музей — это я, и я — это музей. Трижды меня пытались отправить на пенсию, но я сказал, что умру, прежде чем покину эти святые стены.

Тимофей Борисович не врал, он действительно трижды отказывался уходить на пенсию. Но он недоговаривал. Захоти он рассказать своим слушателям всю правду, ему пришлось бы признаться, что сотрудником он был довольно паршивым. В реальности Становой был воплощением слова «посредственность», человеком чудовищно сварливого характера, которого ненавидели все сотрудники, включая музейную кошку Матильду. Единственным его настоящим талантом была способность манипулировать музейной бюрократией таким образом, что при всём желании никому выгнать его так и не удалось.

— Мы немного поживём у вас, вы не против?

Сева решил перевести разговор на более практичную тему. Сидевшая рядом с ним Маша широко зевнула.

— Конечно, конечно! Я приючу вас, мои юные друзья! Сегодня вы можете быть предоставлены сами себе, я вижу, как вы устали. Еду и крышу над головой я вам с удовольствием обеспечу, но вот чего в музее, к сожалению, нет, так это спальных мест.

— А это не страшно! У нас есть палатка и спальники.

Костя с восхищением посмотрел на брата — он бы никогда не догадался взять палатку, а Сева взял. Сева предусмотрительный, как мама...

На глаза навернулись непрошеные слёзы, и Костя отвернулся. Маша заметила это и положила руку на Костину коленку, и ему от этого сразу стало лучше.

— Какие вы предусмотрительные путешественники. Ну что ж, хорошо. Поставьте палатку там, где вам больше всего понравится — музей большой, вы можете ходить всюду.

Тут Тимофей Борисович вдруг нахмурился, как будто вспомнил что-то неприятное и важное.

— Но помните: вы в музее! Трогать экспонаты руками, залезать на них или творить с ними какие-то ещё непотребства категорически запрещено. И ещё. Если вы видите закрытую дверь — не открывайте её. Для вашей же безопасности.

Спорить никто из ребят не собирался, озвученные правила всех устраивали, и они пошли осматривать музей и решать, где поставят палатку.

Это было очень странным ощущением — ходить по музею и понимать, что они здесь одни. Чувство безопасности за толстыми каменными стенами быстро овладело всеми, и ребята ходили по Пушкинскому, осматривали интересные им экспонаты, болтали и шутили. Как будто всё было хорошо.

Костя попросил, чтобы они начали с Египетских залов — он совсем недавно посмотрел «Мумию», и ему все эти фараоны и жуки-скарабеи сейчас были особенно интересны. Жаль только занудный Сева, сославшись на просьбу Тимофея Борисовича, не разрешил ему залезть в настоящий саркофаг, который стоял под стеклом в первом же зале.

— Надо будет проверить, может, тут как в «Ночи в Музее»? — С надеждой в голосе обратился к брату Костя. — Может быть, тут тоже экспонаты оживают?

Сева улыбнулся, и за него ответила Маша:

— Надеюсь, что нет. Не хочу, чтобы пятиметровый голый мужик оживал. Мне и без этого неприятностей хватает!

С каждой минутой Маша нравилась Севе всё больше. Она была очень остроумной, она читала — как они быстро выяснили — те же книжки и любила те же сериалы. Костя убежал вперёд, и теперь они шли чуть позади него и обсуждали, у кого какая любимая серия «Друзей». В отличие от Кости, экспонаты их совсем не интересовали. Он же теперь шагал через анфиладу залов, останавливаясь и разглядывая всякие интересные штуки — например, гигантский парный барельеф орлов с лицами бородатых мужчин, который охранял выход из зала с искусством Ближнего Востока.

Костя немного задержался в зале, в котором за стеклом лежали всякие золотые штуки — экспонаты из коллекции Шлимана (он прочитал подпись), — а потом дошёл до последнего зала, в котором были уже какие-то совсем ему неинтересные глиняные сосуды и головы то ли из гипса, то ли из мрамора. Он вернулся обратно в зал с троянскими штуками, куда уже дошли Сева и Маша.

Пока ни в одном из залов никому ставить палатку не хотелось. Костя снова убежал вперёд, на разведку.

Выйдя из зала, посвященного «Эллинистическому и римскому Египту» — что такое «эллинистический», Костя ещё не знал — он наткнулся на запертые двери. Причём двери были не просто заперты, кто-то, очевидно, сам Тимофей Борисович, заколотил их большими досками. Косте сначала стало любопытно, а потом он пожал плечами и пошёл дальше осматривать музей.

Кончилось тем, что они, разумеется, поставили палатку рядом с «огромным голым мужиком» в зале, который назывался «Итальянский дворик» — это Сева уже помнил из их экскурсии. Как помнил, что это был не просто зал, а точная копия настоящего внутреннего дворика из какого-то там дворца в Венеции.

Ярко-жёлтая палатка смотрелась в музейном зале неожиданно органично, а когда Маша включила в ней фонарик на телефоне и палатка в сумерках стала светиться тёплым жёлтым светом, всем им стало приятно и уютно. Сева решил проблему со спальниками: оказалось, что их можно соединять друг с другом, и вместо двух отдельных в палатке теперь был один большой и тёплый — их общее гнездо.

За стенами музея на город спустилась ночь, сквозь стеклянный потолок Итальянского дворика ребята видели звёзды. Будто они и правда были в походе. Костя вдруг понял, что ужасно, смертельно устал. Сева с Машей сидели на красивой каменной лестнице и тихонько болтали, а Костя заполз в палатку, удобно устроился в углу спальника и крепко обнял Плюшевого Лиса Семёна. Он лежал и слушал Машу с Севой. Не подслушивал. Просто так получилось, что ему было слышно.

— А как ты у метро оказалась?

— Я там рядом в «Шоколаднице» пряталась последние дни. Когда всё началось, почему-то все наружу побежали, а я осталась — мне страшно стало выходить.

— Наверное потому, что у всех кто-то снаружи был…

— Ну да, наверное. В общем, я сначала испугалась, а потом прямо у окна заражённые начали людей есть. Вот я и сидела там. В «Шоколаднице» хорошо прятаться — еда есть, всё есть.

— А почему ушла?

— Невыносимо в одиночестве. Подумала, что рискну. Я хочу до дома добраться, вдруг папа с мамой там…

Она замолчала. Им обоим пришла в голову одна мысль — мысль о потерянном ощущении дома. Если сейчас не продолжить разговор, оба раскиснем, решил Сева.

— Ты тут живёшь где-то рядом, да?

— Не, я на «Семёновской» живу. Тут я рядом на занятия балетом ходила.

— Ой, класс! Ты любишь танцевать?

— Ненавижу! Не-на-ви-жу!

По удивлённому лицу Севы Маша поняла, что эти слова требуют пояснения или хотя бы контекста.

— Мама моя училась на балерину, мечтала о Большом театре, а потом встретила папу и забеременела мной. Вот я теперь за её мечты расплачиваюсь. Ну, точнее, теперь уже нет…

— А чем ты сама любишь заниматься?

— Программированием. Я щас Питон осваивала, думала маму убедить.

Бесшумной тенью в зал заглянул Тимофей Борисович. Он сдержал своё обещание и не приставал больше к ребятам с вопросами или разговорами. Он оглядел зал, одобрительно хмыкнул при виде палатки и ушёл так же бесшумно, как и появился.

Тем временем Сева начал рассказывать Маше про их план: про то, как они доберутся до вокзала, как дойдут по рельсам до дачи и бабушки с дедушкой.

Севины слова становились всё тише и тише, и наконец Костя крепко уснул.

Сева проснулся от оглушительного стука собственного сердца. По абсолютной непонятной причине весь его организм с пробуждением перешёл в режим тотальной паники: у него пересохло во рту и даже немного закружилась голова. Он начал оглядываться по сторонам. Рядом мирно спали Костя и Маша. Внутри палатки всё было в порядке, но Сева чувствовал, как липкий страх сжимает его сердце. Что-то не так. Но что?

Он вылез из палатки, стараясь никого не потревожить, и тут же столкнулся с Тимофеем Борисовичем.

Всё в том же костюме с бабочкой старик сидел на каменной лестнице и не мигая смотрел на палатку. Севе вдруг подумалось, что, кажется, Тимофей Борисович сидел тут всю ночь — это была довольно криповая мысль. В музее безопасно, но если этот человек сумасшедший, такая ли хорошая мысль оставаться рядом с ним надолго?

— Вы заспались? Всеволод, вам и вашим друзьям уже давно пора вставать. Вчера вы отказались слушать меня, но сегодня вам отвертеться от меня не получится! У вас пять минут, и мы начинаем экскурсию. Будите своих товарищей, время пошло!

«Да он же психический», — подумал про себя Сева, но спорить не стал. Сейчас они послушают лекцию, а потом — уже сами, без Тимофея Борисовича — устроят «военный совет» и решат, как им и куда выбираться из музея.

Костя и Маша совершенно не собирались просыпаться и начали протестовать. Сева заговорщицким шёпотом объяснил им положение дел, и они, после двухминутного яростного спора, согласились, что лучше старика не злить, а послушать его экскурсию. Буквально через десять минут после того, как они открыли глаза, не позавтракав и не почистив зубы, очень помятая троица стояла и слушала довольно занудную лекцию.

— Как я рассказывал вам вчера, когда вы бесцеремонно меня прервали, наш музей изначально задумывался профессором Цветаевым как музей слепков. Немногие первые оригиналы появились у нас почти сразу, но настоящий расцвет музея случился после революции, когда здесь были размещены ценнейшие экспонаты из отобранных у дворян коллекций. После войны здесь также появилось трофейное искусство. Но Давид работы Микеланджело, рядом с которым мы с вами сейчас находимся, это всего лишь гипсовый слепок.

— Если вот такого будет ещё три или сколько там часа, то я лучше к заражённым пойду, — тихо-тихо прошептал Костя на ухо Севе. Маша, стоявшая совсем рядом, захихикала. К счастью, увлечённый рассказом Становой этого не заметил, так же, как не услышал и Костиной шутки, которую бы он, несомненно, не оценил.

— Скульптура Давида — важнейший экспонат нашего музея, можно сказать, что профессор Цветаев фактически выстроил всю экспозицию именно вокруг него: обратите внимание на размер — больше пяти метров! Посетитель видит гигантского Давида сразу же, когда попадает в музей. Он видит мощь! Красоту! Масштаб! Всё в этом зале, включая стеклянный потолок, устроено таким образом, чтобы Давид производил на смотрящего наибольшее впечатление!

Тимофей Борисович очевидно относился к тому многочисленному типу мужчин, которые испытывают наслаждение от звука собственного голоса. Вот только экскурсоводом он был, к сожалению, посредственным. Он повторялся, запинался, путал факты и в принципе говорил о многих вещах так безэмоционально (но при этом громко), что ребята с трудом держались на ногах и отчаянно боролись со сном. Это не помешало ему подробнейшим образом рассказать несчастным Севе, Косте и Маше обо всех экспонатах зала, начиная от статуи кондотьера Коллеони и заканчивая ракой святого Зебальда.

У Севы теплилась надежда, что когда они закончат с итальянским залом, Тимофей Борисович сделает паузу и они смогут хотя бы позавтракать, но старик был неумолим. Закончив с Итальянским двориком, он решительным шагом вышел из зала, призывая их следовать за собой.

Они вышли в холл с парадной лестницей и теми самыми заколоченными дверьми, на которые прошлым вечером наткнулся Костя.

— Обратите внимание на мраморный пол. Сегодня мрамором никого не удивишь, но до революции здание Музея было единственным общественным пространством, в котором обычный москвич мог встретить мраморный пол и мраморную отделку.

Сева посмотрел на Машу, которая последние десять минут вдруг неожиданно приободрилась и сейчас пристально смотрела на их безумного экскурсовода. Её очевидно не интересовал мрамор, она то и дело переводила взгляд со Станового на заколоченные двери за его спиной. Тимофей Борисович тем временем продолжал:

— Сейчас мы отправимся с вами во второй «дворик» нашего музея и один из самых наших популярных залов — Греческий. Вы знаете, как популярен Пушкинский музей? Каждый год к нам приходит миллион человек! Ежедневно в музей приходят тысячи москвичей и гостей нашей столицы...

— Простите, Тимофей Борисович, но если музей так популярен и в него ходит так много народу, то где же все? Почему мы тут с вами одни?

Тимофей Борисович повернулся к Маше, блаженная улыбка сползла с его лица, и оно стало даже не грозным, а... отстранённым. Как будто перед ребятами был не живой человек, а ростовая кукла, костюм, который человек покинул. И вроде он выглядит человеком, но вот только глаза у него не человеческие...

Произошедшая со Становым трансформация была такой пугающей, что ребята сделали шаг назад, но Маша продолжала:

— Где люди? Не все же убежали? И неужели тут не было ни одного заражённого? Объясните нам, пожалуйста? И что, кстати, за этой дверью, и почему она заколочена?

Голос Станового звучал устало.

— Вас зовут Мария, я правильно запомнил?

— Да, Маша.

— Так вот Мария, знаете ли вы, как в современных музеях тушат пожары?

Маша отрицательно замотала головой.

— Представьте себе, что в Пушкинском случится пожар. Заливать пламя водой или пеной — значит, подвергнуть бесценные экспонаты опасности! К счастью, несколько лет назад в нашем музее была установлена новейшая американская система пожаротушения. Одно нажатие кнопки, и из специальных воздуховодов в залы начинает поступать особый газ, который вытесняет кислород. Нет кислорода — нет и огня.

Сева слушал рассказ Станового, и чем больше он слушал, тем страшнее ему становилось. Казалось, сейчас этот невзрачный старик в бабочке расскажет что-то настолько жуткое, что никогда потом не забудешь. И снова жизнь разделится на «до» и «после». Он хотел крикнуть, остановить безумца, но не смог себя заставить.

— Когда в город пришла чума... Я называю это чумой, ведь именно чума губит города и цивилизации. Так вот, когда в новостях впервые рассказали о заражённых, я был на своём рабочем месте — я работал в непубличной части нашего музея. Все бросились бежать, все бросились как-то спасаться, даже охранники — всё бросили и убежали. А я остался. По музею ещё ходили люди. Я спустился в рубку охраны. Там находится не только пульт наблюдения, куда передаётся трансляция со всех камер музея, но и пульт пожаротушения...

Тимофей Борисович замолчал, как будто собираясь с мыслями. Сева же взял одной рукой за руку Машу, а другой — Костю. То ли от страха, то ли потому, что хотел дать им сигнал — сейчас надо будет бежать.

— И я нажал на эту кнопку. Да, в музее были люди, но искусство важнее. Я не бросил музей, я не сбежал, я всё спас. И я всё сохраню! Те, кто были на первом этаже, почти все спаслись — при первых признаках удушья они убежали, и я их не останавливал. Но потом я вынужден был закрыть двери в музей — иначе в него могли попасть заражённые!

«Ну вот, как я и боялся, на «до» и «после», — подумал Сева. Человек перед ним — убийца. И вот он стоит и рассказывает про убийство.

— Я посчитал их всех. Их было 238 человек — 148 женщин, 65 мужчин и 25 детей. Они отдали свои жизни ради искусства! Я всех их похоронил. Не в земле, конечно, но я всех перенёс в седьмой зал — там Византийское искусство, там иконы, там за ними присмотрят. Это было не очень приятно, но важно. Главное — я спас музей!

Костя первым вышел из странного и похожего на гипнотическое оцепенение состояния, в которое их всех ввёл рассказ старика.

— Псих! Ты псих, урод, убийца!

Он бросился на старика с кулаками, и Маша с Севой едва удержали его.

— Коть, не надо, он не стоит твоей злобы. Пусть он сам тут один со своим искусством подохнет!

Становой не отвечал, он стоял и смотрел на ребят пустыми глазами.

— Маша, Костя, бегите собираться. Берём вещи и уходим. Там ещё один выход есть, я помню — рядом с гардеробом на минус первом этаже.

Сева был уверен, что старик побежит за ними, попытается помешать им или остановить, но он остался стоять перед заколоченными дверьми.

Пока Сева разбирал палатку, Костя и Маша лихорадочно собирали вещи по рюкзакам, и буквально через пять минут они уже были у парадной лестницы. Им казалось, что сейчас нельзя терять ни секунды, и Маша даже не остановилась завязать развязавшийся шнурок на кроссовке.

Становой всё так же стоял и смотрел перед собой. За всё это время он, кажется, вообще не пошевелился.

— Я сделал то, что должен был сделать. Музей — мой дом, музей — мой храм. Искусство превыше всего, даже жизни, искусство — и есть жизнь.

Маша не смогла сдержаться. Она остановилась, развернулась и бросилась на старика.

***

Сложно сказать, почему именно Тимофей Борисович Становой на 81-м году жизни вдруг решил стать массовым убийцей. Что именно заставило его пойти на такое немыслимое по любым понятиям преступление? Может быть, это была ранняя деменция, или может Тимофей Борисович был психопатом и до этого просто скрывал от мира своё расстройство. Как бы то ни было, в его циничном и подлом плане был один фундаментальный изъян. Он не подумал о том, что в музее уже мог быть заражённый.

Серёжа Смирнов был одним из школьников, пришедших утром первого дня эпидемии в Пушкинский на экскурсию. Он проспал и не успел к месту сбора, поэтому приехал в музей не вместе со всеми на школьном автобусе, а сам — на метро. В Пушкинский он зашёл уже будучи переносчиком вируса Михайлина — поскольку Серёжа был парнем крепким и физкультуру никогда не прогуливал, вирусу потребовалось чуть больше времени, чтобы его убить. Когда Становой начал складировать трупы в зале византийского искусства, тело Серёжи он принёс одним из первых. Отсутствие кислорода несколько замедлило распространение вируса, но не остановило его.

Становой думал, что византийский зал стал кладбищем, но он ошибался. Все 238 его жертв — 148 женщин, 65 мужчин и 25 детей — были, конечно, не совсем «живы», но тем не менее могли двигаться и испытывать голод. Все эти дни, пока их убийца был уверен в собственной безопасности, они, стоя плечом к плечу, давили на дверь. В тот момент, когда Маша только сделала первые быстрые шаги по направлению к безумному старику, двери за его спиной рухнули вместе с куском стены, и в холл Пушкинского музея хлынул поток заражённых.

— БЕЖИМ!

Сева схватил Костю, и они побежали со всех ног вниз.

— Маша, вниз, на минус первый! Беги!

Маша бежала изо всех сил, она отставала от мальчишек буквально на метр. Они кубарем скатились по узенькой лестнице. Где-то далеко за ними заражённые разорвали на куски заместителя директора Станового.

Сева больше не держал Костю за руку, они бежали рядышком. Они уже повернули в длинную комнату, в которой располагался музейный гардероб. Вот, впереди спасительный выход — им осталось буквально пара метров. И в этот момент Маша наступила на шнурок и упала.

Сева понимал, что он не может поступить иначе. Это не было выбором, остановись он сейчас, и они с Костей погибнут оба. Никак иначе нельзя было. И Маша это тоже понимала...

Сева с силой толкнул Костю, так что тот пролетел последние несколько сантиметров, своим телом открыл дверь и выкатился на асфальт.

Щёлкнул автоматический замок. За дверью завыли и заскрежетали заражённые.

Глава 9

Следующую пару часов Тоня и Лавр сидели на капоте брошенного «Фольксвагена» и смотрели на пожар... Взрыв заправки привлёк, кажется, всех заражённых в радиусе нескольких километров, и в этом был неожиданный плюс: в поисках источника звука они слепо бежали прямо в огонь и, разумеется, сгорали. Собственно, Лавр и Тоня последние часы наблюдали не столько за тем, как горит заправка, сколько за тем, как на сравнительно небольшом пятачке набережной бегают сотни и сотни горящих людей. Зрелище это было одновременно чудовищным и величественным. Тоня сплюнула.

— Нда. В жизни больше не захочу шашлыка.

Лавр грустно улыбнулся.

— Извините, дурацкая шутка.

— Не извиняйтесь, это абсолютно нормально. Человеческая психика с помощью юмора защищается от травмы. Если вам хочется шутить — шутите. Сейчас самое время.

Но шутить Тоне больше не хотелось. Она смотрела на горящих заражённых, но думала об их с Лавром ближайшем будущем. Надо было найти еды и воды, надо было найти убежище для ночёвки — этот вопрос интересовал её сейчас больше всего, — надо было понять, что происходит с Лавром и есть ли в этом для неё, Тони, какая-то опасность. С тех пор как они вышли из парка, а это было уже очень давно, Лавр, которого прежде нельзя было уговорить замолчать, сказал от силы пять слов. Он сидел молча и неподвижно, погружённый в свои мысли, и лишь изредка поднимал голову, чтобы увидеть, как очередной заражённый, добравшись до пожарища, отправлялся в пекло.

Спрашивать у Лавра, что с ним случилось, Тоня не хотела. В мире, в котором прошла большая часть Тониной жизни, спрашивать что-то у другого человека могло быть воспринято как акт агрессии — куда лезешь, тебе чо, больше всех надо? Вряд ли бы Лавр так ей ответил, но привычка и жизненный опыт всё равно мешали.

Они просидели так ещё с полчаса, прежде чем Тоня спрыгнула с машины и сказала:

— Пойдём. Кажется, кончились.

Лавр вопросительно поднял брови.

— Заражённые, — ответила Тоня. — Уже час никого не было. Видать, больше не придут. Значит можем идти — надо найти, где поспать можно.

— Хорошо. И ещё надо поесть. Еда и ночлег – вот наши приоритеты.

— Ну да, и это тоже.

Тоня предложила перейти через мост и попробовать выйти на Третье кольцо. На это Лавр резонно заметил, что на набережной и в обычное время было мало людей, а значит и теперь риск встретиться там с заражёнными будет для них существенно ниже. Лавр оказался совершенно прав — на набережной заражённых не было вовсе. На дороге стояли сотни машин, но в отличие от той пробки, которую видели Костя и Сева на Садовом, в этом скоплении все автомобили были брошены.

Они шли вдоль рядов и остовов машин в тишине, и это начинало напрягать Тоню, поэтому она спросила:

— Интересно, выжили хоть?

Тоня смотрела на перегородившую им дорогу «тойоту». Водитель выехал на тротуар и врезался, пусть и не сильно, в ограждение набережной. Поскольку машина стояла с открытыми дверьми, видимо, в ней было минимум четыре пассажира.

— Надеюсь, что выжили.

Все Тонины попытки завести разговор наталкивались на подобные мрачные односложные ответы. Когда Электрозаводский мост остался позади, у Тони наконец закончилось терпение:

— Лавр, что с вами? Почему вы перестали вообще со мной разговаривать? Что вы в парке такого увидели?

Старик скорбно покачал головой, он, казалось, раздумывал, стоит ли посвящать Тоню в свои размышления.

— Я думаю, дорогая Тоня, о своих сусликах.

Тонино лицо явственно отражало недоумение, поэтому Лавр поторопился объяснить:

— В парке, когда мы шли мимо «спящих» заражённых, я вспомнил сусликов и их умение впадать в спячку.

— Ну и?

— Я боюсь, что я также понял, как оказался в тюрьме, и кому и зачем понадобились мои исследования. Понимаете, я же формально в Лефортово попал потому, что мои работы постфактум получили гриф «секретно».

— Пост чего?

— Это выражение такое, не важно. Значит «задним числом». Вот я опубликовал свою монографию, и в момент публикации никакого грифа «совершенно секретно» на ней не было. Её свободно обсуждали, я читал лекции, ездил даже за границу, но потом, видимо, какой-то другой учёный использовал моё открытие в своём секретном проекте...

— И из-за этого ваша работа автоматически стала секретной, а ваши обсуждения, лекции и поездки — изменой родине? — закончила за него Тоня.

— Именно так. Но меня волнует не это, как вы понимаете. Я на свободе, тюрьмы нет, по сути, и государства, в котором мы с вами вчера ещё жили — тоже нет. Но, глядя на заражённых, я вдруг подумал, что может быть, тот человек, который создал этот вирус — что он использовал мои открытия... А значит я, может быть, несу долю ответственности за весь ужас, который мы с вами видим вокруг.

Тоня потрясённо молчала. Теория Лавра звучала пугающе логично.

— Ну а если и так, вы ж сами мне говорили — суслики были для полётов в космос......

— Это правда. Но это, боюсь, не снимает с меня ответственности.

Тоня была с этим не согласна. Пусть формально Лавр был прав, мысль о том, что он должен чувствовать вину за произошедший не по его воле ужас, казалась ей ужасно несправедливой и неправильной.

Они шли и шли, и Тоня уже устала. Она смутно помнила, что большая заправка с кафе должна быть на набережной за Метромостом. Они как раз прошли здание «Электрозавода», значит уже скоро и мост. Эта мысль подбодрила Тоню.

— Лавр, вы как? Думаю, нам ещё километр идти где-то, но зато потом и поедим и, наверное, заночуем.

— Километр ещё пройду. Тоня, вы за меня так сильно не беспокойтесь, я хоть старый, но в общем вполне себе ещё крепкий. Правда есть, действительно, уже очень хочется.

Тоня ускорила шаг, Лавр последовал её примеру. Скоро река сделала поворот, и они вышли на прямую часть Семёновской набережной и увидели Метромост, с которого свисал поезд. Очевидно, он вылетел из тоннеля на скорости, которая во много раз превышала максимально допустимую. На мосту остались лежать два вагона, а четыре других сейчас перегораживали набережную. Всё пространство под мостом и вокруг вагонов было усеяно телами — как погибших при падении, так и заражённых.

— Бляяя....

— Очень точное описание. Интересно, сохраним ли мы к завтрашнему утру способность удивляться? Кажется, уже всё увидели, что могли, но нет...

— Ещё какой-нибудь херни обязательно увидим, вот уверена я в этом.

— И наверняка вы правы. Пойдёмте? Нам ещё надо понять, как мы через эти баррикады будем пробираться.

При ближайшем рассмотрении оказалось, что пройти они всё-таки смогут и довольно спокойно. Вагоны метро при падении расцепились. Несмотря на то, что упали они на набережную, полную машин — поэтому погибших было очень много, — это, кажется, и помогло сейчас Тоне и Лавру. После падения произошло несколько взрывов, которые немного раздвинули вагоны. На счастье, заражённых именно на набережной не было. Лавр заметил группу на другой стороне Яузы, но для них она никакой опасности не представляла.

Пробравшись кое-как сквозь груды искорёженного железа, Тоня и Лавр вышли к красному зданию заправки.

***

Владимир Рудольфович Соловьёв пережидал обрушившийся на Москву апокалипсис в гранд-кафе «Доктор Живаго». Так вышло случайно — неприлично дорогой британский адвокат, с которым должен был встретиться Соловьёв, жил в «Национале», и ему было удобнее назначить встречу поближе. Сам Соловьёв к «гранд-кафе» относился высокомерно-снисходительно. Оно было для него «простовато», но ему не хотелось спорить с юристом, который за баснословные деньги обещал помочь ему получить-таки британский вид на жительство, а там, глядишь, и гражданство... Не то чтобы он собирался в Англии прямо жить, но какое-то внутреннее ощущение необъяснимой тревоги требовало от него попробовать подготовить ещё один запасной аэродром. На всякий случай.

Когда из метро «Охотный ряд» побежали первые заражённые, большинство посетителей и персонал кафе выбежали на улицу — кто-то из любопытства, кто-то почему-то думая, что на открытом пространстве будет легче спастись. Владимир Рудольфович не побежал. Он в принципе гордился своим умением не бежать вместе с толпой, а бежать где-нибудь впереди и вести её за собой. Разумеется, по заранее утвержденному и оплаченному пути.

С ужасом смотрел Соловьёв на происходящее за окном. Как заражённые сметали всё на своём пути, как рвали на части прохожих. Ему стало страшно, и он спрятался под стол.

Первые два дня он вылезал из-под стола редко, мельком поглядеть в окно и утащить какой-нибудь недоеденный сбежавшим посетителем кусок еды. Потом он немного осмелел и стал осматривать кафе: изучил кухню, наелся, напился кофе и даже умылся. Жизнь вроде бы налаживалась. Сидя за столом, из-за которого открывался вид на Манежную площадь и даже кусочек Государственной Думы, Соловьёв размышлял: может быть, с заражёнными можно договориться? В конце концов, если ему сохранят жизнь и какой-нибудь скромный достаток, то почему и нет?

За годы карьеры он был пламенным защитником гражданского общества и демократических институтов и радикальным консерватором, отвергающим саму мысль о правах и свободах. Он защищал в эфире права геев и лесбиянок и был одним из самых пламенных гомофобов, призывавших изгонять из общества отличающихся от большинства. Он был главным защитником мира, гуманистом, говорящим о человеческой жизни как об абсолютной ценности, и апостолом ядерной войны на уничтожение. Если с заражёнными правда можно договориться...

Спустя сутки наблюдений он пришёл к однозначному выводу, что договориться не получится. Значит, надо бежать. Но как? В мрачных мыслях кавалер ордена Александра Невского и многократный лауреат премии «Тэфи» Владимир Рудольфович Соловьёв угрюмо смотрел в окно на Манежную. Выходить туда одному ему не хотелось категорически.

***

Ася и Расул дошли до Васильевского спуска в полной тишине. Асе это нравилось. Ей нравилось, что рядом с этим молодым человеком можно идти и просто молчать, это было редкое для встречавшихся ей в жизни людей качество. Ценное. Когда они только отходили от дома, на крыше которого прятался Расул, она объяснила ему главное своё открытие, главный лайфхак — московские зомби не умели преодолевать препятствия, поэтому если идти по крышам машин, они будут в относительной безопасности. Так они и делали.

Костюм мешал Асе. В нём карабкаться с машины на машину было страшно неудобно, но снимать его она точно не собиралась — однажды Мышь уже спас ей жизнь, нечего рисковать и экспериментировать.

161

Расул молчал и думал. Он думал о доме и о будущем. Живы ли его мама с папой, всё ли в порядке с его сестрами, или этот проклятый вирус пришёл и в их село? Но больше он думал о идущей рядом девушке. Ему было ужасно любопытно — как она выглядит? Эта мысль неожиданно занимала его даже больше, чем мысли о семье или собственном благополучии. А ещё Расул боялся.

Самым страшным для него были запертые в машинах люди, не имевшие возможности выбраться. Он отворачивался и ненавидел себя за это. Достать их без специального оборудования, способного разогнуть металл или распилить его, было невозможно. Он ничего не мог сделать, но сознание этого не приносило ему облегчения. Ему было невыносимо видеть смерть и страдания и не иметь возможности помочь. Чтобы отвлечься, он хотел было завести разговор с Асей, но передумал.

Впереди Расул заметил перевернутую полицейскую машину.

— Погоди. Мне кое-что проверить.

Ася замерла и с интересом наблюдала за тем, как Расул подошёл к полицейской машине и начал её осматривать. Он довольно быстро нашёл, что искал: автомат, пару сменных магазинов и пистолет, который он не без брезгливости вытащил из окровавленной кобуры растерзанного полицейского. Автомат он перекинул через плечо, а пистолет протянул Асе.

— Держи. Вдруг пригодится.

— Ты смеёшься? Чем взять? Этим?

Ася вытянула вперёд мышиные поролоновые лапы, явно для прицельной стрельбы не предназначенные. Расул покачал головой и засунул пистолет себе за пояс.

Они повернули в сторону Манежной. Ася смотрела на Кремль — пространство перед Боровицкой башней было похоже на поле боя. Ещё дымились два вертолёта, вылетевшие из Кремля и разбившиеся сразу после взлёта. Со стороны набережной виднелась остановившаяся навсегда танковая колонна, а дальше — уже на самой набережной — Ася разглядела толпу заражённых. Так же, как и на «Кропоткинской», заражённые сбились в стаю и бродили в поисках еды вдоль набережной и под Большим Каменным мостом.

Почему-то Асе стало немного лучше от того, что Кремль уцелел. Спокойнее. В конце концов, ужасными для неё были люди, которые в Кремле заседали и которые, очевидно, были ответственны за творившийся вокруг кошмар, а саму крепость Ася любила. Она была симпатичная, ей нравилось, как на куполах Кремлёвских соборов играет солнце, как над колокольней Ивана Великого иногда пролетает небольшая стая голубей. Эти простые воспоминания о прошлой жизни были Асе дороги, и она улыбнулась.

Расул не видел её улыбки. Он не отвлекался, он был полностью сосредоточен: им надо было выжить и выбраться. Он осторожно потрогал задумавшуюся Асю за плечо и мотнул головой в сторону Манежной. Пора идти дальше.

***

Рядом с аккуратным жёлтым особняком, в котором располагался институт стран Азии и Африки, им пришлось уйти с проезжей части: большинство машин в этой части Моховой сгорели, и перебираться по ним было сложно, а иногда и опасно. На тротуаре лежали тела растерзанных, и впереди, рядом с «Националем», Ася с Расулом увидели уже ставшую им привычной гору тел погибших. Аккуратно обходя её справа, Расул заметил какое-то движение и инстинктивно сдёрнул с плеча автомат.

Через окна гранд-кафе «Доктор Живаго» Владимир Рудольфович заметил странную пару — вооружённого мужчину и огромную розовую мышь — ещё издалека, но всё сомневался: стоит ли ему выходить к ним? Помогут ли они ему спастись? Решающую роль сыграл именно автомат на плече мужчины: человек с оружием — это человек, облечённый властью, а значит, с ним можно найти общий язык. Он поможет. Принятое решение придало Владимиру Рудольфовичу оптимизма, он широко распахнул тяжёлую дверь гранд-кафе и выбежал на улицу.

Расула учил стрелять дядя — в прошлом военный, а ныне начальник РОВД. Ко всем делам, которые он делал в жизни, дядя относился основательно, и раз ему надо было научить племянника обращаться со стрелковым оружием, то он научит его делать это, как надо. Профессионально.

Расул выстрелил дважды — как учил дядя. Короткая очередь, три выстрела, в грудь. Чуть поднять прицел, и вторая — в голову. У него давно не было практики, поэтому непосредственно в голову он не попал, одна пуля разорвала Соловьёву горло, а две другие не попали в него вовсе, но вот первая очередь была точна целиком, и Владимир Рудольфович умер прежде, чем его тело грузно упало на и без того залитую кровью мостовую.

От неожиданности Ася закричала. Расул в ужасе обернулся к ней, но Ася и сама вспомнила, что громкие звуки сейчас равносильны быстрой смерти, и взяла себя в руки. Они завертели головами, оглядываясь, пытаясь понять, не привлёк ли звук выстрелов новых заражённых.

Им повезло. Примерно шесть часов назад в здании госдумы, расположенном прямо через дорогу от «Националя», начался пожар — в столовой «заискрил» один из холодильников — и сейчас гигантское здание полыхало почти целиком. Так же, как и в случае с заправкой, которая взорвалась на глазах Тони и Лавра, звук пожара привлек заражённых. Они сбегались к Думе от «Тверской» и «Театральной», ведомые голодом и оставшимися инстинктами. Расул и Ася несколько минут заворожённо смотрели на это зрелище: по одиночке и небольшими группами заражённые бежали в пожар и сгорали. Наконец Ася отвела взгляд от ужасающего зрелища и тут же вспомнила, что случилось.

— Ты зачем в него выстрелил?

Ася подошла к телу убитого и вгляделась в его лицо.

— На автомате. Он бежал, я думал, заражённый...

— Это ж этот, как его, который всех «мразями» называл — Соловьёв!

Расул подошёл поближе. Действительно, перед ним лежал известный и ему телеведущий. Правда, Расул слукавил: он узнал Соловьёва и на автомате нажал курок только в первый раз. Вторую очередь он уже выпустил совершенно осознанно. Ася склонилась над трупом, чтобы получше его рассмотреть.

— Он меня бабушки лишил, мудила. Всё детство мне бабушка была лучшим другом, а потом стала передачи его смотреть. Когда узнала, что я в Москве на митинг Навального ходила, позвонила — прокляла, назвала предательницей...

— А у меня он маму отравил. Самая добрая женщина на свете моя мама была, пока его смотреть не начала. С тех пор только и разговоров, что о врагах и о том, как всех уничтожить и расстрелять надо.

Носком кроссовка Расул легонько пнул тело — удостовериться, что ведущий действительно мёртв. Ася, стоявшая молча рядом, казалось, приняла для себя какое-то важное решение. Она повернулась к Расулу, сняла с себя голову Мыша, чуть-чуть привстала на цыпочки — Расул был её ощутимо выше — и чмокнула его в щёку. От неожиданности он даже сделал шаг назад.

— Ой! Ты чего?

В его голосе Ася услышала только удивление и радость. Она хихикнула от удовольствия.

— Просто. Захотелось!

Они стояли, смотрели друг на друга и улыбались. Расул наконец получил ответ на вопрос, который мучил его так долго — под нелепой головой розовой мыши скрывалась весёлая девушка с копной кудрявых каштановых волос, карими глазами и носом с горбинкой. Момент прошёл, но он не был упущен и, надевая обратно свой «шлем», Ася продолжала улыбаться. Расул закинул обратно на плечо автомат.

— Давай по Манежной попробуем обойти? Рядом с пожаром идти точно не вариант.

Ася кивнула.

— Пошли! Потом к Лубянке поднимемся и через Садовое на Проспект мира, так?

— Звучит как план.

И они пошли. Всё так же молча, и всё так же улыбаясь.

***

Сева лежал на асфальте. Он не смог бы сейчас перечислить все те мысли и чувства, которые сплелись в нём страшным чёрным клубком. Поэтому он просто выл. От горя, безнадёжности и несправедливости. Перепуганный

Костя озирался, ожидая увидеть заражённых, которых мог привлечь этот животный вой, но проулок, в который выходила дверь музея, был пуст. Они были одни.

Костя пытался что-то сказать Севе, как-то утешить его, обнимал, но на брата ничего не действовало. Минут через пять его вой стал тише, он стал хрипеть и в конце концов поднялся с асфальта, сел и уже беззвучно зарыдал.

Костя ничего больше не говорил, просто сидел рядом с братом и держал его за руку. Они просидели так минут десять, прежде чем Сева вытер тыльной стороной ладони слёзы и встал.

— Пойдём, Коть?

— Дальше к вокзалу?

— Да, у меня идея появилась. Мы вчера, пока ты спал, её с Ма… с Машей обсуждали.

Косте показалось, что Сева сейчас снова заплачет, но он сдержался. Сделал глубокий вдох, выдох — как их учила мама — и продолжил:

— Это на самом деле не моя была идея, а Маши: если заражённые всюду бегут от станций метро, значит там, наверное, их нет?

Костя задумался — Машина теория звучала предельно логично. Сева тем временем поправил рюкзак и направился к выходу из проулка, продолжая объяснять уже на ходу.

— Если в метро нет заражённых, то, может быть, мы спустимся и посмотрим — может, можно до вокзала по тоннелю дойти? Тут ведь от «Библиотеки Ленина» нам по прямой.

— А если там света нет? Как мы с тобой дорогу найдём?

— Это уже я придумал. Во-первых, мне кажется, там аварийное освещение должно было включиться, оно даже при ядерном ударе типа работает. Во-вторых, мы с тобой ведь много… — тут Сева запнулся. — Ну, мы много встречаем тел. Тех, кого убили, кто не стал зомби? У них, наверное, телефоны есть, а в телефонах — фонарики. Если набрать достаточно, сможем дойти до «Комсомольской».

План Косте понравился. Ну как понравился — перспектива спускаться в метро, где могут быть заражённые, и идти много километров по тёмному тоннелю с фонариками, которые ещё надо будет достать у мёртвых — его ужасно пугала, но какие у них ещё были варианты? Сверху заражённых навалом. Если под землей их нет, ну, значит, надо рискнуть в тоннеле.

Они дошли до дверей метро, почти не оглядываясь по сторонам. Точнее, Сева, конечно, держал под контролем их путь, но он исключительно искал источники опасности, заражённых или другие сложности, которые могли бы им угрожать. Смотреть на ужасы разрушений у него просто не было сил. И он не обращал внимания на прозвучавшую где-то неподалеку автоматную очередь, на запах гари и клубы чёрного дыма, которую в их сторону приносил от госдумы ветер. Они шли, останавливаясь только, чтоб достать телефоны — это было крайне неприятным делом, и мальчики договорились, что брать трубки они будут только у тех погибших, кого не очень сильно разорвали. Иначе было совсем страшно и мерзко.

У дверей в метро Сева немного замешкался — а вдруг это плохой план? Костя понял его сомнения и открыл дверь первым.

Внутри стоял тяжёлый трупный запах. Настолько тяжёлый, что мальчики закашлялись и поспешили натянуть на лица повязки — запах через них всё равно чувствовался, но хотя бы не так резко.

Переход прямо перед ними был завален телами, но не так густо, и братья смогли, аккуратно обходя погибших, двинуться вперёд. У линии турникетов Сева снова остановился:

— Смотри!

Он показывал рукой на два тела, застрявших между турникетами. Это были полицейские — в форме и касках, с оружием в руках. Кажется, толпа их просто вжала и задавила насмерть. Сева отошёл от Кости и через минуту вернулся с двумя пистолетами.

Они оба были ветеранами Call of Duty и множества других игр, поэтому Сева с лёгкостью достал магазин, проверил, что он полон патронов, засунул его обратно и взвёл предохранитель. Только после этого он засунул пистолет себе в джинсы. Второй же, тоже тщательно проверенный, он протянул Косте.

— Положи в рюкзак. Просто на всякий случай. Чтобы был.

В прошлой жизни Костя был абсолютно одержим идеей собственного оружия. Это было первым, что он хотел сделать по наступлении совершеннолетия: получить право на ношение и купить себе ружьё. Или два! Они с Севой, которому эта идея категорически не нравилась, много раз об этом говорили.

Теперь Костя смотрел на пистолет с ужасом. Он понимал, что его надо взять, но ему было страшно. Он никогда не стрелял по-настоящему, только в играх. И теперь он думал о том, что взять в руки пистолет — это ведь, значит, как бы согласиться с тем, что ты его используешь, что если будет надо — ты не дрогнешь и выстрелишь. Ему от этой мысли было очень страшно, но он взял железку и положил её в рюкзак рядом с книжкой про «Муми-троллей».

Огромное пустое пространство станции метро «Библиотека имени Ленина» действительно было освещено тусклым красным светом аварийного освещения. С верхней ступени огромной лестницы, ведущей к платформам, была видна вся станция. Слева стоял поезд с открытыми дверьми. Очевидно, именно из него на станцию хлынули заражённые. Пол между тремя лестницами был усыпан телами. Часть тел лежала на путях с другой стороны. Заражённых видно не было.

Освещая пространство перед собой фонариками, Костя и Сева спустились на платформу.

— Давай тут спрыгнем, только очень, очень осторожно! Мне кажется, что если работают фонари эти аварийные, может и третий рельс работать, а это — верная смерть.

Костя кивнул, а Сева продолжил:

— Ты просто имей в виду — он жёлтый, он по краю идет. Его нельзя никогда трогать.

Костя снова кивнул, и по очереди — Сева первым — они спустились на пути. Переступив через несколько тел растерзанных и упавших на рельсы москвичей, они двинулись по тоннелю и уже совсем скоро оставили станцию позади.

Сева хотел уйти по тоннелю настолько далеко, чтобы можно было дышать без масок. Когда наконец запах смерти перестал преследовать их столь настойчиво, они разбили лагерь. В этом месте два тоннеля шли параллельно друг другу, и между ними было пространство, достаточное, чтобы поставить палатку. Контактный рельс был у дальнего края тоннеля, поэтому даже если бы кто-то из мальчиков во сне вылез из палатки, например, пописать и забыл об опасности, вероятность случайно умереть от удара током была не очень велика. По крайней мере, на это надеялся Сева.

Несмотря на то, что формально прошли они совсем немного и был ещё день, оба мальчика чувствовали какую-то совершенно смертельную усталость. Идти в неизвестность по тёмному тоннелю в таком состоянии не хотелось совсем.

Костя забрался внутрь палатки и зарылся в спальник. Сева ещё минуту стоял снаружи и смотрел на эту картину: пустой чёрный тоннель метро благодаря жёлтому свету, излучаемому палаткой, стал неожиданно уютнее.

— Почитаешь мне? Пожалуйста?

— Конечно.

Если бы Костя не спросил, Сева предложил ему сам: сейчас он был готов делать всё что угодно, только бы отсрочить момент, когда он останется тут один. В тишине. С мыслями и воспоминаниями о Маше, обо всём, что произошло с ними сегодня. Он залез в палатку, застегнул молнию, открыл книжку и начал читать:

— Первый снег пал на Муми-дол хмурым утром. Он подкрался, густой и безмолвный, и за несколько часов выбелил всю долину. Муми-тролль стоял на крыльце, смотрел, как зима пеленает землю в свой белый саван, и думал спокойно: «Вечером мы погрузимся в спячку»... Сева продолжил читать, даже когда Костя уже давно уснул, крепко обняв своего Плюшевого Лиса Семёна. Потом он закрыл книгу, выключил фонарик и устроился поудобнее рядом с братом. Он лежал и слушал, как Костя дышит, как бьётся его сердце. Рядом с ним ему было не так страшно.

Глава 10

Артём родился немым. Один случай на миллион — неразвившиеся голосовые связки. Когда он пошёл в первый класс, мама рассказала, что его отец ушёл из семьи именно из-за этого, и маленький Артём никак не мог понять: но почему? Он же не был виноват в своей немоте. Это ведь от него не зависело. Мама, спохватившись, сказала, что со злости сморозила глупость, но Артём запомнил.

На его детстве отсутствие отца удивительным образом никак не сказалось. Его воспитали две любящие женщины: мама и бабушка. Им было наплевать, что он немой, они любили его таким, какой он есть. А потом была школа и сложности, потом мама Артёма пришла в Церковь и привела его с собой. Бабушка креститься отказалась категорически.

Мамина вера была тихой и уютной. Не пламенной и не злобной. Артём с удовольствием влился в приходскую жизнь и даже начал встречаться с девушкой по имени Варя из церковного хора. В институт сразу после школы он не попал, в армию его и не звали, и он спокойно работал на заправке: денег было немного, но на жизнь им хватало.

День, когда мышь под номером МБ1#99324 укусила Веронику, должен был быть последним днём работы Артёма на заправке. Через неделю он собирался заступать в ремонтную бригаду плиточником. Это вышло совершенно случайно — как-то их сосед дядя Володя зашёл к ним спросить, нельзя ли одолжить штопор, и обратил внимание на то, как первоклассно уложена плитка в кухне. Мама объяснила, что Артём её клал сам, предварительно потратив, кажется, несколько месяцев на разнообразные обучающие видео на YouTube.

Дядя Володя, у которого была ремонтная компания на шесть бригад, был так потрясён качеством укладки, что тут же и предложил Артёму работу. Когда они с мамой узнали, сколько получают в Москве хорошие плиточники (в месяц примерно столько, сколько он заработал бы на заправке за год), Артём так обрадовался, что они устроили с мамой и бабушкой праздник: с бутылкой шампанского и «Киевским» тортом.

Но всё это было в прошлой жизни. В той, которую закончил вирус Михайлина. В новой жизни Артём, не издавая ни звука, бежал в сторону Тони и Лавра. Сейчас им двигал только голод.

***

С кофемашиной Лавр не справился, зато нашёл чайные пакетики и чайник. Теперь они с Тоней сидели посреди разгромленной заправки и пили чай с круассанами. За несколько дней круассаны зачерствели, но ни Тоню, ни Лавра это ничуть не смущало. Они ели быстро и молча и никак не могли наесться. Тоня встала из-за стола первой.

— Пойду посмотрю, может там на полках у входа ещё какая-то еда есть. Хоть сушки...

Небольшую полку с бутербродами и скоропортящимися продуктами они осмотрели первой, но, видимо, электричество на заправке пропало давно, и ничего съедобного они не нашли. Погружённая в свои мысли, Тоня не увидела Артёма. И не услышала — ведь, в отличие от всех остальных заражённых, он не издавал ни рёва, ни жуткого клёкота... Его увидел Лавр, повернувшийся к Тоне что-то сказать.

—Тоня, сзади!

Она никогда не была лучшей на курсах по стрельбе, которые проходила вместе с сослуживцами. И прежде Тоня никогда не оказывалась в ситуации, когда достать и использовать оружие было необходимо моментально, но тут что-то сработало в её мозгу, что-то включилось, какой-то первобытный страх смерти. Артём уже добежал до неё, занес руки и раскрыл измазанный кровью рот, но Тоня успела достать пистолет и выстрелить ему в подбородок. С ужасом она увидела, как пуля превращает в кровавую кашу его лицо.

Тело Артёма с мерзким стуком упало на пол кафе, а Тоня осталась стоять. Оцепеневшая от ужаса, оглушённая выстрелом, вся залитая кровью. Она стояла и не могла пошевельнуться, и слёзы текли по её щекам.

Подбежавший Лавр сначала как будто сомневался, а потом тихонько спросил:

— Тоня, можно я вас обниму?

Она не ответила, но сама обняла его крепко-крепко, уткнувшись ему в плечо. Ей хотелось зарыдать. Тоня хотела оплакать мальчика, которого ей только что пришлось убить. Она успела разглядеть веснушки на его лице, русые волосы, шрам рядом с носом — может быть, он в детстве упал с велосипеда? Она хотела закричать от ужаса от того, что ей пришлось убить человека. Заражённого, но всё равно человека. Пусть Тоня и работала конвоиром, в ней всё ещё оставалось то главное, что делает человека — человеком: способность к состраданию. Просто спрятана эта способность была так глубоко, что только ужас последних дней сумел дать ей возможность проявиться. Тоня хотела оплакать свою жизнь — простую, но понятную и устроенную. Собственную. Но слёзы никак не шли, и она просто уткнулась в плечо Лавра и позволила ему крепко себя обнять.

Когда Тоня немного успокоилась, они вынесли тело заражённого на улицу. Лавр поднял с пола табельный пистолет и отдал его Тоне. Сама бы она его непременно забыла.

Стемнело, искать сейчас новое место для ночлега было опасно и странно и, несмотря на сомнения, Тоня всё-таки предложила остаться на заправке. В небольшой подсобке за кассой даже оказался диван — видимо, на нём отдыхали по ночам сотрудники. Диван был недостаточно большим, чтобы на нём мог спать кто-то из них, поэтому Лавр с Тоней устроились на нём сидя. Перед этим они подпёрли ручку двери подсобки стулом и немедленно уснули.

***

Проснулся первым Костя. Внутри палатки всё так же горел уютный свет фонарика: видимо, Сева забыл его выключить или, наоборот, — решил, что со светом им сейчас спать будет спокойнее. Костя огляделся: брат крепко спал, его тело было таким неподвижным, что на мгновение Косте даже стало страшновато — вдруг и Сева умер? Но нет — Сева вздохнул во сне.

Костя точно помнил, что сквозь сон он слышал голоса. Как будто мимо их палатки прошла группа девушек. Сейчас он снова услышал, как в тоннеле кто-то разговаривает. Голоса приблизились, на секунду замолчали, а затем разговор продолжился, но уже дальше по тоннелю. Костя расслабился. Он был рад, что где-то в Москве всё ещё остались живые люди, что не одни они с Севой спаслись. Но вот общаться сейчас с другими людьми почему-то не хотелось.

Он вылез из палатки и пошёл искать, где бы пописать — помня, что ему рассказал Сева про контактный рельс. Когда он вернулся, старший брат уже вылез из палатки и аккуратно складывал свои вещи в рюкзак. Он молча протянул Косте один из бутербродов, прихваченных из буфета Пушкинского музея.

— С ветчиной и сыром. Ещё йогурт питьевой есть. С вишней.

Костя благодарно плюхнулся на пол туннеля рядом с братом. Минуты две они жевали в абсолютной тишине.

— Я голоса слышал. Кто-то ещё по тоннелю так же, как и мы, идёт. Две группы слышал, но чего-то говорить с ними сам не захотел.

— Ага. Наверное, так правильнее.

Сева жевал и смотрел в одну точку, его голова сейчас была занята совершенно другими мыслями. Он специально вчера долго не засыпал, несмотря на ужасную усталость. Он оттягивал момент, когда неизбежно увидит во сне Машу. Почему-то ему казалось, что это непременно произойдёт. Предчувствие его не обмануло, но Сева боялся, что ему приснится момент Машиной гибели, а приснилось, как они ходили по залам музея и он издали на неё смотрел, а она не замечала. Почему-то такой сон в результате оказался ещё страшнее, чем если бы он снова увидел, как Маша падает и как она исчезает под толпой заражённых.

Он смахнул с кончика носа предательскую слезу и встал.

— Давай, наверное, соберёмся сейчас побыстрее? Хочется из этого подземелья поскорее выбраться.

Костя не возражал. Они закончили завтрак, сложили палатку и спальники в рюкзаки и побрели по тоннелю в сторону метро «Охотный ряд».

Они часто ездили на дачу не на машине, а именно на электричке: папу страшно бесили пробки на Ярославском шоссе, и он не понимал, зачем ради очень условного комфорта тратить на дорогу четыре часа, когда на поезде можно доехать за час. Как результат, братья знали этот кусочек метро хорошо, и мысль о том, что идти им на самом деле не так далеко — до следующей станции было чуть больше 800 метров — их очень ободряла.

Братья шли молча. Сева немного волновался, что разговоры могут привлечь заражённых, но Костя довольно резонно возразил, что они бы, во-первых, заражённых услышали, а во-вторых, они в метро полезли как раз исходя из теории, что тут заражённых не будет. Наконец, он напомнил Севе о голосах в тоннеле, которые он слышал совсем недавно: если бы с другими людьми что-нибудь случилось, они бы услышали крики, логично? Хоть Сева и согласился, разговор всё равно не шёл. Мальчики волновались, что ждёт их на станции. Расслабиться было сложно — даже тусклое красноватое аварийное освещение напоминало им о том, что самое страшное уже произошло.

Осторожно, стараясь лишний раз не шуметь, они на цыпочках вышли из тоннеля. Сева был достаточно высоким и мог осмотреть платформу, а вот Костя не доставал. Может быть, и к лучшему, подумал Сева, когда ему открылся вид.

Как и «Библиотека имени Ленина», станция «Охотный ряд» была усеяна телами погибших. Движения нигде не было.

— Заражённых нет, можем идти дальше.

— Мёртвых много?

— Много.

Костя тяжело вздохнул.

Они двинулись дальше и нырнули в следующий тоннель. Впереди через пути пробежала крыса — последние несколько дней ей в тоннеле жилось особенно хорошо. Когда исчезли страшные громыхающие поезда, тут осталась только она, это было её королевство. Крыса была довольна. Она бежала сейчас в сторону станции. Туда, откуда доносился такой манящий запах мяса и крови.

— Я никогда не думал, что смерть такая страшная.

Голос Кости звучал глухо. Он думал эту мысль уже давно. Сева ждал продолжения, но Косте потребовалось ещё с полминуты, чтобы снова подать голос:

— Не думал, что смерть так быстро увижу… По телевизору или в кино всё как-то иначе выглядело. Или в игре… А тут — и люди обычные, и Маша, и мама с папой…

Тут Костя не выдержал и заплакал. Ему сейчас не нужно было, чтобы его жалели или обнимали, сейчас ему хотелось, чтобы Сева его просто выслушал, но справиться с горем всё равно было сложно. Сева внимательно молчал. Впереди показался свет — тоннель заканчивался.

— Как ты думаешь… — продолжил Костя хриплым голосом. — Мы Машу могли спасти?

— Нет. Я точно знаю. Я думал об этом с самого момента… Сколько бы я ни пытался себе этого представить, я не понимаю, как бы мы могли её спасти. У нас времени не было просто.

Голос Севы задрожал. И не только, потому что ему всё ещё было тяжело и страшно говорить о Маше — наверное, тяжело и страшно ему будет всю оставшуюся жизнь, — он просто очень не хотел говорить Косте правду. Да, они не могли спасти Машу, да, у них не хватило бы времени, но главной причиной был Костя. Сева не мог рисковать его безопасностью. Костя был его братом, его ответственностью и его семьёй. Что бы ни случилось, он должен был думать о нём в первую очередь. И это было правильно, но вслух почему-то говорить об этом Сева не хотел.

— Я тоже так думаю. Знаешь, я посмотрел 14 000 605 вариантов прошлого, — нарочно взрослым голосом сказал Костя. — У нас не было шансов ни в одном.

Сева улыбнулся.

— Доктор Стрендж из тебя так себе.

— Ничего не так себе, а очень похожий!

Костя сделал вид, что обиделся, хотя на самом деле эта притворная обида была частью их игры и общения. Ещё с минуту они шли в тишине. Костя никак не мог собраться с силами — совсем не вопрос о возможности спасения Маши мучал его последние часы.

— Ты думаешь о маме и папе? — Эти слова Костя практически прошептал.

— Угу. Всё время думаю.

— Ты думаешь, папа тоже умер?

Сева хотел ответить сразу, но ему потребовалось некоторое время, прежде чем он сказал:

— Да. Я боюсь, что он умер. Мне так кажется. Я хочу верить, что это не так, но мне кажется так.

Он говорил отрывисто и нервно, наверное, сейчас это был не самый подходящий тон, но Сева был живым мальчиком, и у него не всегда получалось справляться со своими эмоциями. Костя это, кажется, тоже понял.

— Папа умер, мама умерла... Ты думаешь, они сейчас смотрят за нами? Ну, с неба? Как бабушка объясняла?

Это был сложный вопрос. Где-то зимой Сева решил обсудить с папой вопрос своей «веры». Он сказал, что в принципе допускает существование некоей силы, которая создала мир вокруг. Может быть, она устроила тот самый Большой взрыв, из которого появилась наша вселенная. Но вот в существование Бога как такого доброго дедушки, который сидит на облаке и всем управляет, он поверить не готов. Папа выслушал Севу, и они потом долго говорили, и отец объяснил, что Сева, наверное, агностик. Тогда Сева очень оценил, с каким уважением к его словам отнёсся отец. Ему это было важно. Костя же всё-таки считал иначе, и даже иногда молился, хотя и всегда своими словами, а не как в церкви учат.

— Помнишь, — начал Сева, — когда в конце «Даров смерти» Гарри разгадал тайну снитча? Когда он нашёл воскрешающий камень?

— «Я открываюсь под конец», — едва слышно процитировал книжку Костя.

— Ну да. И когда Гарри шёл умирать, рядом с ним шли его папа и мама. И Сириус, и Люпин... Вот мне кажется, что мама и папа с нами сейчас по тоннелю идут. Просто мы, может быть, их не видим.

— Ты думаешь, мы умрём?

Еще один большой вопрос, ответа на который Сева не знал. Если говорить совсем честно, то умереть они могли в любую минуту. Сейчас они выйдут из тоннеля на «Чистых прудах», там, допустим, окажутся заражённые на платформе — и всё. Конечная.

— Не знаю. Можем. Может быть. Но вот что я точно знаю: я приложу все усилия, чтобы мы не умерли. И мне кажется, у нас получится. Не может не получиться.

Костя кивнул. Он прекрасно понимал, что Сева не может дать ему всех ответов, что он сам их не знает, но ему было сейчас очень нужно услышать от него именно эти слова. Косте было ужасно страшно, но вот об этом он вслух точно никогда не скажет. Хотя, наверное, Сева и так это понимает. Ему ж тоже наверняка страшно.

Братья прошли «Чистые пруды» не останавливаясь. Зачем? Снова смотреть на другие мёртвые лица, снова видеть тот ужас, в который вирус превратил их любимое метро. Лучше они поспешат вперёд.

— Так жаль, что мы в доме нашем новом мало пожили. Мне там нравилось...

— И мне. Но у нас будет другой дом. В котором мы будем вдвоём.

Сева ненадолго замолчал, ему хотелось найти самые правильные слова для одной важной мысли.

— Будет новый дом. Будут бабушка с дедушкой и кошка Дуся. Будет другая жизнь. Она будет совсем не такой, и мы будем грустить по папе с мамой, но у нас будет дом. Мы ведь всё главное с собой взяли. Фотографии, книжки, Лиса Семёна...

— Звери наши настенные в том доме остались, жаль...

Когда мама с папой делали ремонт, они предложили Косте с Севой самим выбрать себе обои, и у Севы в комнате на стене был лес заснеженный, а у Кости — летний. И в этом лесу жили смешные нарисованные звери.

— Мы новых нарисуем!

— Это были обои.

— Ну, значит, мы купим себе такие снова! Коть, у нас всё будет хорошо. Пока мы есть друг у друга, всё остальное будет точно хорошо.

Они шли уже довольно долго, и Костя начал уставать. Идти по рельсам совсем не так приятно, как, например, прогуливаться по парку. В животе его заурчало.

— Давай на следующей станции привал сделаем? Перекусим.

— Следующая будет «Красные ворота», предпоследняя станция перед вокзалом. Давай уж до «Комсомольской» дойдём и там привал? А потом наверх.

Костя заворчал, что брат не учитывает его размеры. Севе-то проще — у него длинные ноги, а Костя не привык на такие дистанции ходить, да ещё и по тёмным неудобным тоннелям. В качестве компромисса Сева достал их последнюю бутылку йогурта — Костя мог пить её на ходу. Правда, до «Комсомольской» они не дошли.

***

Расул с Асей шли по крышам автомобилей, лишь изредка прерывая молчание. Расул молчал, потому что боялся сказать что-то не то, как-то спугнуть то волшебное ощущение, которое подарил ему короткий поцелуй Аси. Это была странная для нынешних обстоятельств мысль. Они шли через бесконечную смерть, все улицы, которые они проходили, были усеяны телами. Горело здание госдумы, дым валил из окон Малого театра, на тротуарах лежали трупы, а он думал только об этом поцелуе. Наверное, он просто помогал ему справиться с окружающей реальностью.

Не доходя до Лубянской площади, Ася остановилась.

— Давай тут свернём? Я очень боюсь идти мимо «Детского мира».

— Почему?

Ася повернулась и сердито посмотрела на Расула, правда, знать он этого не мог, потому что выражения лица Аси из-под мышешлема разобрать было невозможно. И к лучшему.

— Как ты думаешь, почему? Потому что, если я увижу ещё мёртвых детей или заражённых детей, моя кукуха этого может не выдержать.

178

Расул кивнул. Он совершенно забыл про «Детский мир». В отличие от Аси, он ещё не так хорошо успел изучить географию центра Москвы.

— Хорошо, давай обойдём. Ты знаешь как?

— Ну так — приблизительно. Придумаем что-нибудь.

Они свернули на Рождественку. Расул пропустил Асю чуть вперёд, чтобы она могла выбирать, куда именно они пойдут. Он поправил автомат на плече — автомат был вторым якорем, державшим сейчас его психическое состояние в относительном порядке. Поцелуй и ободряющая возможность при необходимости выстрелить — две в туловище, одну в голову.

Им приходилось быть предельно осторожными, выбирая маршрут, и эта необходимость — находиться в постоянном напряжении — очень изматывала. Некоторые улицы были братскими могилами, и только звуки шагов Аси и Расула добавляли им хоть какой-то жизни. На некоторых же толпились стаи заражённых, наполняя воздух многоголосым омерзительным воем.

Побродив по переулкам вокруг Кузнецкого моста, они вернулись на Большую Лубянку. Эта была финишная прямая — очень длинная, но тем не менее прямая. Ася объяснила, что теперь им надо дойти до Садового, пересечь его, а дальше начинается Проспект Мира, переходящий в Ярославское шоссе, которое выведет их из Москвы. Теперь им надо идти только вперёд, и они, может быть, смогут покинуть погибший город.

— Ты о чём думаешь?

Ася только что забралась на крышу «Газели» и пыталась отдышаться, но почему-то ей вдруг очень захотелось поговорить. Расул ответил быстро:

— О маме с папой. Я из села в Дагестане, оно высоко в горах стоит, там вся семья моя, кроме дяди, он в другом селе живёт. Ну вот я и думаю. Обычно из Москвы всё до нас в последнюю очередь доходит. С этим так же будет? Или нет?

— Не знаю, но… Знаешь, мне кажется, они там все в порядке. Ну твои точно. До моих из Москвы на электричке доехать можно, так что я не супер прям уверена, но надеюсь… Тоже о маме думаю…

По мере приближения к Садовому Ася чувствовала себя всё более и более уверенной. Они нашли идеальный способ передвижения по городу — она привыкла и наловчилась прыгать между машинами так проворно, что даже костюм ей теперь особенно не мешал. Оказалось, это дело привычки. У Расула был автомат, её дополнительно защищал костюм, дорога впереди была прямой и понятной. Всё будет хорошо, Ася была в этом абсолютно уверена.

— Смотри!

Расул звучал удивлённым, и Ася отвлеклась от своих мыслей.

Садовое кольцо впереди выглядело как заявка на звание самого большого ДТП в Книге рекордов Гиннесса. Но это было не то, что удивило Расула больше всего. Ася не до конца понимала, как именно так вышло, но самое начало Проспекта Мира перегораживали несколько автобусов. Один из них то ли от удара, то ли по какой-то другой неведомой причине врезался в окно второго этажа небольшого трёхэтажного здания на углу. Видимо, что-то послужило ему «трамплином». Часть здания от удара обвалилась.

— Хочу поближе посмотреть!

— Ну мы и так, собственно, в ту сторону идём.

— Так давай пойдём быстрее!

Расул пожал плечами. Торопиться, как ему казалось, им было совершенно некуда и незачем. Ася тем временем ловко перескакивала с машины на машину, направляясь к неожиданному кладбищу автобусов, и Расул решил тоже ускориться — ещё не хватало им как-то разделиться сейчас.

Ася первой добралась до автобуса и не без труда заползла на крышу. Два столкнувшихся автобуса почти полностью перекрыли улицу, но за ними она не увидела и два других — видимо, их «вынесло» сюда потоком машин со Сретенки. Один из автобусов лежал по диагонали на боку, обгоревший остов второго — у противоположной стороны улицы. Благодаря тому, как развернуло первые автобусы, на Проспекте мира образовался совершенно свободный от машин кусочек. Небольшой, может, метров 50 в длину, но тем не менее заповедник чистого асфальта. Ася, которой отчаянно надоело бесконечно перелезать с машины на машину, ужасно обрадовалась. Она обернулась и крикнула.

— Расул, тут свободно! Я вниз, догоняй!

Она не стала ждать ответа, а просто спрыгнула. Ничего, догонит.

Расулу потребовалась пара минут, чтобы залезть на крышу автобуса, с которой только что спрыгнула Ася. За всё это время он больше не услышал её голоса. Это было странно и тревожно. Он поднялся и подошёл к краю крыши.

Ася стояла совершенно неподвижно. От неё до автобуса было от силы метра два. Когда она прыгала, она не осмотрелась и не заметила, что в небольшом открытом пространстве улицы есть заражённые. Их было не видно с крыши, их закрывал сгоревший автобус. Человек семь слепо ходили сейчас рядом с замершей Асей, которая, казалось, боится даже дышать. Заражённые услышали, как Ася крикнула Расулу, что прыгает, и слышали звук её приземления на асфальт. Добыча была где-то рядом, но где именно, сейчас заражённые не понимали — костюм всё ещё защищал Асю.

Расул молчал смотрел на улицу перед собой, переводя взгляд с Аси на заражённых. Долго она так не простоит. Рано или поздно кто-то из них просто врежется в неё, и это будет конец.

Глава 11

Они договорились съехаться после свадьбы в Лиссабоне. Вернуться — и сразу въехать в новую, только что купленную и бережно отремонтированную, квартиру на углу Проспекта Мира и Садового. Не очень большую, но им двоим, а потом и троим, хватит.

Саша успокаивала: Москва — большой город, и бытовая гомофобия в нём, конечно, встречается, но уже не так часто. И потом, ну, скажут они соседям, если кто-нибудь спросит, что они сёстры. Или подруги.

Ника всё равно волновалась.

В результате въехали в новый дом они уже втроём — схватки у Ники начались ровно в тот момент, когда пилот рейса Лиссабон-Москва объявил о посадке и попросил пассажиров пристегнуть ремни. Это был понедельник, а уже в пятницу Ника, Саша и маленькая Ульяна были дома. Но Ника всё равно продолжала волноваться.

Они провели выходные в приятных, пусть и непростых хлопотах, одновременно привыкая быть мамами и стараясь как-то обжить новое пространство. А в понедельник утром Саша ушла на работу.

Переступая порог квартиры, она превращалась в Александру Фёдоровну, начальника юридического отдела корпорации Unilever — Ника всегда ужасно удивлялась этому Сашиному умению быть по-настоящему двумя разными людьми. Иногда ей казалось, что Саша с Александрой Фёдоровной даже не знакома.

Ника впервые осталась в новом доме вдвоём с Улей. Никаких планов у неё не было, и она ужасно удивилась звонку в дверь.

На пороге стояла невысокая сухонькая старушка в белом пальто и высоких коричневых сапогах. Её шарф был подколот у горла массивной серебряной брошью. В руках незнакомка держала фарфоровое блюдо с тортом.

— Здравствуйте, вы Ника? Я ваша соседка по лестничной клетке, Марьяна Петровна. Можно просто Марьяша. Я хотела застать вас вместе, но ваша супруга уже ушла?

От неожиданности Ника так растерялась, что смогла только кивнуть. Ну вот — «супруга». Уже, значит, сплетни пошли. Она так расстроилась, что не обратила внимания, как старушка ловко отодвинула её и зашла в прихожую квартиры.

— Я принесла вам торт, чтобы официально поприветствовать вас в нашем доме. Это Эстерхази. Знаете, у моей семьи столько воспоминаний с этим тортом связано, и у семьи, и у меня. Бабушка моя впервые попробовала его в 1910 году в Вене, в легендарной кондитерской Demel. Ей так понравилось, что она сама научилась делать этот торт! — Старушка уже стояла на пороге гостиной, внимательно её разглядывая и одобрительно кивая. — А это, скажу вам, совсем не просто. В семье нашей женщины не готовили, были кухарки, но вот бабушкин торт Эстерхази — это стало семейной традицией. Она делала его обычно на Новый год и в последний раз испекла на новый 1917 год. Я, к сожалению, так его ни разу и не попробовала, но мне о нём рассказывала мама, и это для меня стало мечтой — обязательно съездить в Вену, и обязательно в Demel.

Марьяна Петровна говорила с такой скоростью, что Ника физически не успевала вставить ни полслова. Сейчас старушка сделала паузу, и Ника уже открыла рот, но и в этот раз не успела ничего сказать.

— И вот всю жизнь я была уверена, что мечта моя так и останется несбывшейся мечтой внучки и дочери врага народа... А потом Союз издох! Но у нас как-то всё не было то времени, то, признаюсь, денег доехать до Вены. Непросто было. Мы с Галей не бедствовали, но точно нам было не до Вены.

И снова старушка сделала короткую паузу, и вновь Ника не успела ничего сказать — из спальни она услышала тихий писк проснувшейся Ульяны. Она поспешила к дочке, а Марьяна Петровна пошла за ней с таким видом, как будто нет ничего естественнее, чем вот так прийти к незнакомому человеку домой с тортом и начать ему истории рассказывать.

— Мы познакомились на фронте, представляете? Две дурочки-москвички, пошли добровольцами на фронт. Нам по восемнадцать лет было, мы всю войну вместе прошли... А потом — знаете, Ника, такое слово было старомодное — «компаньонки»? Ну вот для всего мира мы и были «компаньонками», и только дома могли быть самими собой, двумя влюблёнными девочками, потом женщинами, а потом и старушками.

Ульяна на руках у Ники притихла, казалось она тоже слушает. Ника же стояла как громом поражённая. Марьяна Петровна немного наклонила голову вправо и хитро улыбнулась.

— Ника, ну что вы правда подумали, что я только тортом вас зашла угостить? Нет, конечно. Я зашла сказать, чтобы вы ни о чём не тревожились. В этом доме вы будете счастливы. Соседи у нас приличные, ну и вообще, не волнуйтесь — я вас в обиду не дам.

Нике хотелось обнять эту прекрасную женщину здесь и сразу, но она сдержалась.

— Спасибо вам большое. Хотите, я поставлю чайник?

— Нет, благодарю, я правда на минутку. Сказать вам важное и угостить моим Эстерхази. Да, представляете, я сама научилась делать. Мы с Галей прожили в этом доме почти всю жизнь, она умерла только в 2006-м — под Новый год. Я долгие годы преподавала в Московской консерватории, а Галя, вы будете смеяться, Галя моя была инструктором по физической подготовке в Звёздном городке. Космонавтов тренировала. Представляете? И меня на всю жизнь к спорту и правильному питанию приучила. Когда Союз развалился, было сложно, а потом Галя придумала открыть фитнес-клуб. И ещё один, и ещё... И вот, в 2005 году она мне подарила поездку в Вену. Мы жили в самом дорогом отеле города и, разумеется, ходили каждый день в Demel. А когда мы вернулись, оказалось, что у Гали рак и что ей осталось жить всего несколько месяцев.

Марьяна Петровна замолчала. Наконец Ника могла хоть что-то сказать, но почему-то она подумала, что сейчас слов от неё не требуется.

— Она умерла, а я научилась печь Эстерхази в память о ней.

Снова повисла пауза. Марьяна Петровна подошла к Нике чуть поближе и пристально посмотрела на спящую на её руках Улю.

— Как вы назвали девочку?

— Ульяна.

— Чудесное имя. Чудесное. Я побегу!

Уже в дверях Марьяна Петровна обернулась.

— И главное: вы можете всегда на меня рассчитывать. Если вам с Александрой нужно будет куда-то сходить, я всегда в вашем распоряжении. В моей жизни сейчас только книги, прогулки, иногда сериалы и коктейль «Мимоза». Мне будет приятно сделать что-то полезное, даже в моём возрасте.

Тут Ника не сдержалась, ей было слишком любопытно.

— Простите, но сколько же вам лет? А то вы про фронт...

— Девяносто девять!

Марьяна Петровна рассмеялась и выпорхнула в открытую дверь, оставив Нику стоять с открытым ртом.

Почему она вспомнила эту историю сейчас? Прошло ведь уже столько времени. Ника не понимала. Мысли путались в голове. От страха и от голода. Наверное, от голода даже больше всего. Они сидели вдвоём с Улей в пустой квартире уже третий день. Саша её баловала и не давала готовить, говорила «ты не будешь домохозяйкой, мы можем позволить себе любую доставку». И это была правда, и они заказывали еду из самых дорогих ресторанов. Но в умирающей Москве доставка больше не работала, а в холодильнике было пусто.

Ника ходила по квартире, как тигр в клетке. Её Саша погибла в первый же день. Ника видела из окна, как её машину буквально смял на огромной скорости автобус. Она смотрела новости, пока было что смотреть, читала соцсети, пока было что читать. И сходила с ума.

Сейчас шёл третий день. Если она не предпримет каких-то мер, они просто умрут. Для Ульяны у неё ещё осталась смесь — у Ники были сложности с грудным вскармливанием, — но сама она уже была на грани истощения. Наконец, у неё созрел план. С раннего утра она внимательно слушала и смотрела, что происходит за окном — там было подозрительно тихо. Настолько тихо, что Ника решила рискнуть: она быстро выйдет из подъезда и аккуратно перейдёт Садовое — там, на другой стороне, в торговом центре у выхода из метро есть продуктовый. И «Макдональдс».

Это был дурацкий, отчаянный план, но других вариантов она не видела. Она покормила Улю, поцеловала её в тёплую макушку и решительно открыла дверь.

Марьяна Петровна заразилась вирусом на прогулке, и вот уже три дня она ходила по лестничной площадке перед закрытой дверью своей квартиры. Ника поняла, что она не успеет и забежать обратно в квартиру, и закрыть дверь. Они бросились друг на друга одновременно, но Ника сумела столкнуть заражённую соседку, и они вместе кубарем покатились по лестнице. Последнее, что слышала Ника, был щелчок автоматического замка входной двери в её квартиру.

Так вот, оказывается, что значит «ни жив ни мёртв». Это была смешная мысль, она подумала её ещё немного. Ася боялась пошевелиться. Сейчас она — «Ася Шрёдингера». Вроде бы она есть, но стоит ей хоть чуть-чуть пошевелиться, и её не будет. В замкнутом пространстве не спасет даже костюм Мыша. Она боялась повернуть голову, поэтому видела сейчас только тех заражённых, которые находились прямо перед ней. И этого хватало.

Ближе всего к ней стоял мальчик лет десяти, в шортах и футболке с «Риком и Морти». Чуть за ним, запрокинув головы, стояла пара — пожилой мужчина и девушка. Может быть, дедушка с внучкой, может быть, профессор со студенткой. В сущности, какая сейчас разница. Вокруг Аси была очень разношёрстная толпа москвичей, которые просто жили свои жизни, шли по своим делам, что-то чувствовали, о чём-то думали... Теперь же вирус превратил их в способные двигаться куски мяса. Двигаться, испытывать чувство голода и убивать — единственные оставленные им функции.

На крыше автобуса Расул прикидывал ситуацию. Смешно, думал он, вот, почти всю жизнь свою он провёл с любимым дедом, и тот почти никогда про войну не говорил, а ведь он её всю прошел. Один раз сказал, когда маленький Расул убегал от деревенского быка. Бык был с норовом, а Расул запаниковал и вместо того, чтобы свернуть и через забор, например, перепрыгнуть, бежал по прямой. Дед только тогда один раз про войну вспомнил, и то так, вскользь. Сказал, что если уж бой неизбежен, то главное не паниковать. Паника не поможет, а только всё усложнит. Что бы ни случилось, постарайся вдохнуть и принимать решения спокойно. Чтобы их принимал ты, а не твой страх.

С одной стороны, уже взрослый Расул понимал, что слова деда звучат как подписи из пацанских пабликов про волков в ВК, но с другой...

Он старался дышать равномерно. Вдох. Выдох. В замкнутом и похожем на маленькое футбольное поле пространстве вокруг Аси бродило тринадцать заражённых. В «рожке» автомата, который он снял с плеча, было тридцать патронов. Рожков у него было два. То есть, в принципе, у них есть все шансы. Вопрос только в том, насколько он будет точен и не попадёт ли он случайно в Асю. И не запаникует ли Ася.

— Ася, что бы ни случилось, стой и не шевелись!

Заражённые как один повернулись к источнику звука и бросились в сторону автобуса. Маленький мальчик, ещё секунду назад стоявший в нескольких метрах от Аси, теперь бежал прямо на неё. Расул прицелился: выстрел, второй. Мальчик упал. Повезло.

«Почему, — думал Расул, — почему в ребёнка стрелять пришлось? Всевышний, тебе кажется, что мало мне горя досталось»? Но Всевышний молчал. Теперь толпа заражённых билась об автобус. Машину шатало, но пока Расул держит равновесие — он в безопасности. Спокойно и аккуратно он сделал несколько шагов, чтобы оказаться ровно над тем местом, где собрались заражённые. И также спокойно и методично разрядил в них весь рожок автомата. Как карасей в бочке.

Он огляделся и прислушался. Вокруг было тихо.

— Ася, всё в порядке!

У Аси подогнулись колени, и она грохнулась на асфальт. Кажется никогда в жизни ей не было так страшно — даже на Арбате она не чувствовала такого ужаса. Она лежала и плакала, и Расул дал ей выплакаться, прежде чем позвал её снова.

— Дальше мы не пройдём. Подойди, пожалуйста, попробую тебя к себе на крышу втащить.

Сделать это оказалось значительно сложнее, чем Расул мог предположить. Если бы она была без костюма, он бы, может, вообще одной рукой Асю на крышу затащил, но с костюмом на это потребовалось несколько минут, изрядное количество сил и пара крепких слов на аварском языке, часть из которых относились к Асиному упрямству. Наконец они снова были вместе.

— Давай не разделяться, хорошо?

— Хорошо. Спасибо.

Ася была благодарна Расулу не только за то, что он спас ей жизнь. За формулировку «не разделяться» она была благодарна не меньше. Он не сказал ей презрительно и высокомерно «не убегай», не отчитал за безрассудство — «не разделяться». Ей это было важно.

Они стояли на крыше и оглядывались. Вариантов, как казалось Асе, было два: пойти по Садовому налево или направо в попытке обойти затор и выйти на Проспект Мира в другом месте.

— Смотри, может быть, попробуем через квартиры пройти?

Ася посмотрела куда показывал рукой Расул. Автобус, врезавшийся во второй этаж дома, пробил стену. При желании можно было аккуратно проползти по его крыше и попасть в квартиру. Это была неплохая идея — даже если пройти сквозь дом им не удастся, может быть, в квартире есть еда и место для ночлега?

Расул подошёл к краю крыши. Чтобы попасть на другой автобус, нужно было перепрыгнуть совсем небольшое расстояние между ними. Всего полметра, ерунда, но перепрыгнув, надо было уцепиться за наклонившуюся крышу другого автобуса. В целом тоже не бог весть какая акробатическая задача, но, тем не менее, не так просто. Да ещё и Ася в этом костюме. Расул прыгнул первым. Уцепился, аккуратно встал в полный рост — угол наклона вполне позволял ему держаться на ногах.

Ася тоже прыгнула, и удивительным образом вышло у неё это ловчее и элегантнее, чем у Расула, даже несмотря на костюм. Полусогнувшись, они медленно пошли по крыше автобуса и через дыру в стене спрыгнули в пустую квартиру.

Автобус влетел в комнату, которая, видимо, служила хозяевам квартиры гостиной. В углу стоял большой полосатый диван. На полу, под слоем штукатурки и кирпичной пыли, проглядывал тщательно подобранный под цвет обивки дивана ковёр. Ася подошла к журнальному столику, стоявшему у другой уцелевшей стены, и взяла с него фотографию в изящной серебряной рамке.

Со снимка на неё смотрели две очень красивые девушки, одна из них держала на руках младенца. Расул подошёл и встал рядом. Он тоже стал брать и разглядывать другие стоявшие на столике фотографии.

— Две девушки и ребенок, значит они этими были, лесбиянками.

— Ну и что в этом плохого?

— Слушай, — голос Расула звучал немного обижено, — я же не сказал, что это плохо. Ну необычно мне это, понимаешь? Мне некоторое время в Москве потребовалось, чтобы пообвыкнуться. Я вроде умом понимаю, что это нормально, ну или что это вообще не моё дело, кто кого и как любит, но всё равно, что дома слышал — так просто не забудешь.

— Ну да. Красивые они какие...

Голос Аси задрожал. Ей было грустно и горько смотреть на эту красивую и уютную жизнь, разрушенную так безжалостно.

— Пойдём отсюда, а?

— Давай. Только я теперь первым пойду, ладно? А то вдруг что.

Ася кивнула. Расул уже сделал шаг в сторону двери, когда они услышали едва различимый писк.

— Чо за фигня?

Ася не стала отвечать на вопрос, она ринулась вперёд, на ходу снимая с себя мышешлем и перчатки от костюма. В коридоре она немного заметалась, не понимая, откуда идёт звук, а потом решительно открыла дверь, украшенную стильно нарисованными разноцветными сердечками.

Кровать с подвешенным над нею причудливым (и очевидно дизайнерским) детским мобилем стояла по правую руку от окна, и из неё доносился тихий-тихий писк. Такие звуки не мог издавать ребёнок, с которым всё в порядке. Ася наклонилась над кроваткой: от девочки ужасно пахло, и она явно была в полушаге от голодной смерти.

Расул заглянул Асе через плечо и ни говоря ни слова вышел из комнаты. Ася слышала, как загремели на кухне двери шкафов и забренчала посуда. Она аккуратно подняла младенца из кровати — казалось, девочка ничего не весила. Им сейчас необходимо скорее найти еды, Ася не переживёт, если после гибели одного ребёнка ей придётся сразу смотреть на смерть другого. Она огляделась по сторонам, у стены стояло уютное кресло. Обитательницы этой квартиры продумали все мелочи — вот кресло рядом с кроваткой для бессонных ночей, вот рядом с креслом розетка, чтобы заряжать телефон, вот изящный столик — поставить чашку чая. На столике стояла тонкая алюминиевая подставка под телефон — смотреть YouTube или сериальчики, когда руки заняты засыпающим ребенком.

Ася села в кресло и посмотрела на девочку: глаза её едва открывались, она не плакала — на это у неё уже не было сил, — а тихо непрерывно пищала. Как пожарная сигнализация, у которой вот-вот закончится батарейка... У Аси навернулись слёзы на глаза. У неё не было этого показного «мимимимишного» преклонения перед младенцами, напротив, они её скорее пугали, и о себе она никогда как о матери не думала. Её не смущал резкий запах экскрементов — последний раз девочке меняли подгузник больше суток назад, — она его даже не замечала. После нескольких дней, проведённых в жаркой Москве, населённой мёртвыми, Ася, кажется, перестала в принципе различать запахи. Но она держала на руках этот пищащий комочек, и по лицу её уже градом лились слёзы: что, если они не смогут её спасти?

С кухни донёсся и сразу смолк звук работающей микроволновки — или это ей показалось? Она открыла рот, чтобы позвать Расула, но тут дверь комнаты распахнулась.

Расул держал в руках бутылочку, заполненную разведённой молочной смесью. Привычным движением он капнул каплю на тыльную сторону ладони, проверяя температуру, и только после этого протянул бутылочку Асе. Младенец впился в соску и начал жадно пить. Примерно минуту Ася и Расул просто смотрели, как девочка ест. Ася чувствовала, как страх, сжимавший её сердце, постепенно отходит, и на смену ему приходит благодарность. Она посмотрела на Расула, который только пожал плечами.

— Старший брат, большая семья, я вообще всё могу. Подгузники менять, кормить, гулять — всему с братьями и сёстрами научился. Что-то мама объясняла, что-то сам понимал. Дело такое — дом, хозяйство, всем помогать надо.

Ася кивнула.

— Чего там на кухне нашёл?

— Да ничего. Мышь у них в холодильнике повесилась — ничего нет, даже масла сливочного или кусочка сыра. Пустота. И в шкафах тоже: ни круп, ни макарон. Из еды только бутылка пищевого уксуса, но зато три полных банки смеси.

— А мать? Тело её нашел?

— И тела нет. Одна эта девочка в квартире была. Я подумал, может, мать её еду искать пошла, а вернуться не смогла.

Они помолчали пару секунд, каждый представляя по-своему последние минуты жизни хозяйки этой уютной квартиры. Девочка наелась и уснула. Ася аккуратно встала, прижимая её к себе.

— Ты посмотрел, вода есть?

— И вода, и электричество. Всё работает.

Пока Ася аккуратно мыла девочку теплой водой, Расул нашёл ей чистый памперс и спальный костюмчик. Ася аккуратно положила спящего ребенка в кровать. Они с Расулом стояли и смотрели на неё. Девочка не знала обо всем ужасе, происходившем за окном, она не знала, о том, что все её близкие погибли. Её ничто сейчас не тревожило и не печалило, она просто спала. И чуть-чуть её спокойствия передалось и Расулу с Асей.

Они тщательно осмотрели всю квартиру. В ящике с документами Ася нашла бирку из роддома, на которой было написано: Ульяна Миллер, 2,2 кг, 48 см. Бирка была упакована в аккуратный пластиковый пакетик — чтобы не повредилась от времени. В этом же ящике лежали другие документы: свидетельства о рождении, дипломы, свидетельство о заключении брака — так предположила Ася — написанное на неизвестном ей языке, кажется, испанском. Два загранпаспорта: один Вероники, второй — Александры Миллер. Ася ходила по дому и думала о том, как здесь всё было продумано и устроено, проникнуто любовью и заботой.

Расул предложил заночевать здесь же, а утром двинуться дальше. О том, что им делать с маленькой Ульяной, они отдельно не говорили — варианта оставить её одну в квартире не было, ну а раз не было, то о чём именно им говорить?

Расул занялся поиском всего, что они могли бы взять с собой, а Ася просто бродила по квартире и смотрела. Вот детская, вот гостиная с круглым столом под стильным светильником, спальня, разрушенная автобусом, кабинет — их рабочие столы стояли друг напротив друга, на одном из них стоял открытый ноутбук, на втором лежали аккуратные стопки бумаг — вероятно, Александра (это было Асино предположение) забрала свой компьютер на работу.

Ася нашла небольшой рюкзак, в который они сложат все нужные Ульяне вещи, и слинг. Со слингом пришлось повозиться, но Расул нашёл способ затянуть его на Асином костюме, и теперь она была не просто гигантская розовая мышь, а гигантская розовая мышь с ребёнком.

Ульяна спала так крепко, что не проснулась ни когда её запихивали в слинг, ни когда её положили обратно в кроватку. Усталый Расул задремал в кресле — через несколько часов девочка разбудит его голодным протестующим криком, но ничего — он её покормит, и всё снова будет в порядке.

Расул спал, а Ася всё бродила и бродила по пустым комнатам. Понятно, что им нужно взять всю смесь, бутылочку, соски — она нашла нераскрытую пачку, будет запас. Ася упаковала в рюкзак свидетельство о рождении девочки и паспорта её мам — всё-таки документы редко бывают лишними. А потом она подумала, что если Уля вместе с ними выберется, ей нужны будут воспоминания. Ася аккуратно собрала несколько фотографий — Ники и Александры вместе, счастливых, у моря, и красивую фотографию их втроём. В кухонном ящике она нашла элегантную серебряную ложечку «Тиффани» — такие дарят на рождение — и положила её на дно рюкзака вместе с маленьким вязаным енотом, который лежал на подоконнике в детской.

Последний раз она зашла в детскую, проверить, что у Расула всё в порядке. Постояла и послушала мерное дыхание мужчины и посапывание девочки, затем закрыла к ним дверь и улеглась на гостевом диване в кухне. Спать на постели хозяек этого чудесного дома показалось ей неправильным.

Всё тело ломило от сна на неудобном диване, но Тоня была жива и в порядке, а это главное. Она открыла дверь и аккуратно выглянула в торговый зал заправки. Заражённых вокруг не было, но, выйдя из подсобки, она всё равно старалась не шуметь.

Тоня без сожалений бросила курить несколько лет назад, но сейчас ей отчаянно захотелось сигарету. Она нашла за кассой кейс, в котором лежали сигареты, взяла пачку «кента с кнопочкой» и тихо вышла на улицу. Курить на заправке было странной идеей, и она прошла несколько метров в сторону реки и села на траву. Над Москвой начинался новый день. Сколько именно было сейчас времени, Тоня не знала, впрочем её это и не интересовало. Она затянулась, закашлялась, быстро выдохнула табачный дым. После большого перерыва организм от табака отвык. Она затянулась второй раз.

Когда они вчера с Лавром убирали с заправки тела — как из гигиенических соображений, так и на всякий случай — Тоня обратила внимание на тело мужчины в байкерском снаряжении. Мужчину разорвали пополам. Лавр оттащил наружу нижнюю часть, а Тоня отволокла верхнюю часть туловища, одетую в дорогую мотозащиту. Вчера Тоня была слишком уставшей, а сейчас она курила и думала: не пешком же он пришёл на заправку, правильно? Где-то рядом его мотоцикл, а мотоцикл может стать решением многих их проблем.

Она прикурила вторую сигарету от первой и наконец вспомнила, зачем люди в принципе курят. Расслабившись, Тоня легла на траву и продолжила формулировать в голове план спасения.

В юности единственным доступным ей развлечением была езда на мотоцикле, который она помогла деду Славе отремонтировать. Ну, как помогла: следила за тем, чтобы он несколько дней подряд был трезвым, подносила нужные инструменты и кормила жареной картошкой с квашеной капустой. В благодарность дед разрешил ей брать отремонтированный «Урал» и кататься, где вздумается — только чтобы бензин сама покупала, а то ишь! Одно лето, всё время, что дороги были свободны от снега или непроходимой грязи, Тоня гоняла на мотоцикле.

Сейчас, глядя в глубокое небо над Москвой, она подумала: наверное, я ещё помню, как это делается. Вряд ли у погибшего на заправке был старый «Урал», но даже если у него какой-нибудь модный японский или итальянский мотоцикл, Тоня с ним как-нибудь разберётся. Правда, у этого плана был один фундаментальный минус.

Ровно в тот момент, когда Тоня собралась подумать о том, что мотоцикл — штука пусть быстрая, но очень шумная, на траву рядом с ней опустился Лавр.

— Вот уж не думал, что вы раньше меня встанете! Я был абсолютно уверен, что в нашем вынужденном тандеме я буду самой ранней пташкой, ан нет!

Лавр с улыбкой смотрел на Тоню. Она сначала немного смутилась, а потом протянула ему пачку сигарет.

— Премного благодарен, но воздержусь. Я курить бросил больше полувека назад и полагаю, что это было одним из лучших моих решений. Это и пригласить студентку Маргариту Петренко из параллельного потока сходить со мной на свидание в Парк Горького.

Лавр продолжал улыбаться, но Тоня внутренне начала закипать: своими пустыми разговорами он сейчас отвлекал её от важного дела. Лавр почувствовал что-то неладное и посерьёзнел.

— Я вас, кажется, отвлек от чего-то важного?

— Так заметно?

— О чём вы думали?

Лавр сорвал травинку и засунул её себе в рот, задумчиво пожевал пару секунд, нахмурился и выплюнул.

— Как-то в детстве это было приятнее. Выйдешь на луг босиком, ляжешь в траву, возьмешь одну травинку — и лежишь, на облака смотришь, травинку жуёшь... А тут не трава, а гадость какая-то.

— Может, это как-то связано с тем, что мы лежим не на лугу, а на обочине шоссе?

Лавр расхохотался.

— Вы знаете, Тоня, а у вас отличное чувство юмора. Ироничное. — Лавр внимательно посмотрел на Тоню. — Но теперь расскажите, пожалуйста, о чём вы думали?

И Тоня рассказала Лавру свой план: найти мотоцикл одного из погибших на заправке. Мотоцикл — это скорость и манёвренность. Они смогут проехать там, где никогда бы не проехали на машине, и смогут уйти от любой погони.

— И рёв мотора привлечёт всех заражённых вокруг. Я ничего не понимаю в мотоциклах, но я очень хорошо помню, что это очень шумные средства передвижения

— Это правда. Об этом я и думала, когда вы подошли... Но даже если заражённые нас услышат, они догнать не смогут.

— В случае, если перед нами будет расчищенная дорога, по которой мы сможем проехать. А если нет?

Тоня задумалась, а Лавр продолжил:

— На самом деле это хороший план. Да, он не лишен риска, и да, мы можем оказаться в тупике, из которого нет выхода, а за нами толпа заражённых.

Теперь Лавр сделал паузу.

— Но какие, собственно, у нас есть варианты? Идти пешком — верная смерть. Найти машину и использовать её? В нынешних обстоятельствах мы проедем, быть может, пару сотен метров и точно так же привлечём внимание заражённых. Так что, Тоня, вы придумали прекрасный план.

Тоня почувствовала, что покраснела. И это было странно — ей сейчас не были нужны ни похвала, ни одобрение. Практического смысла в них не было ровным счётом никакого. Напротив — сейчас, как ей казалось, Лавр нуждался в ней значительно больше, чем она в Лавре, и тем не менее... Было что-то ужасно приятное в заслуженной похвале. Даже в таких странных обстоятельствах.

Они поднялись и пошли обратно к заправке, внимательно осматривая окрестности. Лавр опять погрузился в задумчивость и замолчал, но ненадолго.

— Мы с вами много говорим о неизбежности смерти. И это понятно — ведь последние дни нас окружает только она. Мы видели все её лики, — Лавр сделал короткую паузу и помотал головой. — Нет, что я такое говорю. Мы видели много её ликов, но вряд ли все. Боюсь, нас с вами ждёт и ещё какой-нибудь прежде невиданный ужас.

Он говорил, не отрываясь от поисков, а Тоня слушала — ей было любопытно зачем старик завёл этот странный разговор.

— Знаете, Тоня, многие думают, что с возрастом страх смерти притупляется. Может быть, вам так самой показалось, когда я поддержал вашу идею найти мотоцикл.

— Ну да, я так и подумала.

— А это неправда. Страх смерти с возрастом только усиливается. В юности ты редко задумываешься о том, что человек смертен. Более того — что иногда он «внезапно смертен». Мысль о неизбежном конце если и приходит в голову, то в каких-нибудь экстремальных обстоятельствах, ты не думаешь об этом просто так, заваривая, например, утренний чай. С возрастом же это меняется.

Лавр тронул Тоню за плечо и рукой указал на кусты по правую сторону от входа в заправку. Там под деревом лежал на боку красивый ярко-красный спортивный мотоцикл.

— Мне очень не хочется умирать. Я много думал о смерти и пришёл к выводу, что мне она категорически несимпатична. Я много лет правильно ел и занимался спортом, ходил к врачам и вообще прилагал все усилия, чтобы как можно больше отсрочить нашу с ней встречу. Я говорю вам это сейчас не просто так.

Они стояли рядом с мотоциклом, и Тоня уже собиралась взяться за руль, чтобы попытаться поднять байк.

— Тоня, пообещайте мне, что вы будете осторожны? Что не будете зря рисковать? Правда, ужасно не хочется сейчас умереть и не узнать, чем всё закончится.

Тоня кивнула. Потом подумала и похлопала Лавра по плечу.

— Я очень постараюсь.

Конечно, она ничего не могла обещать Лавру и, конечно, она сама боялась. Что там «боялась» — так страшно, как сейчас, ей прежде никогда не было. Чувство бесконечного ужаса, которое охватило её тогда, на выезде из Лефортовской тюрьмы, стало фоновым чувством, она даже перестала думать о нём. Страх стал как кислород, каждый вдох был наполнен им. И всё-таки странным образом просьба Лавра придала ей уверенности.

Они с трудом подняли мотоцикл и с не меньшим трудом докатили его до дороги. Тоня с сомнением оглядела байк. С одной стороны, мотоцикл есть мотоцикл, раз ты однажды управлять научился, то уже никогда не забудешь. С другой — красный спортивный красавец BMW, который они с Лавром нашли, был максимально непохож на «Урал» из её детства. Ну разве что цветом.

— И мы на нём вдвоём поместимся?

Лавр смотрел на мотоцикл с сомнением.

— Ну, а какие у нас варианты?

Тоню значительно больше тревожил другой вопрос: сможет ли она, имея лишь опыт езды на старом советском мотоцикле, справиться с этим серьёзным спортбайком? Но вариантов у них и правда не было.

Прежде чем завести мотоцикл — ключи Тоня предусмотрительно вынула из кармана погибшего байкера — они кругом обошли заправку и даже дошли до набережной, внимательно проверяя, нет ли вокруг заражённых. Лишь убедившись в этом, Тоня завела байк и следующий час провела в тренировочных заездах: от заправки до набережной и обратно. Мотоцикл был мощным, и это Тоню пугало — ей было непросто приспособиться к тому, как быстро он отзывается на малейшее движение ручки газа. Лавр с интересом наблюдал за её тренировкой, сидя на корточках на краю дороги. Наконец он встал.

— Тоня, я пойду и попробую собрать нам каких-то припасов в дорогу. Давайте договоримся, что мы поедем сразу, как я вернусь?

Тоня кивнула.

В торговом зале заправки Лавр нашёл не только припасы. На улице, прочесав кусты, он обнаружил второй шлем. Первый Тоня нашла внутри заправки, видимо, погибший взял его с собой, когда пошёл платить за бензин. Это была очень приятная находка, и окрылённый удачей Лавр поспешил скорее рассказать о ней Тоне.

Шлем с забралом Тоня взяла себе, а второй, похожий больше на военную каску, отдала Лавру.

— Ну вот, выгляжу теперь, как пленный немецкий солдат, — горестно посетовал Лавр.

— Зато безопасно!

Они поехали по набережной Яузы в сторону Ярославского шоссе. Тоня специально ехала медленно: во-первых, она привыкала и к мотоциклу, и к езде с пассажиром, во-вторых — чем медленнее они ехали, тем меньше звуков издавал их байк. Когда они доехали до перекрёстка с Оленьим валом, Лавр похлопал Тоню по плечу. Она остановилась и подняла забрало шлема.

— Тоня, давайте тут налево повернём?

— Зачем? Мы же хотели на Ярославское шоссе выехать, а оно тут по прямой.

— Да, да, но нам с вами важно ведь не само шоссе, а направление, правда? У меня родилась идея. Давайте срежем через Сокольники? Мне кажется, там может быть меньше заражённых, и там нам будет значительно проще и удобнее ехать на мотоцикле, чем по заблокированным дорогам. Через парк можно выехать к станции «Москва-3» — это тоже Ярославское направление, дальше вдоль железной дороги поедем?

Идея ехать на спортивном мотоцикле вдоль железной дороги могла прийти в голову только человеку, никогда прежде на спортбайках не ездившему. Но вот мысль срезать через парк Тоне понравилась.

Первые заражённые встретились им на подъезде к одному из входов в Сокольники — по непонятной причине толпа большей частью состояла из полицейских. Запрокинув головы к небу, они стояли на обочине дорог. Тоня не стала останавливаться, она доехала до перекрёстка, резко повернула налево — заражённые уже бросились за ними — а затем, когда они оторвались, повернула направо. Сбросив скорость, Тоня провела байк между заблокировавшими дорогу брошенными машинами, выехала на противоположную сторону, повернула направо и вернулась к входу в парк.

Всё произошло так быстро, что Лавр опомнился, лишь когда их мотоцикл въехал в парк. Всё это время затаив дыхание он крепко держался за Тоню. Она остановила байк, и они вдвоём закрыли тяжёлые ворота парка на засов.

***

— Да вашу ж мышь!

198

Они вышли из тоннеля на станцию «Красные ворота», и Сева сразу увидел, что до «Комсомольской» они не дойдут: вход в противоположный тоннель был заблокирован разбившимся вагоном метро. Он лежал на боку, и всё пространство между ним и стенами было усеяно телами. Видимо, после крушения часть пассажиров всё-таки попыталась выбраться и спастись, но не смогла. Сева быстро пожалел о том, что не сдержался и выругался вслух. Рядом с вагоном лежали не только тела. Сева не увидел его сразу, но ближе к стене стоял, запрокинув голову вверх, заражённый. Услышав человеческий голос, он резко повернулся в сторону братьев.

Костя резко метнулся к краю платформы, подпрыгнул и повис на руках. Сева подбежал, схватил его ступни и с силой толкнул вверх. Костя был в безопасности.

Заражённый уже бежал на Севу — 80 метров, разделявших их, для него были сущим пустяком. Сева не успеет. Он ухватился за край платформы, Костя свесился вниз, схватил его за воротник и тоже потянул. Заражённый был совсем рядом. Сева свисал наполовину с платформы, ему не хватало последнего рывка. Заражённый добежал до него — и это было то, что нужно: Сева резко оттолкнулся, использовал его голову как точку опоры, и рухнул на платформу.

Братья молча сидели и тяжело дышали. Заражённый бесновался внизу — теперь он не представлял для них никакой угрозы.

Сева пришёл в себя первым. Свод центрального зала станции «Красные ворота» поддерживали пилоны, разделённые на несколько частей проходами к платформе. Сева встал и аккуратно выглянул из-за пилона в зал: тишина и мёртвые.

Аккуратно переступая через трупы, он дошёл до противоположной платформы, чтобы удостовериться, нет ли там заражённых. Нет, всё было чисто. Он вернулся к Косте, который стоял на краю платформы и внимательно на что-то смотрел.

— Коть, ты как?

— В порядке.

Голос Кости звучал глухо. Конечно, он не был в порядке, но у него сейчас не было сил плакать или жаловаться. Сейчас надо было собраться и идти дальше. Он повернулся к брату.

— Смотри, вот там, прямо рядом с вагоном? На тела посмотри.

Сева посмотрел туда, куда показывал Костя. Пространство рядом с вагоном действительно было усеяно телами, но Костя очевидно имел в виду не просто погибших. Сева присмотрелся и ахнул. Примерно в паре метров от входа в тоннель лежали два свежих тела: две девушки с рюкзаками.

— Это их я утром слышал. Они нас обогнали, и вот...

— Господи.

Смерть выживших тронула Севу как-то особенно. В погибших девушках Сева сейчас увидел себя с Костей. А если бы...

— Нам надо его убить.

Костин голос звучал всё ещё глухо, но при этом очень твёрдо. Уверенно.

— Почему?

— Иначе он ещё кого-нибудь съест. И мы в этом будем виноваты.

Сева кивнул. Другого варианта и правда не было — как они могут идти дальше, оставив за собой для других путников смертельную опасность? Никак. Но убивать человека, даже заражённого... Он подошёл к краю платформы и впервые вгляделся в него.

Это был дядька лет сорока. Он был невысок, именно поэтому Севе так удачно и удалось оттолкнуться от его головы. На дядьке была чёрная футболка с нарисованной капибарой, пиджак, аккуратные синие джинсы и яркие цветные кроссовки. Он носил очки, но сейчас на нём осталась лишь оправа — обе линзы, видимо, выбило, когда потерпел крушение поезд. Сева стоял и думал: кем же был этот обычный мужчина до того, как его подчинил своей воле вирус? Может быть, он работал в рекламе или писал книжки? Или снимал кино? Сейчас им движет лишь голод, сейчас он утратил всё человеческое, что когда-либо в нём было. Но ведь было...

— Хочешь, я выстрелю?

Теперь Костин голос звучал жалобно. Сева не сомневался, что Костя сдержал бы слово и сам попробовал убить заражённого, но он никогда не позволит брату сделать этого. Папа говорил, что Косте ещё рано смотреть «Игру престолов», но он всё равно иногда подсматривал сериал у родителей через плечо и помнил слова одного из героев: «Тот, кто выносит приговор — сам заносит меч». Это его дело, его ответственность. Он был готов, но Сева сказал:

— Не, я сам попробую. Жалко его только, он ж не виноват.

— Жалко. И девочек жалко. И нас тоже.

Сева достал из рюкзака пистолет, снял с предохранителя и прицелился. Он сейчас не будет сомневаться и переживать, он сделает это потом. Когда они выберутся, он даст себе время, чтобы снова вспомнить и прожить все ужасы последних дней. И маму, и Машу, и вот этого — безымянного. Всех вспомнит и обо всех погорюет. Но потом.

Сева прицелился — заражённый перестал метаться и стоял, втягивая ноздрями воздух и запрокинув голову к своду станции. Сева выстрелил — первая пуля попала заражённому в грудь, он дёрнулся, повернулся на звук, и Сева выстрелил второй раз. «Его голова разлетелась на куски, как перезревшая тыква». Или как помидор. Или как какой-нибудь ещё овощ — Сева встречал такие описания в книгах. Но это всё была ерунда. На самом деле голова разлетелась не как тыква, а как голова живого человека. У которого были планы, мысли, сомнения. Здоровенный кусок черепа упал на пути, из пробитой черепной коробки начал вытекать мозг. Сева отвернулся.

— Пойдём? — Костя стоял к Севе спиной и задал вопрос очень тихо.

Они взяли рюкзаки и пошли. В вестибюле ненадолго остановились, вспоминая, какой именно выход им нужен, потом повернули направо и начали взбираться по длинному эскалатору.

— Знаешь что, давай теперь себе за правило возьмём без лишней необходимости ничего вслух, а тем более громко, не говорить? Чуть, блин, не погибли только что из-за моей глупости.

— Угу, постараюсь.

Станция «Красные ворота» была одной из старейших станций московского метро и, как большинство станций старой «красной ветки», была специально заложена очень глубоко. Чтобы попасть к поездам, сначала надо было пройти по короткому эскалатору в промежуточный сводчатый зал, а затем — уже по длинному-длинному спуститься непосредственно на станцию. Костя с Севой поднялись почти до самого его конца и остановились на предпоследней ступеньке.

Зал был полон заражёнными, их здесь было не меньше пары десятков человек. По всей видимости, это были те пассажиры, кого момент трансформации застал между эскалаторами. Они были неравномерно рассредоточены по залу, но большинство из них стояли чуть левее от замерших неподвижно мальчиков.

Минуту братья стояли без движения, внимательно оглядываясь по сторонам. Затем Сева рукой показал вперёд, к входу на короткий эскалатор. Метров двадцать, не больше. Ерунда. И на пути туда нет заражённых.

Сева посмотрел на Костю и, аккуратно ткнув его в грудь рукой, показал на пальцах: ты бежишь первым, я за тобой. Костя замотал головой, но Сева был непреклонен. Костя понуро опустил голову. Сева ткнул его ещё раз и показал пальцем на кроссовки: шнурки проверь. Мальчики удостоверились, что со шнурками всё в порядке, и приготовились бежать.

Костя сосредоточенно посмотрел вперёд, весь сжался, как сжимается пружина, и резко бросился вперёд. Сева подождал ровно секунду — просто чтобы не налететь на брата — и тоже побежал. Когда они пробежали мимо пары заражённых и были уже в метре от спасительного эскалатора, Сева заорал:

— Не тормози! Беги наверх!

Они добежали до середины эскалатора, прежде чем Сева рискнул обернуться назад. Заражённые не умели подниматься по лестницам, первые из них, бросившиеся вслед за мальчиками, упали. По их телам следующие заражённые смогли подняться чуть выше, но тоже упали. У подножия эскалатора образовалась куча хаотично движущихся тел.

Сева обернулся посмотреть, где брат — Костя был уже на самом верху. Он протянул Севе руку — отбить ладошку:

— Красава!

— Сам красава!

— Не, ну круто мы, а? Круто же!

— Круто. Хорошо, что ты тоже быстро бегаешь.

— В смысле «я тоже», это «ты тоже»! Я гораздо быстрее тебя бегаю!

На эту явную провокацию Сева уже не стал отвечать. Улыбаясь, они вышли из метро — Сева помог Косте с тяжеленной деревянной дверью — и повернули налево, в сторону «Трёх вокзалов». Сева сразу зашагал вниз по улице, а Костя на минутку остановился: перед ним был сквер и автобусная остановка.

Это были родные места, недалеко была квартира бабушки и дедушки, и Костя с мамой или с дедушкой часто стоял на этой остановке и ждал автобус. Он даже помнил те времена, когда здесь он ждал троллейбуса — пока их все в Москве не отменили. Глядя сейчас на изуродованный сквер, на вечную пробку брошенных и сгоревших машин, на горы тел, которые лежали на тротуаре у метро, он грустил об уютном прошлом. Но ничего, главное, что они живы. И главное, что вокруг нет заражённых.

Костя повернулся, чтобы последовать за братом, и в этот самый момент из-за угла прямо за Севиной спиной как будто из ниоткуда возник мужик. Он замахнулся и со всей силы ударил Севу бейсбольной битой по спине.

Глава 12

На момент гибели города население Москвы составляло 12 миллионов 635 тысяч 466 человек. Для всех жителей вирус и последовавшие за его распространением события были шоком. Для всех, кроме одного человека. Это было неизбежно — закон больших чисел в этом смысле неумолим: чем больше число, тем больше вероятность, что немыслимое окажется возможным.

О том, что он психопат, Вадик узнал в семнадцать лет. Точнее, знал он это всю жизнь, просто именно в семнадцать он узнал слово, которым обозначался его диагноз. Вадик не знал, почему он такой — было ли его состояние генетически предопределённым, или же психопатия стала реакцией организма на те страдания, которые он вытерпел в первые десять лет своей жизни в детском доме под Челябинском. Его били, топили, мучили током и насиловали. Потом ему исполнилось пять лет. Следующие пять вытерпеть было проще — воспитатели почему-то предпочитали детей помладше, но зато старшие...

Вадик не любил вспоминать детство. Он запер все воспоминания о нём за тяжёлой железной дверью и выкинул ключ. Когда ему исполнилось десять, в интернат пришли люди в форме. Всех воспитателей и директора посадили. Вадику было уже наплевать.

Он никогда не знал ни доброты, ни ласки, он и родителей своих не знал — новорождённого Вадика поздней осенью нашёл случайный прохожий в мусорном ведре на железнодорожной станции Кисегач, а «Вадимом» его назвали в честь полицейского, который принес его в больницу — ну как-то ведь ребенка назвать надо было.

Последние много лет Вадик ждал конца света. Ему не было важно, как именно он наступит, он не мог предположить или предугадать, что Москву выкосит именно вирус и концом истории станет именно зомби-апокалипсис, но он верил в неизбежность этого конца. Он читал книги и верил, что ещё чуть-чуть, и какое-то страшное событие смоет тонкий слой цивилизации и наступят новые мрачные времена. Его времена.

Вадик не был способен к привычным «нормальным» людям эмоциям. Может, именно это и помогло ему добиться тех невероятных успехов, которыми он мог похвастаться к тридцати пяти. Как барон Мюнхгаузен вытащил себя за волосы из болота, так же и Вадик вытащил себя из Челябинска. Приехал в Москву, поступил, отучился, нашёл работу. Последние десять лет он трудился в холдинге mail.ru. Его карьере позавидовали бы многие — зарплата исчислялась многими тысячами долларов, у него была машина с водителем, команда в сто человек в подчинении. Но всё это не радовало Вадика, ведь его сердце билось исключительно ради одного: каннибализма.

Он обнаружил это случайно, когда, переключая каналы, наткнулся на фильм «Молчание ягнят». Фильм потряс Вадика — он пересматривал его до тех пор, пока не выучил наизусть. Он стоял перед зеркалом и тренировался, пробовал говорить с интонацией героя Энтони Хопкинса, пробовал копировать его мимику и пластику. «Я съел его печень с бобами и бутылочкой отличного Кьянти» — эти слова стали для Вадика жизненной целью.

Он пробовал секс, но ни в одной из форм сексуальные утехи не вызывали у него никаких эмоций. Его не возбуждали ни женщины, ни мужчины. А вот от мысли нарушить главное табу человеческого общества и съесть себе подобного по его телу пробегало обжигающее электричество и в животе начинали порхать бабочки... Но он ждал. Железная дисциплина была основой его характера. Каждый день он по часу проводил в тренажёрном зале, он занимался боксом, он не пил, не курил и не употреблял наркотиков. Его тело было храмом, но тем храмом, в котором за толстыми стенами и красивой архитектурой в ночной тиши приносят кровавые человеческие жертвы.

Вадик ждал конца цивилизации — тогда он выйдет на охоту. Как только придет время, он попробует всё, в чем отказывал себе всю жизнь: алкоголь, наркотики и главное — человечину. Готовясь к концу, он собрал впечатляющий и совершенно нелегальный арсенал огнестрельного оружия. Установил в кухне два двухкамерных холодильника, а в кладовке расположил индустриальных размеров морозильную камеру. Осталось только дождаться.

Когда на улицах Москвы появились первые заражённые, Вадик одевался, чтобы отправиться на работу. С улицы в панике позвонил его водитель Валера, и Вадик включил телевизор. Он провёл следующий час, внимательно изучая новости. Да, пришло его время. Вадик широко улыбался. Он не будет торопиться и выходить на улицу, подождёт пару дней, пока основная опасность для него пройдёт, и тогда — тогда он поохотится на славу. Вечер первого дня эпидемии Вадик провёл за чтением книги британского шеф-повара Джейми Оливера «Выбор Джейми. Блюда из мяса».

В его элитном клубном доме, стоящем неподалеку от сада имени Баумана, было четыре этажа, один подъезд — по две квартиры на этаж. С Вадиком этаж делил удивительно неприятный тип — отставной генерал, сделавший состояние на том, что бесконечно фиктивно ремонтировал вверенную ему военную базу и всю находившуюся на ней технику. Генерал сумел вовремя выйти в отставку, и в результате посадили за растрату уже нового руководителя. Вадика отставной военный почему-то не любил, называл в глаза «пидором» и всячески выказывал своё к нему неуважение. Его Вадик застрелил первым. Затем он методично прошёл по всем этажам, позвонил во все двери и застрелил всех, ему открывших.

На первом этаже в одной из квартир жила девушка из Австралии — Вэлери. Она работала начальником в какой-то большой корпорации, которая и снимала ей дорогую квартиру. Её Вадик убил последней: он давно засматривался на Вэлери. Девушка не злоупотребляла спортом и явно была не жилистой, но при этом — Вадик обратил на это внимание, когда летом встретил Вэлери в лёгком сарафане — очевидно была не полненькой. В самый раз.

Вадик запёк её ногу в мексиканском маринаде, а остальное мясо завернул в бумагу и сложил в морозильник. К Вэлери он ещё вернётся, сейчас ему хотелось разнообразия.

***

Увидев, как огромный мужик напал на Севу, Костя первым делом спрятался. Он юркнул в пространство между двумя столкнувшимися машинами, которые застыли недалеко от выхода из метро на тротуаре. Господи, ну когда же кончатся их напасти, сколько же можно! Костя аккуратно выглянул из своего укрытия: брат лежал на асфальте без движения лицом вниз.

Мужик бросил биту и начал переворачивать Севу. В Костиной голове одна мысль лихорадочно сменяла другую: спасать! Спасать Севу скорее! Но как? Пистолет! В рюкзаке пистолет, который брат дал ему на «Библиотеке имени Ленина».

Стараясь не шуметь, Костя снял с плеча рюкзак, немного покопался в нём и достал пистолет. Он был тяжёлым и страшным. Костя снял его с предохранителя и аккуратно выглянул из-за машин: мужик перевернул Севу и стоял над ним, рассматривал. Костя бесшумно вылез из укрытия и на цыпочках пошёл в их сторону.

Он подкрался к мужику так близко, что уже мог разглядеть внешность: это был высокий, спортивного вида парень, похожий на офисного клерка. Чёрный низ, белая рубашка, часы на запястье и галстук. Кто, блин, вообще носит галстуки во время зомби-апокалипсиса?

Парень достал из-за пояса огромный нож. Костя вытянул вперёд пистолет, направил его парню в спину, зажмурился и выстрелил.

Пуля попала Вадику в спину и прошла навылет. Он закричал и упал на асфальт рядом с Севой.

Вообще-то сегодня он собирался пройти подальше, может, даже дойти до Сухаревской площади, но, выйдя к Орликову переулку, он обнаружил, что там всё буквально кишит заражёнными.

За прошедшие несколько дней он уже приготовил девушку, взрослого мужчину (жестковат и горчил) и ребёнка (пока его любимый тип мяса). Сегодня он хотел поймать себе кого-то особенного, свежего, кого он ещё не пробовал — Вадик собирался сделать рагу с тимьяном.

На Севу он наткнулся совершенно случайно, и напасть на него было импульсивным решением, о котором он сейчас жалел. Мальчик был крупным и жилистым, из такого рагу не получится. Тащить к себе? Или бросить тут? — эти мысли занимали Вадика, когда он заносил над Севой нож.

Костя выронил пистолет и бросился к брату.

— Сева, Сева, ты живой? Сева, скажи что-нибудь!

Сева зашевелился и открыл глаза. Он приподнялся на локтях и растерянно огляделся по сторонам, увидел истекающего кровью, но ещё не умершего Вадика: тот лежал и смотрел на мальчишек ненавидящим взглядом.

Пуля раздробила ему позвоночник, и его разбил полный паралич. Он лежал и чувствовал, как из него вытекает кровь, и ничего не мог с этим поделать. Ещё пара минут, и Вадика навсегда поглотит темнота. Он ненавидел этого ребёнка, как бы хотел он сейчас всадить в него нож!

Костя посмотрел на Вадика, потом снова повернулся к брату.

— Он на тебя на выходе из метро напал! Ударил битой! Я слышал, что он сейчас бормотал, он собирался тебя съесть! Говорил, что для рагу ты, наверное, жестковат, но можно сделать из костей холодец!

Сева выглядел так, будто его сейчас вырвет.

— Господи! А кто стрелял? Ты?

— Я про пистолет вспомнил и выстрелил…

Сева встал с асфальта и крепко обнял Костю.

— Спасибо, Коть! Спасибо, что не испугался!

— Я испугался как раз.

— Я знаю.

Они стояли и смотрели на умирающего людоеда. Сева сжал кулаки, решительно подошёл к лежащему и изо всех сил ударил его ногой в живот. Изо рта Вадика брызнула кровь.

— Гад! Какой же ты мудак! — Сева склонился к Вадику и орал ему прямо в лицо. —Тварь! Мы еле спаслись, блядь, а ты нас съесть! Как можно вообще нападать на выживших!!!

Он снова и снова бил тело Вадика и кричал до тех пор, пока Костя не положил ему руку на плечо.

— Всё, он умер уже. Сев, пойдём. Фиг с ним. Нам на вокзал успеть до темноты нужно.

Напоследок Сева с размаху ударил мёртвое тело в лицо и с удовлетворением услышал, как хрустнули зубы.

— Гад!

Он отошёл и отдышался. Им правда пора было идти.

— Коть, где рюкзак?

— Ой, точно!

Костя сбегал к своему укрытию, забрал рюкзак, убрал в него пистолет, предварительно поставив его на предохранитель, и они пошли в сторону вокзала.

Лавр и Тоня медленно шли по пустому парку. Тоня разумно предположила, что им имеет смысл поберечь бензин. Случись что, внутри парка они никакой заправки точно не встретят. С некоторым трудом, но Лавр вёл рядом с собой мотоцикл. Сама Тоня везти тяжеленный байк никак не могла — он весил минимум вдвое больше неё, а Лавр как-то справлялся.

Они шли, Лавр говорил и говорил. Тоня уже скучала по тем благословенным временам, когда Лавр чувствовал себя виноватым в эпидемии и мрачно молчал — честное слово, это было как-то спокойнее, чем его нынешний бесконечный монолог. Хотя, если уж быть совсем честным, со стороны Тони эти мысли были некоторым лукавством: да, Лавр мог быть утомительным, но каким же интересными были его рассказы! Она жадно ловила каждое его слово, слушая о такой непохожей на её жизни...

Лавр рассказывал о том, как росли его дочери, как умерла его жена, как продвигалась его научная карьера — он особенно интересно рассказывал о всяких командировках. О странах, в которых бывал, и городах, о существовании которых Тоня слышала давно, в школе на уроках географии. Лавр рассказывал, как после смерти жены он решил научиться готовить и пошёл в настоящую кулинарную школу — особенно удачно, по его словам, у него получалась запечённая индейка, фаршированная каштанами. Лавр жаловался, что блюдо это вкусное, но каштаны для него страшно неудобно, долго и трудоёмко чистить.

Тоня каштанов никогда не встречала. Точнее, в деревне, где Тоня родилась и выросла, каштаны не водились, а в усеянной каштанами Москве она на деревья внимания не обращала. Да и если бы обратила — рассказать и объяснить, как какое называется, Тоне было некому. Лавр пообещал, что если по пути им встретится каштановое дерево, он обязательно Тоне покажет его забавные колючие плоды. Хотя вероятность этого Лавр про себя оценивал как незначительную, в конце концов, в начале июня каштаны в Москве ещё только цвели.

Потом он вспомнил своих сусликов и рассказал Тоне, как впервые ездил к ним в экспедицию — знакомиться и начинать изучать. Это был смешной рассказ. Когда Лавр говорил о жене, голос его становился тише, когда о дочках — наоборот, громче. Говоря о них, он начинал смеяться и выглядел даже моложе, и Тоня смотрела на него с завистью и думала, что если бы хоть кто-нибудь в жизни её так любил, как бы счастлива она была...

Когда они наконец дошли до центральной площади парка, он как раз рассказал Тоне, как однажды на большую премию за своё связанное с сусликами открытие взял и уехал в Африку! В Кению. Надо было, конечно, на эти деньги сделать ремонт на даче, но Лавр решил, что дача как-нибудь подождёт, а вот в Африку он мечтал попасть с раннего детства. Открыв рот, Тоня слушала, что в Кении, оказывается, есть место «Поместье Жирафов», такой ужасно красивый отель в пригороде Найроби, который стоит в центре жирафьего заповедника, и там жирафов настоящих можно кормить, гладить и обнимать.

— И вот, выхожу я в свой первый день к завтраку, сажусь за стол, раскрываю газету, а тут в окно жираф заглядывает и булочку у меня с тарелки — раз! И утащил.

Лавр хихикнул, а Тоня закрыла глаза и попыталась представить себе эту сцену. Она видела жирафов только по телевизору, даже до зоопарка никогда не доходила. Ей вдруг очень захотелось, чтобы жираф с её тарелки тоже булочку утащил. Но вокруг были вымершие Сокольники, а в Сокольниках жирафы не водились. Тоня вздохнула.

Вдруг Лавр остановился. Тоня с тревогой посмотрела сначала на него, а потом достала пистолет и начала лихорадочно озираться по сторонам.

— Что, что случилось? — На всякий случай Тоня говорила шепотом.

— Прислушайтесь.

Тоня прислушалась: мёртвую тишину парка нарушало едва слышное тарахтение, как будто совсем недалеко от них работал маленький моторчик.

— Что это может быть?

Лавр с удвоенным энтузиазмом покатил мотоцикл в сторону звука.

— Я, кажется, знаю, что это! Тоня, идёмте быстрее!

Они прошли площадь и вышли к небольшому парку аттракционов. В отличие от тихих аллей, по которым они только что брели, здесь практически вся земля была завалена трупами. Лавр остановился, чтобы оглядеться и перевести дыхание.

— Трупы есть, а заражённых — нет. Полагаю, когда добыча закончилась, они ушли исследовать другие части парка.

— Было бы здорово их не встретить!

Лавр кивнул. Да, это было бы идеально. Они прошли ещё пару метров, прежде чем он издал радостный, но сдавленный стон и остановился.

— Тоня, а как эту штуку зафиксировать, чтобы она не упала?

Тоня поставила мотоцикл на подножку, и в ту же секунду Лавр схватил её за руку и повёл в узкую аллею рядом с парком аттракционов. Здесь, прямо напротив входа, стояла повозка с мороженым. Холодильник был подключён к маленькому генератору — это его звук они слышали. Судя по нему, топливо в генераторе кончалось, но со своей задачей он ещё справлялся — в тележке было нерастаявшее мороженое.

— Мне кажется, мы заслужили. Что вы думаете?

Тоня потрясённо кивнула. Она ожидала чего угодно, но мороженое? Лавр тем временем встал за прилавок, поднял прозрачную стеклянную крышку и начал ловко раскладывать мороженое в картонный стаканчик.

— Держите! Ванильное, клубничное и моё любимое — фисташковое!

Тоня молча взяла мороженое. Они сели на скамейку и начали есть, и это было лучшим мороженым, которое Тоня ела в своей жизни. Следующие десять минут прошли в тишине. Наконец Лавр встал, выбросил пустой стаканчик в стоящую рядом урну и снова сел рядом с Тоней на скамейку.

— Думаю, прежде чем двигаться дальше, нам стоит позволить себе добавку.

Это был не вопрос, а утверждение, и Тоня совершенно не собиралась с ним спорить. Ей хотелось попробовать и другие вкусы, особенно соблазнительным выглядело шоколадное. Лавр на секунду задумался, а затем повернулся к ней.

— И моя покойная жена, и мои дети, да, кажется, все мои друзья тоже, все всегда мне говорили: «Лавр, ты очень много говоришь и очень мало слушаешь». И они были правы, это, действительно, мой важный, если не сказать главный, недостаток, — он сделал паузу и пристально посмотрел на Тоню. — Тоня, расскажите мне о себе. Как вы стали конвоиром? Почему вы вдруг решили выбрать именно эту профессию? Мне правда интересно.

Вопрос застал Тоню врасплох. Прежде никто особенно не интересовался её жизнью. Формальные вопросы — в школе, учебке или на работе — это да, конечно, а вот так взять и спросить по-человечески... Неожиданно на глаза навернулись слёзы. Лавр заволновался, но Тоня махнула рукой:

— Всё в порядке, пройдёт. Это от удивления, наверное.

Но слёзы не уходили. Тоня давно не плакала вот так горько, при ком-то — в автозаке в начале их знакомства не считалось, потому что Лавр ещё тогда не стал для Тони кем-то. Последний раз, кажется, она позволила себе так расплакаться где-то в далёком детстве, но с тех пор — ни разу. Она должна была быть сильной, «кроме Тони, о Тоне никто не позаботится». Но сейчас, сидя в мёртвом парке и держа в руках стаканчик, в котором таяло самое вкусное мороженое в её жизни, Тоня рыдала.

Лавр сначала не очень понял, что ему делать, а потом тихонько снова спросил, можно ли Тоню обнять, и она кивнула. Ей стало легче, и она начала рассказывать. Плакать Тоня всё равно не перестала, но слёзы теперь были не такие горькие.

Тоня родилась в деревне Закалтус — «это примерно два часа от Улан-Удэ, на автобусе подольше». Как и большинство городов и деревень Бурятии, Закалтус сочетал в себе два качества: невероятную красоту и запредельную бедность. Тоня росла с матерью, отца посадили, когда ей был всего год, и она его не помнила. Знала только, что он мечтал о сыне, даже имя выбрал — Антон — в честь друга лучшего, который его от смерти в ночь штурма Грозного спас. Хотел сына, а родилась Тоня. Антонина. Отец пожарным работал и пил. Мать с Тоней дома сидела и тоже пила. Когда не хватало денег на водку, они вместе гнали самогон из картошки, которой в огороде росло немыслимое количество и которая составляла основу рациона Тони примерно лет до восемнадцати, когда она наконец смогла уехать.

— Не помню отца совсем. Когда мне год был, они с матерью напились как-то сильно... Мне потом эту историю мент наш местный рассказал. Ну, напились, и отец вспомнил, что сосед наш, дядя Слава, его на прошлой неделе «пустым местом» назвал. Вспомнил отец, значит, слова эти, взял топор и пошёл. Мать даже его остановить не пыталась, — Тоня на секунду замолчала. — Он зарубил не только дядю Славу, он их всех убил. И жену его, и деток, всех. У нас дома чуть на отшибе стояли, не успели другие соседи добежать и спасти, всех убил. Младшему три года было.

— Тоня, — Лавр говорил тихо, но твёрдо. — Тоня, вы ведь не читали «Гарри Поттера»?

Тоня замотала головой.

— Хорошая книжка, я надеялся её внукам прочитать... В ней один волшебник давал совет полезный: когда герой там встречался с особым монстром, высасывающим из людей радость, волшебник советовал после таких встреч есть шоколадку. Чтобы уровень счастья восстанавливать. Давайте я вам мороженого ещё положу?

Тоня кивнула:

— Шоколадного можно?

Когда Лавр дал ей новый стаканчик, наполненный прекрасным шоколадным мороженым, Тоня продолжила рассказ, лишь изредка прерываясь, чтобы съесть ещё ложечку.

Отца посадили пожизненно, чудом каким-то менты успели его себе в машину усадить и от разъярённых жителей деревни спасти. Чудом! Никогда больше Тоня его не видела, она даже не знала, жив ли он.

— У нас в деревне замечательные люди жили, просто лучшие на свете. Дружные, гостеприимные. Но к другим — не к нам. Не простила нас деревня. Ни мать мою не простила, ни меня — хотя я-то чем провинилась?

Единственной радостью в Тониной жизни стал мотоцикл, но он появился позднее. Поэтому до времени она копала картошку, ездила на разваливающемся автобусе в школу — в их деревне школы не было — и занималась хозяйством. Мать пила, а выпив, Тоню жестоко била, но Тоня привыкла. Какие у неё, в сущности, были варианты? В двенадцать лет Тоню впервые изнасиловали. Это сделал школьный физрук, причем сделал как-то походя, как будто для него это было делом привычным и малозначимым. Мать Тоне не поверила. И директор не поверил, а физрук подкараулил как-то Тоню после уроков и пригрозил ей ножом, если она будет и дальше про него небылицы рассказывать.

Лавр сидел и потрясённо слушал Тонин рассказ. Несколько раз он даже открывал рот, чтобы что-то сказать, но удерживался и не перебивал. Он слушал историю о бесконечном насилии — обычном или же сексуализированном, — о нищете, которую он даже не мог себе вообразить. Будь на его месте Чарльз Диккенс, он бы точно перебил Тоню и сказал, что нет, так ужасно дела не обстояли даже в его романах, Тоня точно преувеличивала! Но Тоня говорила правду. Каждый день своей жизни она думала, как бы уехать, как бы сбежать от матери, как бы организовать свою судьбу таким образом, чтобы никогда не чувствовать себя больше беззащитной, не бояться каждую секунду. Ответом для неё стала работа во ФСИН.

Тоня помнила, как первый раз приехала в Москву и какое впечатление произвел на неё город, в котором никому до неё не было никакого дела. Как первый день в общежитии она не хотела выходить из душа, потому что это был первый раз, когда она мылась не в бане и не в тазике, и не в речке — и это было счастьем.

— Самое моё главное воспоминание о детстве знаете какое? Пожары. Каждый день каждого лета я просыпалась и думала: мы сегодня сгорим или нет? Вокруг нашей деревни были бесконечные торфяники, и каждое лето они горели, и тушить их было некому. Коровы в горящий торф проваливались... Я один раз летом бельё матери постельное постирала и повесила рядом с домом на верёвку сушиться — оно за полчаса чёрным стало. Чёрным! Ох мне досталось...

Лавр слушал Тоню, и ему было мучительно стыдно. Это была привычка: он предполагал, просто автоматически предполагал, что собеседник его был одного с ним социального статуса и примерно похожего жизненного опыта. Так, в сущности, ведь оно и было на протяжении многих лет — Лавр спрятался от мира в изучение своих сусликов, выстроил вокруг них и себя прочный социальный пузырь и знать не знал о том, что за пределами этого пузыря происходит. Теперь он слушал Тоню и думал «ах я старый дурак, а я про путешествия ей рассказывал, про жизнь в отеле, в котором одна ночь стоила столько, сколько эта девочка в месяц зарабатывает...»

Это было ужасно неприятное чувство. Какое-то липкое и противное. Его склонное к рефлексии сознание услужливо напомнило Лавру, с каким снобизмом он задавал Тоне свой вопрос, почему она работает конвоиром. Лавр считал себя интеллигентом, а интеллигенты презирают вертухаев... А эта девочка просто спряталась от страшного мира в единственную доступную ей профессию, где девочкам дают оружие. И им становится хоть чуточку не так страшно. Как стыдно!

Лавр встал.

— Тоня, простите, я не мог себе представить. Просто не мог. Если бы я знал, я бы не стал вам рассказывать о путешествиях и своей сытой жизни. Это было ужасно некорректно с моей стороны, простите!

Тоня посмотрела на него с удивлением. Она не сразу поняла за что именно извиняется Лавр, а потом поняла и нахмурилась.

— Нечего вам извиняться. Это моя жизнь, ну какая есть. А у вас — ваша была, с жирафами. Мне интересно было слушать.

Она тоже встала. Резко. Бросила пустой стаканчик в урну и решительно пошла в сторону мотоцикла.

— Пора. Времени много потеряли, стемнеет уже скоро.

Не чувствуя облегчения после своих извинений, Лавр послушно пошёл за ней.

***

Расул вышел из квартиры первым, но перед этим он пять минут смотрел в глазок. Он наблюдал за тем, что происходит на лестничной площадке, нет ли заражённых. Расул всматривался в каждую тень, не шелохнётся ли, и только удостоверившись в том, что не происходит ровным счёттом ничего, он открыл дверь и очень осторожно вышел, держа перед собой пистолет.

На лестнице было пусто, и по немому сигналу Расула на неё вышли и Ася с Улей. Вместе они дошли до первого этажа и здесь, у лифта, увидели тела двух женщин. Пожилая явно заразилась первой, она загрызла молодую красивую девушку, а затем, видимо, вирус убил и её.

Расул аккуратно перешагнул через тела, а Ася остановилась, чтобы рассмотреть погибшую девушку. В слинге Уля тихонько пискнула и снова уснула.

— Это мама её. Мама Ульяны. Она, наверное, за едой пыталась выйти...

— Пойдём, Ась. Надо двигаться.

С того момента, как они нашли Ульяну, в Расуле что-то фундаментально изменилось. Он и прежде был значительно более напряжён и сосредоточен, чем Ася, а теперь — теперь это немного походило на манию. Каждый шаг он проверял и обдумывал, страховался и перестраховывался. Расул напряжённо долго выглядывал из-за каждого угла. При малейшем дуновении ветра он останавливался, приседал — и показывал Асе сделать то же самое, — выжидал пару минут и только потом решал двигаться дальше. Ася злилась, но понимала, что на самом деле Расул прав. Об этом свидетельствовал и её недавний опыт, но всё равно — такая скорость продвижения её немного подбешивала. Пока Расул занимался безопасностью, она, чтобы скрасить ожидание, играла в гляделки с маленькой Улей. Девочка смотрела на неё с интересом, а когда они всё-таки начинали двигаться, почти сразу засыпала.

Им потребовался примерно час, чтобы выбраться через дворы обратно на Проспект Мира. Был полдень, на небе ни облачка, и Асе было ужасно жарко в костюме. В очередной раз она подумала, что, может быть, наконец пришла пора его снять, и в очередной раз не решилась. Расул в футболке жару по понятным причинам переносил легче. Он шёл примерно на пару шагов впереди Аси — они оба уже совсем наловчились перепрыгивать с машины на машину, хотя теперь Асе было особенно страшно оступиться или упасть — вдруг Улю придавит случайно.

Они шли сначала в тишине, потом — в том месте, где раньше стоял СК «Олимпийский», пару сотен метров им пришлось идти под завывания толпы заражённых. В этом месте дорогу перегородил трамвай, который невозможно было обойти — заражённые были по обе стороны вставшего в вечной пробке Проспекта. Расул был вынужден залезть внутрь трамвая и выбить окно, через которое еле смогла протиснуться Ася — пока она ковырялась, Расул держал Улю на руках и о чём-то с ней так оживлённо разговаривал, что Асе показалось, будто девочка даже чуть-чуть улыбнулась.

Ветра не было, и над улицей стоял тяжёлый трупный запах. Расул достал повязку, чтобы прикрыть рот и нос. От запаха она совсем не спасала, но с ней было легче, чем без неё.

— Как думаешь, девочке может быть тоже сделать?

— Не, не надо. Она носом всё время в мой костюм утыкается, он вряд ли хорошо пахнет сейчас, но точно запах этот ужасный перебивает.

Ася была бы рада этому небольшому разговору, но Расул был слишком сосредоточенным. И они снова продолжили путь в тишине. Чёрт с ним! Вроде бы никакая опасность не угрожает, подумала Ася. Надоело молчать.

— Интересно всё-таки, почему так тихо и пусто.

Расул обернулся — нахмуренный, серьёзный, сосредоточенный. И вдруг лицо его расслабилось. Как будто Асины слова проткнули какой-то пузырь мачо-одиночества, который он зачем-то вокруг себя надул.

— Я тоже иду и думаю: куча мёртвых тел и ни одной вороны. Вообще никого, ты заметила? Ни птиц, ни кошек, ни собак — пусто. Как будто и не было их никогда.

— Заметила. Я читала, что у животных есть какое-то особое чутьё. Там, землетрясения они могут заранее чувствовать, или когда лесной пожар — начинают спасаться даже тогда, когда ещё огня и дыма не видно.

— Тоже об этом подумал. Везёт им. Я бы от такого чутья не отказался. Как вообще так, у пса какого-нибудь чутьё нужное есть, а у меня нет? О чём вообще Всевышний думал? Разве это по справедливости?

Ася засмеялась. И они дальше шли и болтали о всяких мелочах. Один раз им пришлось остановиться, чтобы покормить Улю — они подготовились к этому ещё в квартире, и в рюкзаке у Расула лежало сразу несколько бутылочек со смесью. Во второй раз они остановились уже за мостом — у метро «Алексеевская» на тротуаре совсем рядом с краем дороги лежал перевернутый полицейский джип. Увидев его, Расул немедленно оживился и, удостоверившись, что рядом нет заражённых, полез внутрь. Он набрал новых рожков для автомата, а заодно раздобыл себе и второй. Теперь он шёл впереди, как герой «Безумного Макса», с повязкой на лице и двумя автоматами. Смешно они, наверное, со стороны выглядят, думала Ася. Огромная розовая мышь со слингом и мужик с двумя автоматами за спиной — прям команда по спасению мира.

Расул ждал Асю у джипа, и когда та подошла, задал вопрос, который мучил его уже не первый час:

— Ты думала, что с девочкой будем делать, когда выберемся?

— Думала, конечно. Но я не очень понимаю, что. Ну вот, допустим, мы выбрались, а там вирус уже всю человеческую цивилизацию, кроме пары сотен человек, уничтожил. И что?

— Ну тогда сами воспитаем. Найдём дом себе в лесу, будем жить...

Расул запнулся и покраснел под повязкой. Начиная говорить, он не продумал мысль до конца, а ведь если он предлагает Асе жить вместе, значит, он что, предлагает ей быть его женой? Для двух дней отношений предложение довольно радикальное. Или он намекает Асе, что он бы хотел чего-то большего, чем только поцелуй? Он, несомненно, этого хотел, но стоило ли об этом говорить так открыто?

Но Ася, казалось, случайной двусмысленности не заметила.

— Я как-то не собиралась быть пока ни чьей мамой. — Она на секунду задумалась, и только потом продолжила. — С другой стороны, выживать в зомби-апокалипсисе я тоже не планировала.

Ася посмотрела на Расула, потом на дорогу, которую ещё предстояло пройти — заваленную телами, брошенными и сгоревшими машинами, — и продолжила:

— Ну хорошо, если зомби победили, будем с тобой в лесу в шалаше её воспитывать, а если нет? Если цивилизация где-то осталась, то что? В детский дом отдадим?

— Нет, конечно!

— А что тогда?

— Про это я ещё не подумал.

Честно говоря, Ася и сама об альтернативах пока не думала. Но мысль о том, что на ней теперь лежит ответственность за маленького живого человека, захватила её полностью, и что делать с этой ответственностью и этим человеком, если ещё совсем недавно ты строил совершенно автономную жизнь, ей было решительно непонятно.

Они двинулись дальше. Идти было жарко и тяжело. Расул хотел, чтобы сегодня они дошли до МКАДа, но даже в обычных обстоятельствах и с комфортной температурой это многокилометровая «прогулка», а сейчас, по жаре, в костюме, с Ульяной... Они опять шли в тишине, но в этот раз — чтобы экономить силы.

Слева от них сверкал на солнце огромный памятник космонавтам. Когда Ася в первый раз приехала в Москву — давно, ещё маленькой девочкой — она спросила у папы «а это что, горка?» Смешно. Давно это было, в какой-то странной прошлой жизни. С дороги было плохо видно, но на территории ВДНХ что-то горело.

Им пришлось свернуть, Расул категорически отказывался спускаться в тоннель — тоннель был замкнутым пространством, там могли быть заражённые, там сложнее контролировать ситуацию и, если что, убежать. Ася расстроилась, она надеялась в тоннеле хоть ненадолго спрятаться от палящего солнца. В конце концов они договорились о компромиссном решении: сегодня не гнать, пройти ещё немного и попробовать найти место, где они смогут укрыться на ночлег. Поесть. Сходить в туалет наконец спокойно. Ася смутно помнила, что где-то впереди есть «Макдональдс» — вот это был бы отличный вариант!

Но когда они вышли на мост, сразу за которым и стоял желанный «мак», они увидели, что ресторан сгорел. Нервы у Аси начинали сдавать.

— Да вашу мать, ну можно нам хоть где-то повезёт!

— Нам много где повезло, мы вообще-то с тобой живы до сих пор.

— Ну да, но так в «мак» хотелось...

— Вон, рядом заправка ВР, там кафе обычно бывают. Давай проверим.

Расул двинулся вперёд, но затылком почувствовал, что Ася за ним не пошла. Он обернулся. Ася заворожённо смотрела куда-то вдаль. Туда, где на горизонте появились и стремительно к ним приближались две сверкающие точки.

— Смотри! Самолёт!

Расул резко повернулся. Самолёт, а точнее два самолёта, были от них ещё далеко. Он вгляделся: оба летели очень быстро и очень низко. Так низко вообще-то самолётам летать не положено, но ни Расул, ни Ася об этом сейчас не думали — сам факт того, что самолёты всё ещё летают, внушал надежду! Значит, цивилизация ещё не совсем умерла! Значит, кто-то ещё есть! Кто-то борется!

— Это военные! — Прохрипел Расул. — Военные самолёты!

В подтверждение его слов откуда-то спереди раздались звуки взрывов. Взрывы были далеко, но спутать их нельзя было ни с чем.

— Они бомбят заражённых!

Вслед за первым самолётом от бомб избавился и второй. Раз. Два. Три. Последовали громкие звуки взрывов. Судя по всему, самолёты бомбили что-то в районе МКАД. С чудовищным рёвом они пролетели над Асей и Расулом и ушли куда-то вверх и вправо. Самолёты летели так низко, что Расул был уверен — их увидели, их заметили. Но хорошо ли это?

От громкого звука Ульяна заплакала, и Ася начала её утешать. Расул стоял рядом и смотрел вслед улетающим самолётам.

— Я, когда маленьким был, лётчиком хотел стать. Военным. Папа с братьями смотрели на «видике» фильм американский — «Топ Ган» — я вот так хотел, как Том Круз быть.

— Это ты к чему?

— В смысле, я в самолётах понимаю. В военных. Это Су-24. «Ведущий» и «ведомый»: первый самолёт сначала бомбы сбрасывает, а второй контролирует...

Уля наконец взяла пустышку и замолчала, а Ася повернулась к Расулу.

— Да какая разница, что за самолёты, главное, что с них бомбы падают! Мы же в ту сторону идём! Я вообще не хочу под бомбы, а ты?

— И я. Но между бомбами и заражёнными я, пожалуй, выберу бомбы. От них хотя бы понятно, как укрыться.

У Аси сейчас не было сил спорить. Она замотала головой, показывая, что разговор сейчас окончен, но будет продолжен при первой возможности, и пошла в сторону заправки, которая оказалась полна заражёнными.

Ася наконец поняла, зачем Расулу был нужен второй автомат: когда они подошли поближе, Расул начал методично отстреливать заражённых, и когда в первом автомате кончились патроны, он одним движением руки снял с плеча второй и продолжил стрелять. Выглядело это максимально эффектно, и Ася подумала, что, может быть, Томом Крузом у Расула стать и не вышло, но зато Рембо из него получился отличный.

Глава 13

Лев Семёнович не понимал, что происходит. Он не понимал, куда делись его люди. Не понимал, как ему выбраться из машины, в которой он был заперт уже несколько дней. Не понимал, как его уютная и счастливая собачья жизнь вдруг сжалась до пары квадратных метров унизительного ужаса.

Лев был любимой, зацелованной собакой. У него был собственный диван, собственная лежанка, своя миска, своя прогулочная площадка, на которой он разрешал гулять и другим собакам. У него были свои люди — Катя и Ваня, которые жили в его доме и заботились о нём. Лёвин диван стоял в гостиной таким образом, чтобы если Ваня и Катя смотрели вечером сериал и кто-то из них вставал — сходить в туалет или на кухню за вином,— то они непременно по пути погладили бы его или поцеловали.

Ваня работал из офиса, и иногда, когда он приходил вечером домой, от него пахло другими собаками, но Лев не сердился. Большую часть времени они с Катей жили вместе: днём она выходила со Львом на трёхчасовые прогулки, во время которых Лев скакал на собачьей площадке с друзьями, а Катя сидела на лавочке с ноутбуком и работала. Каждое третье воскресенье месяца он ездил с Катей, а иногда и с Ваней, к грумеру, которая мыла его в ванной со специальным шампунем, вычёсывала его длинную шерсть. По возвращении домой Лев Семёнович чувствовал себя не только самой любимой, но и самой красивой собакой на свете.

Когда Ваня возвращался из коротких командировок, они с Катей ездили встречать его на вокзал. Лёве нравились эти поездки, ведь когда он был с Катей в машине вдвоём, ему разрешали ехать спереди на пассажирском сиденье. Если погода позволяла, Катя немного опускала стекло, и Лёва улыбался миру со своего места. Ну или лаял на других собак.

Но в этот раз всё было иначе. Катя волновалась. Он старался её успокоить, ластился к ней, клал голову на колени, но Катя отталкивала его и волновалась дальше. Она чуть было не забыла его на парковке. Забыла бы, если б Лёва громко не залаял.

Когда они оказались у вокзала, Катя выскочила из машины. Чуть оставила приоткрытой окно с Лёвиной стороны. Оставила ключи в зажигании. Никогда прежде она так не делала, и Лёва заволновался. Даже немного зарычал ей вслед.

А потом начались взрывы. И побежали какие-то люди. Они бежали и кричали так страшно, что Лев спрятался под сиденье и сидел там, тихонько поскуливая. Он описался от страха, и ему было ужасно стыдно, что Катя расстроится и рассердится на него, когда вернётся. Но Катя не возвращалась. В машине работал кондиционер, и сначала ему не было жарко.

Он смотрел в окно — людей стало меньше, но в ста метрах от его машины горел дом. Кажется, это был вокзал, на который обычно приезжал Ваня. Его люди пропали. Может быть, они бросили меня? — думал Лев Семёнович. Но нет, он сердито отогнал эту дурацкую мысль. Его люди никогда бы его не бросили. Значит, с ними что-то случилось? Он заплакал.

Кондиционер фыркнул в последний раз и замолчал. Замолчал и мотор. Лёва сидел, скулил и думал про свой дом и свой диван.

Он был заперт в машине уже почти три дня. Его пушистая белая шерсть свалялась комками от невыносимой жары. Он отощал, от него ужасно пахло мочой и какашками. Он поймал своё отражение в зеркале заднего вида и зарычал на страшную неухоженную и незнакомую ему собаку, которая там отразилась. Он не знал, что ему делать дальше. Лев Семёнович забрался на водительское сиденье, положил передние лапы на торпеду, оперся грудью о клаксон и приготовился умирать.

***

Папа очень любил гулять. Или просто ходить по городу без особой цели, или, наоборот, нарочно идти в какой-нибудь далёкий магазин, чтобы набрать «побольше шагов». Костя любил гулять с ним, а папа радовался каждый раз, когда сын просыпался в субботу пораньше и предлагал к его прогулке присоединиться. Это именно папа объяснил Косте, что в совместных прогулках очень важно почувствовать ритм. Не просто идти рядом с человеком с одной скоростью, но и понять, когда молчать, когда говорить, а когда просто вместе смотреть куда-то вдаль.

По дороге к вокзалу Сева с Костей поймали свой ритм. Сначала они немного помолчали, потом — когда они прошли поворот в Орликов переулок — коротко обсудили толпу заражённых, которые бродили у подножия высотки, а потом снова замолчали.

Костя шёл и думал: «а что сказала бы мама, если бы узнала, что её Костя убил человека?» Ужасная мысль. Мама бы страшно расстроилась. Костя подумал эту мысль дальше: а если бы мама знала, что Костя спас брата от страшной смерти? Что этот ужасный поступок был нужен? Мама бы поняла, он был в этом уверен. И папа бы понял.

Костя понимал, что мама и папа об их приключениях никогда не узнают. Что бы ни думал Сева, но Костя на самом деле не верил в то, что родители сейчас глядят на них через дырочку в небе или даже что они рядом по-настоящему. Ну хотя бы как в «Гарри Поттере». Это, правда, не мешало Косте чувствовать маму с папой в своём сердце, и ему очень хотелось, чтобы они знали — он поступил правильно.

Сева шёл на шаг впереди него. Точнее не совсем шёл — он был уже на следующей машине, ведь они снова пробирались по застрявшим машинам с крыши на крышу. Старший брат оглянулся на Костю и остановился, подождал, пока тот переберётся на его крышу.

— Кость, ты мне жизнь спас. Ты всё правильно сделал, не волнуйся.

Наверное, когда ты долго чей-то брат, ты немножко научаешься читать мысли, подумал Костя.

— Я знаю, но всё равно волнуюсь. Что бы мама или папа сказали? А что мы бабушке с дедушкой скажем? — Он сделал паузу и продолжил почти шёпотом: — Если доберёмся до них....

— Помнишь, мама с папой нам говорили: вы вдвоём против всего мира. Ну вот. Мы вдвоём, потому ты меня и защитил.

— И потому, что ты меня до этого защитил...

— Ну да, так, вместе, и работает.

Они двинулись дальше. Костя хорошо помнил тот разговор, о котором вспомнил Сева. Это было давно, он ещё не ходил в школу и даже не помнил, как именно папа завёл разговор о смерти и почему. Кажется, то ли у кого-то из их друзей случилось горе и кто-то умер, или, может, мама что-то в новостях увидела? Тогда папа с мамой за ужином сказали, что хотят обсудить с ними смерть.

Может так случиться, что они с Севой останутся одни. Костя заплакал — ему не хотелось об этом думать, он не хотел верить, что это возможно. Точнее, он понимал, что, бывает, дети остаются одни, и тогда их отправляют в специальные «Учреждения для бедняжек, которые, к сожалению, остались без родителей» — так говорил Мистер Браун в фильме про медвежонка Паддингтона. Но это же другие дети, это не могут быть они с Севой! Мама обняла его и тихо объяснила, что, конечно, они с папой будут всегда очень осторожны, и шансы их внезапной одновременной смерти невелики, но всё-таки им с папой будет спокойнее, если они будут знать — их зайцы готовы ко всему. Они должны быть всегда вместе, всегда рядом друг для друга, вдвоём против всего мира. Дома это тоже работало — если папа с мамой сердились на Севу, Костя был всегда на его стороне. Если же мама ругалась на Костю, он был уверен — брат защитит его, обнимет, утешит.

«Вместе против всего мира».

Площадь трёх вокзалов выглядела, как поле битвы. Но так же выглядели и другие улицы и площади, которые они уже прошли. На железнодорожном мосту над въездом на площадь столкнулись два состава. В этот раз один не вытолкнул другой, просто от силы удара несколько вагонов изогнулись и повисли причудливой буквой «Л» над землёй. Вокзал, стоявший рядом с их — Ярославским — сгорел, остались лишь каменные стены. В центре площади лежал сошедший с рельс трамвай, чуть поодаль другой трамвай врезался в толпу заражённых, и мальчишкам была видна лишь его часть — другую скрывала груда тел.

Сева стоял как вкопанный и, кажется, к чему-то прислушивался. Костя остановился и тоже услышал — над пустой площадью разносился звук автомобильного клаксона.

— Сейчас сюда все заражённые сбегутся! Надо его скорее выключить!

Они начали лихорадочно карабкаться в сторону источника звука. Костя нашёл его первым:

— Сева, Сева, тут собака!

Он стоял на крыше машины и показывал пальцем на лобовое стекло потрёпанной серой Kia Sportage. Собака —

это был белый самоед — лежала прямо на руле, всем весом нажимая на клаксон.

— Умерла, кажется.

Сева говорил с жалостью. В их семье самоед был второй самой любимой на свете породой после корги. Мама называла таких собак «облачка» — ей не нравилось противное слово самоед, пока Костя случайно не узнал из тик-тока о том, как название это появилось. Самоедами их назвали не потому, что они себя сами едят. Просто на Крайнем Севере их запрягали в санки. Белые собаки были на фоне белого снега не видны, и казалось, что санки «сами едут».

Сева посмотрел на брата — Костя целился в заднее пассажирское стекло Sportage из пистолета.

— Нет, нет, дурень! Не стреляй! Если он жив, он оглохнуть может!

— Ну а как? Даже если он умер, нам надо скорее звук этот убрать.

Клаксон, действительно, ужасно действовал на нервы. К и без того непростой ситуации он добавлял ощущение какого-то надвигающегося липкого ужаса. Сева подумал, потом взял Костин пистолет, поставил его на предохранитель, схватил за ствол и с силой ударил рукояткой по лобовому стеклу. Собака перепугалась и кубарем перекатилась на заднее сиденье, откуда уставилась на ребят.

— Живой! Давай ещё!

Сева стукнул ещё раз, и ещё, и ещё — пока стекло не развалилось на мелкие кусочки и не осыпалось в салон. Секунду пёс просто смотрел на ребят, а потом пулей вылетел из машины, пробежал по крышам пару метров, сел, повернулся к ним и тихонько заскулил.

Лев Семёнович тяжело дышал, и мысли путались в его голове. Кто эти люди? Зачем они сломали его машину? Они спасли Льва! Может быть, они друзья?

Каждый инстинкт, однако, сейчас говорил ему бежать. Каждая клеточка его тела подсказывала, что вокруг смерть, и сейчас нельзя останавливаться и надо бежать и бежать... Но сил не было. Льву очень хотелось есть.

И пить. Может, это хорошие люди? Может быть, они покормят его?

Очень медленно, аккуратно переступая лапами по нагретому металлу, он пошёл обратно туда, где замерли в нерешительности два небольших человека. Кажется, они были ещё щенками.

Пока собака шла к ним, Сева отдал Косте пистолет, и тот убрал его в карман рюкзака — он специально оставлял его теперь незастёгнутым, чтобы в случае опасности быстро достать оружие. Пёс неуверенными шагами подошёл к Севе и то ли лёг, то ли упал прямо у его ног.

— Так он на коврик похож. Ему, наверное, есть хочется?

— И пить. Давай так. Я его на руки возьму. Ты зря убрал пистолет — достань обратно, будешь нас охранять.

Несмотря на громкий звук, так долго разносившийся над площадью, вокруг них всё ещё не было ни души, ни тела.

Костя достал пистолет и даже весь как-то надулся от гордости — он будет охранять! На прошлой неделе ему Сева свой телефон отказывался доверить — Костя просил поиграть катку в Brawl Stars — а теперь, вот, жизнь доверяет. А ещё собака! Неужели у них теперь будет собака?

Севе было тяжело: он положил пса себе на плечо и с трудом удерживал его двумя руками — здоровенный какой! Но ничего, он потерпит.

Они целенаправленно шли к кафешке, которая располагалась прямо на углу Ярославского вокзала. Здесь они с семьёй часто обедали перед электричкой. Не дойдя до входа в кафе пары метров, Сева аккуратно спустил собаку на асфальт, достал свой пистолет, и они с Костей тщательно проверили, что в кафе нет живых или заражённых. Только после этого они завели внутрь пса и закрыли за собой дверь.

Костя быстро нашёл глубокую миску и налил в неё воду: в самом кафе ни воды, ни электричества уже не было, но за прилавком стояла нераспечатанная пачка воды в бутылках. Сева же пошёл искать, чем они могут покормить собаку. И что могут поесть сами — он уже сильно проголодался.

Пёс пил жадно. Сначала он уронил морду в миску и всё разлил. Костя терпеливо налил ещё раз. В это время с кухни с пачкой сосисок вернулся Сева.

— Пачка новая, я в холодильнике несколько нашёл. Нам с тобой поставил вариться — хорошо тут плита газовая и газ ещё есть. А он, наверное, сырые съест?

— А они не испортились?

— Ну, на запах вроде «ок».

Сева разорвал полиэтиленовую пачку, и собака, которая секунду назад послушно лежала на полу, вскочила и налетела на него, пытаясь скорее добраться до вожделенных сосисок.

— Да подожди, дурень, я тебе сейчас всё дам! Не торопись! — Сева улыбался. Он повернулся к Косте и добавил: — Видишь, ему нравится запах, значит точно всё «ок»!

Лев Семёнович жевал сосиску с наслаждением. Дело было не только в том, что он был страшно голоден — в его прошлой жизни есть сосиски ему категорически запрещала Катя. Его кормили исключительно очень полезным кормом, тщательно подобранным именно под его нужды. И это был вкусный корм, и Лев любил его, но сосиски... Он с благодарностью смотрел на небольших людей. Это хорошие люди, он точно с ними подружится.

Костя и Сева смотрели на довольного пса и радовались. Спустя пару минут пришёл их черед — Сева принес с кухни полную кастрюлю варёных сосисок, Костя нашёл кетчуп и горчицу и смешал их в бумажном стаканчике для кофе. Они сели за привычный столик и стали есть, макая сосиски в получившийся соус, и смотрели, как ест спасённая ими собака. Оба знали, что сейчас надо будет идти дальше. Ночевать ещё было очень рано, но небольшую паузу и скромный обед они точно заслужили.

***

Когда они вышли на 2-й Лучевой просек, Тоня решила, что можно рискнуть. Длинная прямая дорога была совершенно пуста — тут не было ни тел, ни заражённых. И даже если последние появятся, решила Тоня, то от них будет легко уехать. Они сели на мотоцикл и, не разгоняясь, чтобы звук мотора не привлек заражённых, двинулись вперёд. Если верить Лавру, дальше надо было просто ехать по прямой, пока они не упрутся в станцию ярославской железной дороги «Москва-3».

Они проехали буквально пару сотен метров, и Тоня стала сбрасывать газ. Лавр выглянул из-за её плеча и увидел, почему: впереди патрульная машина врезалась в дерево. На крыше машины до сих пор мигали красным и синим проблесковые маячки. Тоня слезла с байка, достала свой пистолет и очень осторожно подошла к автомобилю. Лавр не стал следовать за ней, разумно рассудив, что если его помощь была бы нужна, Тоня спросила, за ней бы точно не заржавело.

Тоня обошла машину вокруг, а затем открыла переднюю пассажирскую дверь и исчезла внутри. Прозвучал выстрел. Тоня вернулась спустя минуту, неся в руках два автомата. Лавр не очень разбирался в оружии, но выглядели они грозно.

— Вот, смотрите. Два автомата АКС-74У. Это значит «автомат Калашникова складной, укороченный». Хорошая штука, надёжная. Один вам, второй я возьму. Там, в машине, один полицейский заражённый, он на напарника напал, а дальше — застрял на заднем сиденье, запутался.

Лавр с сомнением взял протянутое оружие.

— Я последний раз держал в руках автомат в году, кажется... Даже не помню в котором году, но точно больше полувека назад, вряд ли от меня будет много пользы.

Тоня сердито посмотрела на Лавра. Казалось, ей хочется отчитать его как мальчишку за несообразительность. Но потом лицо её чуть разгладилось.

— Смотрите, Лавр. Стрелять и вести мотоцикл одной рукой я никак не смогу. Я двумя руками пока справляюсь, но это мы с вами по ровной асфальтированной дороге едем, а что будет, когда поедем по козьим тропкам на железке? Нет у нас вариантов других, извините. Или я рулю, вы — стреляете, или нас с вами съедят.

Лавр кивнул и, глядя на автомат в своих руках, решил поразмышлять:

— Я понимаю. Знаете, это всё абсолютно разумно, всё в рамках эволюционной логики. Мир меняется, и если вид не способен измениться вместе с ним, он вымирает.

Таков суровый закон эволюции, — Лавр оторвал взгляд от носатого автомата и перевёл его на деревья. Тоня воспользовалась тем, что старик её не видел, и закатила глаза. — Неделю назад мою жизнь гарантировало государство. Мы с вами жили в обществе, в котором и вы, и я могли обоснованно надеяться, что нас никто не убьёт и тем более не съест на улице. Но мир изменился. И теперь или я в свои восемьдесят лет научусь стрелять — или хотя бы попробую научиться — или же вымру. Как мамонт. Всё, как завещал нам великий Дарвин.

Лавр повернулся к Тоне.

— Тоня, покажите, как и что тут надо делать.

Она терпеливо объяснила Лавру, как вставлять магазин, как менять отработанный, где затвор, зачем его передёргивать, где предохранитель. Потом она ещё раз сходила к машине и вернулась с небольшой спортивной сумкой — в ней прежде лежала тренировочная форма и кроссовки одного из погибших полицейских. Тоня их выбросила и теперь в сумке лежали сменные магазины к автоматам. Лавр закинул сумку на плечо, и они двинулись дальше.

Они проехали ещё примерно пятьсот метров, прежде чем Тоня увидела заражённых. Не останавливая мотоцикл, она легонько хлопнула Лавра по руке — будь готов! — и нажала на газ. План Тони был простым и элегантным: подъехать к толпе заражённых на такое расстояние, чтобы они услышали мотоцикл, и остановить его перпендикулярно дороге — так, чтобы у Лавра был полный обзор и ему было удобно стрелять. Когда первые заражённые окажутся в опасной близости, Тоня снова даст по газам. И они будут повторять и повторять этот манёвр, пока не расправятся со всей толпой.

Это был хороший план. Лавру потребовалось три попытки, прежде чем он сумел достичь хоть сколько-нибудь значимой результативности. Но вот чего-чего, а времени у них было достаточно.

Последний заражённый — это была женщина, примерно ровесница самого Лавра — с неприятным хлюпающим звуком упала на асфальт. Тоня подняла забрало шлема:

— В порядке?

— В порядке, Тоня. В порядке. Знал бы я, что в старости мне понадобиться уметь стрелять, я бы двадцать лет назад в тир записался, а не на плавание.

Лавр тяжело вздохнул и выбросил пустой магазин. Затем деловито перезарядил автомат и похлопал Тоню по плечу.

— Поехали?

И Тоня уверенно повела мотоцикл в сторону платформы «Москва-3».

***

На одну ночь заправка ВР на Ярославском шоссе стала для них домом. Расул и Ася вместе оттащили тела заражённых подальше от заправки и сложили их в кучу. Расул думал их сжечь, но эта была в целом довольно бесполезная затея: в мёртвом городе, улицы которого и так были покрыты тысячами тел погибших, идея погребального костра звучала дико. Зачем? Для чего? Чтобы потом всю ночь ещё дышать ужасным запахом палёного человеческого мяса? Отнесли, и ладно.

Внутри заправки нашлась еда, электричество и вода ещё работали, и Ася помыла маленькую Ульяну и даже сама умылась. На полках она нашла упаковку тампонов и сделала из них для девочки беруши — над Ярославкой продолжали летать самолёты, и каждый такой пролёт сопровождался эхом далёких взрывов. Уля безмятежно спала, а Ася ещё долго ворочалась в тревоге.

Когда она вышла утром из здания к колонкам, Расул сидел в паре метров от входа на крыше машины и курил.

— Ты вообще не спал, что ли?

— Нет, не получилось. Сначала шум мешал, а потом… Знаешь, у тебя вот бывает, ну так тревожно внутри, что заснуть не получается? Даже дышать иногда тяжело от волнения.

Ася кивнула. Сколько она себя помнила, она волновалась всё время, и то, что Расул описывал сейчас как необычное для себя состояние, для неё было просто вторником.

— Ты из-за самолётов волнуешься?

— Ну и из-за них тоже. Я вообще вышел посмотреть, чтобы понять — бомбы рвутся к нам ближе, или нет? Пока ты спала, было 34 налёта — примерно по три в час, я считал.

— И что?

— Вроде они за всё время к нам ближе не стали, — Расул нервно затянулся два раза подряд. — Часа два назад ещё и артиллерия работать начала — если прислушаешься, точно услышишь.

— Наверное, это ведь хорошо. Если летают самолёты и стреляют пушки, значит, не все заразились?

— Это да. Но меня две вещи тревожат: во-первых, не все эти самолёты выглядят как русские. В темноте не так хорошо видно, но даже по силуэтам понятно, что это не только Су-24, а ещё какие-то другие самолёты.

— А во-вторых?

— Во-вторых, как мы-то там выживем? Надо идти вперёд, а там бомбы и артиллерия. И ведь никаких других вариантов у нас с тобой нет, назад мы повернуть не можем...

— Дашь сигарету?

Где-то далеко снова бахнуло. Взрыв. Ещё один. Ещё два одновременно. Расул вздрогнул.

— Никак привыкнуть не могу.

Ася прошла немного вперёд и встала посреди замершего Ярославского шоссе. Впереди, справа, там, где от него отделялась параллельная ему узкая улица, в небольшом сквере бесновались заражённые. Звуки взрывов сводили их с ума, но выбраться со своего небольшого пятачка рядом с автобусной остановкой они не могли. Они выли, скрежетали зубами, снова и снова бросались на преграждавшие им путь автомобили. Ася вернулась туда, где сидел Расул, и злобно бросила недокуренную сигарету.

— Ну что. Впереди бомбы, позади заражённые. Мы посредине. Как русский, блядь, витязь на распутье. А варианта просто нормально жить дальше нам, разумеется, не завезли. Не положено! Это другие пусть живут, а вы, Ася, Уля и Расул, будете за каждую, блин, минуту лишнюю в этом аду воевать!

Ей не хотелось плакать, сейчас она не чувствовала грусти, только ярость, которая горела в груди огнём так сильно, что Асе даже стало от этого немного страшно. Как такую ярость в себе носить безопасно? Она сняла слинг — сейчас, когда она была без снятого на ночь костюма, сделать это было довольно просто — и отдала Ульяну Расулу. Девочка проснулась и с интересом уставилась на бородатое дружелюбное лицо — в её глазах не было испуга, они говорили «я тебя знаю». Расул улыбнулся, и ему немедленно стало спокойнее. Ася же решительным шагом снова вышла на середину улицы и закричала.

В этот крик она вложила всю свою боль, весь свой страх, всю свою бесконечную ярость — на мир, на людей, на проклятых заражённых, на навсегда потерянную прошлую жизнь, которая, как оказалась, была очень даже ничего... Ася кричала долго.

— Ась, Ася!

Крик смолк.

— Чего тебе? Дай проораться. Может, тебе тоже было бы неплохо — помогает!

— Смотри! В небо смотри!

Ася прищурилась от яркого солнца и посмотрела туда, куда указывал Расул. Там по небу в их сторону летели самолёты. Но это были не стремительные бомбардировщики, которые они с Расулом уже видели, эти самолёты с земли выглядели больше похожими на пассажирские. Она развернулась и, насколько возможно, быстро начала карабкаться обратно к Расулу и Ульяне.

— Это пассажирские, что ли?

— Нет, на стратегические бомбардировщики похоже. С такой высоты не очень понятно, но раз не пассажирские, то скорее всего. Ну, или транспортные... — Он сделал короткую паузу. — Хотя вряд ли.

Вдалеке снова ухнули бомбы, но в этот раз звук взрыва был сильнее и страшнее, под ними задрожала земля, а в домах чуть выше по шоссе из окон повылетали стекла.

— Вот мы бы сейчас там шли, ух, хорошо под дождём из битого стекла от потери крови умереть, — прикинула Ася.

Расул посмотрел на неё с лёгким упрёком.

— Извини. Я не нарочно, я не чтобы напугать, просто, когда я шучу — мне самой чуть меньше страшно. Пойдём?

Они быстро собрали свои скудные пожитки. Ульянин рюкзак, сумка Расула с магазинами для его автоматов, пара бутылок воды, пара бутербродов. Расул развёл смесь для девочки и разлил её по бутылочкам — до вечера им должно хватить. Ася ненадолго отошла, Расул предполагал, что в туалет, но оказалось, что она пошла искать и себе оружие. Они не видели людей в форме среди заражённых, которых расстрелял вчера Расул, но один из погибших выглядел так стрёмно, что Ася решила проверить внутренний карман его кожаной куртки — в конце концов, зачем вообще носить кожанку в +30, если не чтобы прятать во внутреннем кармане ствол? Её труды были вознаграждены. Она протянула Расулу чёрный красивый пистолет.

— Знаешь такой?

— Ого! Walter PPK. Крутая пушка! Я только в кино такие видел, сто процентов незаконный.

— Смешно. Пистолет Джеймса Бонда.

— Кого?

— Ты что, Джеймса Бонда не смотрел?

— Слышал, наверное, но не так, чтобы прямо смотрел...

— Ну ты ваще. Ладно. Будем чем заняться, когда выберемся наконец!

Расул улыбнулся. Он вертел в руках красивый «Вальтер»: проблема с пистолетом была одна — у него был всего один магазин. Вероятнее всего, запасные лежали у покойного бандоса в машине, но сейчас проверять, какая именно его, было бессмысленной тратой времени. Они двинулись в путь.

Было жарко, но они шли строго по центру проезжей части — как рассудил Расул, здесь их не только не достанут заражённые, здесь меньше шансов, что по ним прилетит осколок от взрыва или битое стекло. Чем ближе приближались они к МКАДу, тем чаще им стали попадаться другие выжившие. Несколько человек обогнали их — это были молодые парень и девушка с рюкзаками, у них не было ни оружия, ни чего-либо ещё, что могло их замедлить, и они практически бежали по крышам машин. Когда они поравнялись с Асей, девушка посмотрела на неё с лёгким недоумением. Затем кивнула и побежала догонять молодого человека.

— Ну да, ну да, всего лишь гигантская розовая мышь идёт по Ярославскому шоссе, смотреть тут не на что, проходите, товарищи, — ехидно заметила Ася, когда молодые люди ушли достаточно далеко вперёд.

— Ну, можно понять. Ну мышь, ну и что? После всего, что мы видели, ты бы сама удивилась?

— Да нет, наверное...

Самолёты продолжали бомбить что-то вдалеке, и звук взрывов с каждым пройденным метром становился всё отчётливее. Теперь земля тряслась у них под ногами после каждого налёта. Ася посмотрела по сторонам — в домах, казалось, не осталось ни единого целого стекла. Её очень тревожили падающие бомбы. И не столько тем, что бомбы в принципе штука опасная и страшная — нет, Асю волновал костюм. От заражённых он защищал, но спасаться от ударной волны? Бежать и искать укрытие в тяжёлом неповоротливом костюме? Это была дурная идея, и последние сто метров Ася мучительно пыталась решить — оставить костюм? Снять? Рискнуть? Довериться?

— Расул, подожди, пожалуйста? Минутку всего. Мне надо важное сделать.

Он остановился. Ася расстегнула молнию на костюме, сняла голову Мыша и аккуратно положила её на капот машины, на котором стояла. Потом она сняла весь оставшийся костюм, аккуратно сложила его стопочкой и положила голову сверху.

— Спасибо тебе, дорогой Мыш. Я тебя презирала, ты был символом моей неудачи, моей стыдной необходимости таким вот идиотским образом на жизнь зарабатывать. А оказалось... Ты мне жизнь спас.

Она ласково похлопала по мышиной голове, встала и просто пошла вперёд. Подождав пару секунд, Расул пошёл за ней. В слинге запищала Ульяна — Ася погладила её по голове, поцеловала маленький, чуть вздёрнутый нос.

— Не волнуйся. У нас всё будет хорошо.

И как бы в насмешку над этими словами, впереди бахнули взрывы. Уже совсем близко. С оглушительным рёвом над их головами низко-низко пролетели самолёты.

За последние пару кварталов на Ярославку вышли ещё люди. С боем из переулка вырвалась группа из семи человек — три женщины разных возрастов и четыре парня в военной форме — они выглядели как курсанты военного училища. Они пятились из переулка, стреляя по огромных размеров толпе заражённых. Один из курсантов стрелял из тяжёлого пулемёта. Толпа не уменьшалась, но метр за метром выжившим удалось-таки добраться до спасительной пробки — лишь в самый последний момент заражённый зацепил одного из курсантов, и он исчез в людском водовороте.

Расул помахал заметившему его курсанту. В ответ тот тоже замахал, но потом повернулся к ним спиной, и группа выживших поспешила вперёд. Сейчас всё-таки было не время для более близкого знакомства, сейчас всех их гнал вперёд страх. Страх и желание выжить во что бы то ни стало.

Их на шоссе было уже несколько десятков. Мужчины, женщины, дети. Группами и поодиночке. Один мужчина — на вид ему было лет пятьдесят — нёс на руках девочку-подростка, обе ноги её были перевязаны. Мужчине было тяжело, он периодически останавливался, тяжело дышал, потом целовал девочку в щёку и шёл дальше.

Шедшие впереди люди останавливались. Неожиданно Ася и Расул увидели перед собой буквально стену из людей. Из-за их спин Асе не было видно, что происходит, но вдруг кто-то в толпе крикнул:

— Самолёты!

Вся толпа одновременно бросилась бежать в разные стороны. Расул схватил Асю за руку и потащил её куда-то вбок. Когда толпа рассеялась, она успела увидеть боковым зрением, из-за чего остановились выжившие.

Примерно 800 метров между тем местом, где они стояли, и МКАДом превратились в пустырь. Ни единого дома. Даже здоровенная высотка с надписью «Ханой», которая стояла правее развязки — всё было снесено бомбами и ракетами до основания. Но это было не то, что так потрясло Асю.

Они двигались куда-то к домам, туда, откуда женский голос кричал «сюда, в подвал, быстрее!» — и Ася бежала, но только потому, что её тащил Расул. Голова её всё ещё была повернута в сторону МКАД. Туда, где над полотном автотрассы возвышалась невероятных размеров стена.

— Ася, ступеньки, осторожно!

Она отвернулась. Ей нельзя падать, ведь на ней слинг с девочкой. Она быстро спустилась по ступенькам и прижалась к Расулу.

Вместе с ними в подвале было человек пятнадцать или двадцать — из-за темноты точно сказать было нельзя. Казалось, раньше этот подвал был разгрузочной для продуктового магазина: пахло старой картошкой и яблоками. Ася что-то хотела сказать, но не успела — всё потонуло в оглушительном грохоте. Подвал наполнился пылью и человеческим кашлем. Кто-то заплакал.

— Как думаешь, зачем они бомбят? — Расула за локоть схватил мужчина в джинсах и клетчатой рубашке с коротким рукавом.

— Может, они расчищают зону безопасности? Ну, чтобы заражённых было издалека видно?

Мужик замотал головой. Кажется, идея Расула не показалась ему убедительной, но и спорить он не стал.

— Они где-то раз в двадцать минут летают, да? Я старался считать, но сбился. Понимаешь, мы с женой шли, а она, ну...

Мужчина сглотнул слёзы, говорить сейчас ему было сложно. Расул положил руку ему на плечо.

— Примерно так. Не волнуйся, мы тут пока в безопасности. Наружу не надо.

Мужик снова коротко кивнул и отошёл в сторону, сел на перевёрнутый ящик из-под овощей и уставился в пол. Ася подошла к Расулу вплотную и прижалась к нему.

— Правда думаешь, мы в безопасности?

— Пока да. Пока правда так думаю. Если только заражённые нас здесь не найдут.

Ася вздрогнула. Достаточно одного заражённого, который случайно к ним упадет, и всё. Конец. Она решила сейчас об этом не думать.

— Ты видел стену? Как ты думаешь, что это? Зачем?

Расул не успел ответить на её вопрос. Неожиданно с улицы до них донёсся голос. Он будто звучал отовсюду — из установленных кое-где на столбах динамиков гражданской обороны, откуда-то сверху — как будто с дронов. Это был мягкий и спокойный голос, Ася его узнала — говорил актёр Данила Козловский:

— СОХРАНЯЙТЕ СПОКОЙСТВИЕ И ОСТАВАЙТЕСЬ В БЕЗОПАСНОСТИ. ВЫ НАХОДИТЕСЬ В ЗОНЕ РАБОТЫ АРТИЛЛЕРИИ И АВИАЦИИ. НЕ ПОКИДАЙТЕ СВОИХ УКРЫТИЙ. КОРИДОР ДЛЯ БЕЗОПАСНОГО ВЫХОДА ИЗ ГОРОДА БУДЕТ ОТКРЫТ СЕГОДНЯ В 20:00. НЕ ПОКИДАЙТЕ УКРЫТИЯ ДО ЭТОГО ВРЕМЕНИ!

Они переглянулись. Коридор безопасности? Выход из города?

— Так что, кажется, мы спасёмся? — Голос Расула немного дрожал.

— Ну, раз Данила Козловский так сказал — значит, мы добрались. Значит, получится.

Ася улыбнулась ему. В первый раз за этот длинный день. И от этого ему стало даже лучше, чем от объявления, которое неслось и неслось с улицы бесконечными повторами.

Глава 14

Им давно было пора идти, но они просто не могли перестать гладить мягкого пса. Сева и Костя сидели на полу и обнимали собаку, а Лев Семёнович совершенно не сопротивлялся. Он либо сидел спокойно, либо лизал по очереди то одного, то другого мальчика. Несмотря на перенесённые ужасы последних трёх дней, мир постепенно приходил в равновесие.

— Дружочек, дорогой... дружочек, — только и мог повторять Сева.

— Как же хорошо, что мы его встретили, правда?

— Правда.

И это было удивительно. В их нынешних обстоятельствах собака была не спасением и не решением проблем. Напротив, с его появлением опасность для мальчиков лишь возрастала — ну как объяснишь собаке, что заражённые реагируют на звук и, например, гавкать нельзя?

А если он на заражённого бросится? Его же растерзают в ту же секунду. Но всё равно Сева и Костя радовались. Теперь они были не одни. Теперь с ними был друг.

— Надо его как-то назвать, наверное?

— Подожди, может быть у него уже есть имя.

Костя обнял пса за шею и начал искать ошейник — за густой шерстью его сложно было сразу заметить. Ну вот, — конечно, у него есть имя, и адрес, и телефоны.

— Ну чего там? — Спросил Сева.

— Смешное какое! Его зовут Лев Семёнович.

— Пёс с отчеством — класс!

— Его хозяев зовут... — Костя сделал короткую паузу. — Ну, в смысле, звали Иван и Екатерина, адрес — улица Красноказарменная, дом 10.

— Мне нравится такое имя. По-моему, ему подходит.

— И мне нравится!

Сева встал с пола и ласково потрепал Льва за мягким ухом.

— Ну что, давай собираться?

Костя нехотя поднялся. От сытного обеда — или это правильнее считать поздним завтраком? — его разморило, и ему совсем не хотелось идти на улицу, где их ждала только смерть и заражённые. Он было хотел предложить Севе подождать и, может, подремать чуть-чуть, но передумал. Им правда было пора. Он спросил:

— Какой у нас план?

— Да тот же. Найти электричку, на которой написано «Александров» или «Сергиев Посад», дойти до начала поезда и идти дальше по рельсам.

Костя кивнул. План всё ещё звучал разумно. Надо найти нужный поезд, а дальше они как-нибудь разберутся. Он сел перед Львом на корточки и пристально поглядел ему в глаза. Пёс немедленно протянул Косте лапу.

— Спасибо, Лев! Но я хотел с тобой поговорить о другом.

Пёс внимательно смотрел на Костю.

— Мы сейчас пойдём на улицу, пойдём гулять. Но только ты должен вести себя очень тихо. Понимаешь? Совсем тихо! Как мышка!

— Коть, он собака, он вряд ли тебя понимает.

— А мне кажется, понимает!

Сева не стал спорить. И на удивление, когда они вышли из кафе — а Лёва поначалу делать это категорически отказывался, — он действительно вёл себя максимально тихо и шёл, почти прижимаясь к Костиным ногам.

Перед выходом Сева на всякий случай достал пистолет и попросил сделать то же самое Костю. Совершенно непонятно, кто или что им может здесь встретиться — и лучше быть к возможной неприятной встрече готовыми.

Братья и пёс шли в сторону низенького одноэтажного строения, в котором слева были билетные кассы, а справа — проходы через турникеты на платформы. Площадь перед вокзалом, такую привычную и знакомую мальчишкам по их поездкам, покрывали тела. Волна заражённых, выбежавших из метро «Комсомольская», здесь встретилась с волной пассажиров, приехавших только что в город на электричках.

Костя и Сева уже привыкли и к запаху, и к необходимости переступать через тела, а вот Лев Семёнович сначала слегка упирался, но, глядя на ребят, приободрился и даже перестал принюхиваться. Они шли осторожно, чтобы не поскользнуться на крови — хотя по большей части кровь уже давно запеклась на солнце. Лёве было неприятно. Он был очень чистоплотным псом, и ему было страшно и гадко идти по всему этому ужасу. Он хотел заскулить, но передумал — он почуял впереди какую-то ужасную опасность...

Мальчики подошли к табло, под которым все и всегда встречались на Ярославском вокзале, и остановились. Наверное, машинист успел заразиться, или его убил заражённый — как бы то ни было, одна из электричек не остановилась у перрона, а на полной скорости врезалась в него, вылетела на поверхность, снося всё на своём пути — кассы, турникеты, людей... Остановившись, она стала непреодолимой стеной для всех, кто остался по другую сторону. Сева и Костя видели сквозь стёкла электрички, что на небольшом пятачке по ту сторону электрички ходят несколько десятков заражённых.

Сева и Костя аккуратно перелезли через уцелевшие турникеты — Лев их с лёгкостью перепрыгнул — и вышли к платформам. Пути прямо перед ними были пусты, видимо, поезд успел уехать, или, наоборот, не доехал до Москвы. Метрах в двадцати от них по перрону ходило несколько заражённых, а вот платформа, у которой стояла электричка, была абсолютно пустой.

Сева рукой показал Косте, куда им идти — говорить сейчас было опасно. Они аккуратно, стараясь не шуметь, прошли с десяток метров и свернули на пустую платформу. Теперь надо было дойти до первого вагона поезда и спрыгнуть на пути.

Тихо они шли вдоль застывшей электрички. Костя чувствовал, что брат, как и он сам, автоматически ускоряет шаг. Когда-то папа ему объяснял, почему в автомобильных тоннелях происходит так много аварий и почему именно в них водителям надо быть особенно осторожными: въезжая в тоннель, человек стремится из него поскорее выбраться. Это неосознанное желание, оно каким-то образом запрограммировано в людях эволюцией, но это именно так — и даже опытные аккуратные водители порой неосознанно начинают в тоннеле ехать быстрее. Именно это и происходило с ними сейчас: видя, как близка их цель, они начали идти быстрее. Может, стоит быть осторожнее? Костя открыл рот, чтобы шёпотом поделиться этим соображением с Севой, но тут оглушительно залаял Лев.

Сева и Костя обернулись — на них бежали заражённые. Не много, пять или семь человек, но какая разница — в одного они, может быть, и смогли бы попасть, но сразу в семь? С такого расстояния?

— Бежим!

Косте не надо было повторять. Они побежали вперёд, и на бегу Сева мучительно пытался придумать, что же делать дальше. Вот сейчас платформа закончится — если они прыгнут вниз, туда же попадут и заражённые. Да, они не умеют прыгать, они просто упадут — но потом ведь встанут! Платформа заканчивалась...

— Костя, дверь! Ныряй!

Юркий Костик тоже уже заметил открытую дверь кабины машиниста. Когда он был маленьким и они ездили на дачу часто, Костя специально просил маму ждать электрички именно у места, где останавливается первый вагон, — из кабины через специальную дверь всегда выходил помощник машиниста: посмотреть, что всё в порядке и все пассажиры успели зайти. Костик обожал подглядывать в открытую дверь за тем, что в кабине происходит и как там всё устроено. Именно в эту дверь они сейчас и забежали. Костя тут же повернул ключ в замке.

Забежав в кабину, Лев немедленно спрятался под кресло машиниста и сейчас оттуда рычал на заражённых. Их было очень хорошо видно в маленькое окошко двери — обычные дачники, жители Подмосковья, которые приехали в город по делам. Кажется, одним из заражённых, который отчаянно бился сейчас в запертую дверь, был билетный контролёр. Но дверь была крепкой, братья (и Лев) были в безопасности, в этом Сева был абсолютно уверен. Только как быть дальше? Сидеть вот так и ждать, что их кто-то спасёт так же, как они спасли Льва? Так себе идея. Он опустился на кресло и закрыл лицо руками. Костя легонько погладил его по плечу.

— Сев, а может, просто от них уедем?

— В смысле?

— Ну мы в кабине машиниста. Это электричка — может быть, попробуем её завести?

— Господи...

Пауза затянулась, и Костя начал волноваться, что Сева сейчас будет ругаться, но нет:

— Офигенная же идея! Конечно! Давай попробуем!

Подписи на кнопках и рычажках на огромной приборной панели все как один стёрлись — чего ожидать ещё от взрослых! Костя ненадолго залип на кнопках переключения камер. Вот они были интуитивно понятны: нажимаешь на кнопку с цифрой — на экране появляется видео с камеры наблюдения под этим номером. Он с грустью смотрел, как меняются на маленьком экране почти одинаковые изображения — смерть, смерть, тела, тела... заражённые... Кто-то из них ещё остался внутри поезда.

Сева аккуратно передвинул на одно деление самый большой рычаг на панели. Раз уж никто не удосужился ничего подписать, им остаётся только пробовать. Электропоезд дрогнул и медленно поехал.

— Сработало! Давай быстрее?

— Подожди быстрее, давай потихоньку пока поедем. Я хоть немного освоюсь.

Сева аккуратно перевёл рычаг в прежнее положение, и поезд замер. Ок. Значит так! Он снова перевёл его — на одно деление, на два. Электричка стала набирать скорость. Ему было странно и ужасно приятно вот так «играть» в машиниста! Чувствовать, как огромный поезд находится под его полным контролем! Они проехали стрелки — Сева надеялся, что они были именно в том положении, которое было им нужно, и прибавил скорости.

Лев перестал рычать, вылез из-под кресла, встал на задние лапы и положил передние на панель управления. Вместе с Костей он пристально смотрел в лобовое стекло — прежде ездить в кабине машиниста им обоим не доводилось, и оба заворожённо смотрели на стремительно меняющийся за окном пейзаж.

Сева ещё прибавил скорости. Он помнил, что первая после вокзала станция — «Москва-3» — будет очень скоро. Интересно, а там что? Есть ли там заражённые?

Ответ они узнали очень быстро. Заражённые были. Видимо, услышав гул приближающейся электрички, они заметались по платформе. Инстинкт гнал их к источнику звука, и чем ближе поезд с мальчишками подъезжал к «Москве-3», тем больше заражённых падали на рельсы...

Рука Севы инстинктивно дёрнулась замедлить поезд, но он не стал. Зачем? Чем меньше заражённых, тем лучше. Огромная электричка на полном ходу смяла всю толпу, оставив за собой на путях лишь кровавую кучу тел. Наверное, он должен был чувствовать по этому поводу хоть что-то, но он не чувствовал.

— Коть, а попробуй найти тут кнопку гудка? — Севе пришла в голову, как ему показалась, очень удачная мысль.

— Зачем? Ща!

— Я подумал, что если перед станцией я буду ещё и на гудок нажимать, то может быть мы ещё больше заражённых подавить сможем!

— Точно! И может быть кто-то, кто за нами пойдет, останется в живых!

Они оба заметно повеселели. Косте потребовалась минута, чтобы найти гудок, но стоило ему его обнаружить, он не раздумывая немедленно им загудел. Лев Семёнович резкого звука страшно испугался и спрятался обратно под кресло, откуда Косте пришлось его снова доставать, успокаивать и убеждать, что всё в порядке.

Приближалась следующая станция — Костя нажал на гудок. Севин план сработал отлично, и их поезд снова оставил за собой груду тел.

— Ну теперь давай побыстрее, а?

— Ладно.

Сева сдался не только из-за просьбы Кости — пока всё шло хорошо и было под контролем, почему бы не поехать побыстрее? Так они и скорее доберутся до пункта назначения. Он передвинул рычаг регулировки скорости сразу на два деления. Поезд ускорялся, и Сева от радости даже начал насвистывать. Костя стоял рядом, гладил их новую собаку и улыбался. У них всё получилось! Сейчас они доедут вот так прямо до самой станции, где их дача, где их встретят бабушка и дедушка!

— Сев, как ты думаешь, а бабушка нам сделает плюшки? Свои фирменные, с сахаром?

— Сделает, конечно. А я у неё ещё пирог с картошкой и грибами попрошу.

— Обнимем только их сначала. И выспимся. В своих кроватях...

Сева на секунду представил, как они заходят в свою комнату, ложатся в привычные кровати. Как в комнате пахнет яблоками, как придет кошка Дуся и будет мурчать, сначала уминая Севину спину мягкими лапами, а потом удобно на ней устроившись. Но эта мысль прожила в Севиной голове лишь секунду. Или две. Её сменила другая: это не мечта, это воспоминание. О той прошлой жизни, которой уже никогда не будет. И стоящая в общей комнате кровать, на которой спали папа и мама, навсегда останется пустой. Если мы и доберёмся до дома, и если зараза и смерть обошли его стороной, то нас встретят убитые горем бабушка и дедушка, потерявшие любимую дочь. Они будут счастливы нас видеть, они будут обнимать нас и целовать, но, наверное, до плюшек дело дойдёт не сразу. Если вообще дойдёт.

Сева опять очень остро почувствовал то, о чём они говорили с Костей в метро: смогут ли они когда-нибудь снова быть счастливыми? По-настоящему радоваться? Чувствовать вот ту чистую радость без примеси грусти и тоски. Чувствовать так, как чувствовали прежде. До эпидемии.

За своими размышлениями он отвлёкся и не следил за дорогой — ну в конце концов, это же поезд, у него рельсы, что вообще может случиться? Но он снова сосредоточился, сфокусировал взгляд и закричал от ужаса. Костя, который, сидя на корточках играл с собакой, вскочил как ужаленный и тоже посмотрел в окно.

— Рельсы заканчиваются!

Как бы странно ни звучали эти слова, но это была правда. Впереди — может быть в километре от них — рельсы заканчивались и на сколько хватало глаз начиналась выжженная пустыня, усыпанная сотнями кратеров от взрывов бомб. А за пустыней…

— Сева, Сева, тормози! Тормози!

Костя паниковал, и Севе нечем было его успокоить.

— Мы не успеем! Я разогнался сильно. Электричка не может сразу остановиться, она ж тяжёлая! У неё инерция!

Он уже передвинул рычаг тяги обратно в нейтральное положение, но это не произвело ровным счётом никакого эффекта, поезд, казалось, даже поехал быстрее. Костя отчаянно начал озираться, ища хоть что-нибудь с надписью «ТОРМОЗ» — вообще, по-хорошему, озаботиться тем, как они будут тормозить, надо было заранее, но чего уж… Костя показал на рычаг справа от себя — он был похож на стоп-кран. Сева немедленно за него потянул: состав резко дёрнулся и начал тормозить. 60, 50, 40, 30 километров в час…

Костя открыл дверь и высунулся наружу, схватившись за вертикальный поручень на корпусе электровоза. Он видел, как так же делали машинисты.

— Прыгнем?

— Да…

— Я хватаю Льва, ты прыгаешь первым. Только по моей команде!

Сева что-то вдруг вспомнил. Из глубин памяти всплыл какой-то фильм, то ли про Джеймса Бонда, то ли про Индиану Джонса — не важно. Там точно один герой другому совет давал, как из поезда правильно прыгать:

— Когда прыгнешь, постарайся немного покатиться по земле! Так скорость погасить можно!

Обрыв рельс стремительно приближался. Сева схватил протестующего Льва Семёновича. Положил руку брату на плечо.

— Всё будет хорошо. Прыгай!

Костя прыгнул. Секунду спустя Сева с собакой прыгнули за ним.

***

Когда Тоня подъехала к железнодорожной станции, у неё внутри всё упало. Платформы по обе стороны от путей кишели заражёнными. Даже если они прямо сейчас свернут и попробуют, как собирались, поехать вдоль железной дороги по насыпи или по пространству между встречными путями, всё равно часть заражённых бросится за ними. А, может, и все бросятся. И нет никакой гарантии, что спортивный мотоцикл осилит дорогу — это же не её моцик из детства, которому не страшна была любая грязь.

В шлеме с опущенным забралом было плохо слышно, и приближения электрички Тоня не заметила, только увидела, как все заражённые куда-то бросились.

Лавр быстро-быстро хлопал Тоню по плечу. Она сняла шлем.

— Что?

— Смотрите, смотрите скорее. Поезд!

Тоня обернулась туда, куда указывал Лавр, ровно в тот момент, когда электричка на скорости врезалась в толпу заражённых. Это был их с Лавром шанс! Она завела мотор, бросила мешавший ей шлем и повернула на железную дорогу.

Ни Сева, ни Костя и не подозревали, что за их поездом кто-то едет. Как маленькие кораблики ждут прохода ледохода, чтобы последовать в проломленный им путь во льдах, так же Тоня и Лавр ехали сейчас по насыпи у самых рельс вслед за мчащейся электричкой мальчишек.

Несколько раз над ними пролетали двойки военных самолётов. И Тоне, и Лавру очень хотелось это обсудить — самолёты, значит, жизнь есть! — но Тоня боялась остановиться. Боялась, что расчищенный путь вдруг станет опасным. И она гнала мотоцикл изо всех сил.

Они не видела того, что видели Сева и Костик, не слышала она и взрывов, которые отчётливо слышал на заднем сиденье Лавр и которые его страшно тревожили. И Тоня ужасно удивилась и испугалась, когда, как ей показалось, на полном ходу из кабины электрички прыгнул сначала один, а затем и второй человек. Она прибавила ходу, чтобы поскорее до них добраться.

Мальчики выпрыгнули в самый последний момент. Пролетев на скорости станцию «Лось» и оставшись без железнодорожного полотна, их электричка потерпела крушение. Первый вагон встал дыбом, потащил за собой остальные. В клубах пыли, земли, осколков металла, со страшным скрежетом поезд перевернулся и остановился.

Тоня с ужасом смотрела на катастрофу, причины которой ей были совершенно непонятны. Сейчас важнее всего было быстрее добраться до тех, кто успел выпрыгнуть. Выжили ли они?

Когда они подъехали к месту, куда выпрыгнул Костя, он уже вставал на ноги. Немного дезориентированный, ушибленный и поцарапанный, но тем не менее, живой. Он бешено крутил головой и кричал.

— Сева? Сева! Сева!

Чуть поодаль из небольшого овражка на его голос выскочила большая белая собака и принялась его яростно облизывать.

— Лёва, Лёва, где Сева?

— Мальчик, что случилось? — Лавр спрыгнул с мотоцикла быстрее Тони и уже обнимал Костю.

— Брат, мы с братом вместе прыгали! Помогите!

Быстрым шагом Тоня пошла туда, откуда прибежала собака. На земле лежал мальчик. Без движений. Сердце у Тони ёкнуло. Она бросилась к нему, схватила за плечи.

— Ты живой? Ты в порядке?

Пульс есть, дыхание — прерывистое, но есть. Подбежал Костя, упал на колени рядом с братом.

— Сева, Сева, любимый, очнись, ну пожалуйста, ну очнись!

Лев Семёнович принялся вылизывать Севино лицо, как бы говоря ему: ну эй, пора вставать! Чего ты разлёгся тут? И Сева открыл глаза. Он ударился головой, которая теперь шумела и болела. Перед глазами плыло. Он осоловело посмотрел на склонившуюся над ним странную компанию:

— Вы чего?

***

Они перезнакомились. Лавр сразу понравился Севе с Костей, он был очень похож на их дедушку, и манерой разговора, и даже внешне. Может быть, все университетские профессора так похожи между собой? — думал Сева, пока Лавр в красках расписывал их с Тоней приключения и даже обмолвился про тюрьму. Тоня в беседе почти не участвовала — Костя объяснил ей, почему они прыгнули, и она отошла посмотреть.

Пробравшись через груду металлолома, в которую превратилась электричка, она оглядела выжженную пустыню, простирающуюся за ней. Сначала на неё накатила волна тоски — как они выберутся? Куда они так дойдут? Но затем она разглядела за пустыней что-то странное: неужели это стена?

Во время крушения электрички в ней погибли оставшиеся заражённые — их просто раздавило и расплющило. Всех, кроме одного.

В прежней жизни Денис был ветеринаром, он работал в небольшой частной клинике города Электроугли. В день заражения у него был выходной, и на той самой злосчастной электричке он собирался ехать к невесте в Сергиев Посад. Они давно хотели съехаться, но всё никак не могли договориться, кто к кому переезжает. Посад был чудесным городом, зелёным, уютным, монастырь опять-таки очень красивый, но зато в Электроуглях у него была любимая работа, коллеги, его звери. Это был непростой выбор, и Денис предчувствовал сложный разговор с Любой. Сложный, но необходимый. Звери, если быть откровенным, для него в этом жизненном уравнении были даже важнее коллег.

Разговор не состоялся. Денис заразился на вокзале, а во время крушения его просто выбросило силой удара в окно. Он не знал, что с ним произошло. Его больше не интересовали звери. Он не помнил, кто такая Люба. Теперь им двигал только голод.

Тоня заметила движение периферийным зрением. Даже не стала проверять, а просто разрядила в сторону бегущего на неё человека всю оставшуюся обойму. Хорошо, что это никто из мальчишек не оказался. Просто очередной заражённый. Она закричала. От отчаянья и страха. На крик прибежал Лавр.

— Тоня, вы в порядке?

— Нет! Не в порядке! Я устала! Я не могу так больше.

Тоня пожалела, что огрызнулась, и захотела обнять Лавра, но почему-то передумала. Не время сейчас обниматься. Она в момент собралась и приняла деловой вид:

— Давайте придумаем, что делаем дальше. Скоро уже смеркаться начнёт.

— Мы как раз с мальчиками сейчас обсуждали план дальнейших действий.

Лавр посмотрел на труп заражённого, на искорёженную электричку, на пустыню, на стену...

— Мне кажется, или это стена?

— Нет, не кажется. Я тоже её вижу.

— Это прекрасная новость! Стены строят, чтобы защитить одну часть общества от другой, а значит, за этой стеной есть жизнь! Может быть, даже без заразы. Кроме того, в стенах обычно есть ворота, значит, наша задача упрощается: просто эти ворота найти!

Тоня заворожённо смотрела на старичка. Её восхищало даже не его жизнелюбие или позитивный настрой, она ужасно завидовала тому, как быстро и как точно Лавр соображает, как он умеет сразу сделать вывод, как он может сформулировать задачу. Если они выберутся, она попросит его научить её думать так же. Или, может, она пойдёт в университет — она ещё не решила.

Когда Тоня с Лавром вернулись к мальчикам, Сева уже окончательно пришёл в себя. Они стояли с Костей обнявшись и ждали, пока вернутся их новые спутники.

— Друзья мои, у нас есть план! Вы ведь видели стену?

Мальчики кивнули. Лев подошёл к Лавру и начал лизать ему руку.

— Раз есть стена, значит, в ней должны быть ворота. Давайте найдём их!

На этих словах над ними с рёвом пронеслись самолёты. Грянули взрывы: один, другой, третий. Лев в панике бросился бежать, и если бы Костя не схватил его за ошейник, наверняка бы убежал и навсегда потерялся.

— Это, блядь, что ещё!

У Тони заканчивались душевные силы. Она внутренне готова была пережить ещё множество испытаний, но хотя бы пусть они будут привычными? Заражённые — ну ладно, но самолёты с бомбами?

— Может быть, нас китайцы захватили? Может быть, это война?

Костя испуганно глядел вдаль, туда, где скрылись самолёты.

— Вряд ли. Вы знаете, Костя, это довольно распространённое заблуждение. Многие полагают, что раз в Китае большое население и скудное по сравнению с нами количество полезных ископаемых, то он непременно на нас нападёт. Это не так. Несомненно, ползучая экспансия китайских интересов и китайского влияния...

— Лавр! — Тоня даже топнула ногой в берце.

Лавр стушевался. Сейчас, действительно, было не время для лекции, но желание объяснить, рассказать было в нём так сильно, что он не мог удержаться. Он смущённо кивнул, и они пошли.

Группа вышла на тихую улицу: аккуратная двухполосная дорога, разделённая узеньким сквером. С аккуратными домами — но только с одной стороны. С другой всё было разбомблено, все дома превращены в пыль. Отсюда братья и Тоня с Лавром хорошо видели стену — теперь сомнений быть не могло никаких. Это точно была стена. И в ней, если верить Лавру, точно были ворота.

Ася сидела и смотрела, как спокойно спит на коленях у Расула маленькая Уля. У него как-то получалось совершенно по-особому общаться с девочкой: на его руках она замирала, смотрела на него пристально. Изучала его лицо и от чего-то успокаивалась. Да понятно, от чего — Ася точно так же рядом с Расулом чувствовала себя спокойно. В безопасности. С ней прежде такого не бывало. У неё были бойфренды, конечно, как же иначе, но это были ребята, которые её веселили, или с которыми был классный секс, или с которыми ей было интересно. А вот чувства безопасности она прежде никогда не испытывала.

Пару лет назад, когда она, неожиданно для себя самой, провалилась в чудовищную депрессию и едва не вышла из окна, мама отправила её к психологу. Наверное, это было лучшим решением, и Ася была маме очень благодарна. Именно из разговоров с психологом она поняла, что у неё проблемы с доверием. Слишком часто её обманывали, слишком часто её разочаровывали и не оправдывали ожиданий. Причем почему-то в первую очередь мужчины. Особенно папа. Он не пил, никогда не поднимал руки ни на неё, ни на маму, он был тихим, приятным человеком, вечно занятым на работе. Слишком занятым, чтобы заниматься Асей или её братом. А потом мама узнала, что у папы не одна семья, а три. Они жили в соседних домах. Ася так и не поняла, случайно ли так получилось, или же отец целенаправленно искал любовниц в радиусе пятисот метров от дома.

Звук новых взрывов отвлек её от воспоминаний. Они сидели так уже несколько часов, но в подвале ей сложно было понять, сколько именно — чувство времени здесь совершенно терялось. Объявления об открытии коридора безопасности чередовались с бомбардировками — никто не смел вылезти и проверить, что там именно происходит. Среди выживших оружие было почти у всех, и у входа в подвал сидела пара ребят — те самые курсанты — направив на дверь автоматы. Они ждали и слушали. Тревожились и надеялись.

— А у кого-нибудь есть часы?

Ася только сейчас вспомнила, что время можно смотреть не только на экране телефона. Дикость какая-то, но она об этом совершенно забыла! Ей ответила очень красиво одетая девушка, сидевшая в самом углу подвала.

— У меня есть, я слежу за временем, не волнуйтесь. Сейчас без пятнадцати восемь.

Моментально тихий подвал наполнился громкими обсуждениями, разговорами, предложениями.

— Может, нам пора собираться?

— Лучше подождать, выйти ровно в 20:00! Вдруг кто-нибудь не успеет отбомбиться и по нам попадёт...

— Нет, надо идти прямо сейчас!

— Надёжнее переждать и пойти завтра. Чтобы наверняка.

Ася придвинулась поближе к Расулу.

— А ты что думаешь?

— Думаю, надо идти. Сейчас пропустим вперёд тех, кто больше всего торопится, и пойдём следом.

Она кивнула. Да, так они и поступят.

Красивая девушка с часами встала, выбралась из своего угла и подошла к курсантам.

— Пойдём?

Те даже не ответили, просто встали и пошли к выходу. За ними потянулись ещё люди, и совсем скоро подвал опустел. Ася взяла Расула за руку. Прежде чем выйти, она хотела кое-что сделать. Удивлённый Расул повернулся, он не успел ничего сказать, а Ася встала на цыпочки и поцеловала его в губы. По-настоящему. Он ответил. Она крепче сжала его руку.

— Вот теперь пойдём. Теперь готова.

***

Костя, Сева, Тоня и Лавр шли по улице в сторону, как они надеялись, Ярославского шоссе. По крайней мере, об этом говорила карта района, наклеенная на автобусную остановку возле станции «Лось». Заражённых не было видно, но над их головой уже второй раз пролетели самолёты. В этот раз Костя был готов — они с Севой крепко схватились за ошейник Льва и, когда бахнули взрывы, удержали пса на месте.

— Я практически уверен, что если у этой стены есть ворота, то они обязаны находиться в районе крупной транспортной артерии. То есть где-нибудь на пересечении Ярославского шоссе и МКАД. Готов биться об заклад!

Это была третья попытка Лавра за последние пять минут завести разговор, но у его спутников не было сил. Тоня была сосредоточена — она волновалась, что из какого-нибудь проулка на них может выскочить заражённый, и постоянно останавливалась и оглядывалась. У Севы всё ещё гудела голова, и он шёл на автомате, просто потому, что было надо, не очень регистрируя мир вокруг. Костик же был всецело поглощён собакой и попытками не допустить её побега — очень бы сейчас поводок пригодился!

Впереди дорогу преграждала странная хаотическая конструкция. Дом слева после бомбардировки обвалился, закрыв половину дороги, а справа её перегородил перевёрнутый, очевидно взрывом, рейсовый автобус. Пройти вперёд можно было, лишь протиснувшись между автобусом и стеной неповреждённого дома справа. Тоню тревожило, что видимый зазор слишком узок, вдруг дальше он чем-то ещё закрыт? Но пока она о своих сомнениях вслух не говорила. Они почти подошли к автобусу, когда она по привычке обернулась проверить, что у них за спиной, и закричала.

Ярославская ветка железной дороги, как, впрочем, и все остальные, поначалу идёт через город, и в районе станции «Лось» под насыпью для пешеходов был сделан переход. Когда началась эпидемия, именно в этот переход заехал автомобиль — водитель пытался спастись и поскорее попасть на шоссе. Но он был уже заражён и спастись не смог. Машина же его намертво закупорила проход.

Последние два дня именно в этом месте начали собираться заражённые. Они шли на звук взрывов, шли и утыкались в этот несчастный автомобиль. С каждым часом их становилось всё больше и больше, пока количество толкающихся не достигло критической массы и не вытолкнуло машину как пробку из бутылки. Поток заражённых хлынул на улицу.

Тоня первой услышала звук приближающейся толпы и затолкнула ближайшего к ней мальчика в проём между стеной и автобусом.

— Беги!

За ним сразу же юркнул второй мальчик, который постарше — Тоня не успела запомнить их имена, а за ним побежала собака. Тоня собиралась следующим отправить Лавра, но неожиданно оказалось, что он уже держит её за плечи.

— Сейчас на счету каждая секунда. Бегите. Я не смогу их остановить, но я смогу подарить вам несколько лишних секунд или, быть может, даже минут.

Тоня не знала, что сказать, она хотела возразить, но Лавр уже затолкнул её в щель между домом и автобусом, и она поползла. Последнее, что Тоня услышала, прежде чем она выбралась на улицу, были прощальные слова Лавра.

— Вы были не правы. Не только Тоня позаботится о Тоне. Будьте счастливы!

Лавр передёрнул затвор автомата. Его план был даже не в том, чтобы убить как можно больше заражённых — много он одним рожком точно не убьёт, а вероятность того, что у него будет возможность перезарядиться — нулевая. Нет. Он надеялся, что его мёртвое тело заткнёт щель в стене, и заражённые не смогут через неё протиснуться. И Тоня спасётся. И мальчики. И собака их эта славная.

Ему очень не хотелось умирать. Это, наверное, была последняя его осознанная мысль. Потом Лавр начал стрелять и стрелял, пока волна заражённых не докатилась до него. А потом Лавра обняла темнота, и темнота эта принесла ему покой.

***

Если бы Андрея спросили «кто ты?», он бы ответил «реконструктор». Андрей был молод, но именно реконструкторство в его двадцать с хвостиком лет занимало его больше всего. Это было делом его жизни. Вместе с друзьями и единомышленниками он вот уже пять лет активно реконструировал битвы войны 1812 года. У него была форма, оружие. Он в деталях знал все передвижения армий,

254

а иногда даже отдельных солдат, изучив массу дневников армии Наполеона — благодаря своему увлечению он прекрасно выучил французский, к огромной радости своей матери, которая перестала над его «забавой» издеваться и увидела в ней высший смысл.

В день начала эпидемии он заболел. Мама уехала к сестре в Саратов, и он сидел один в пустой квартире и грустил. Его одногруппница из Бауманки Зоя, узнав из общего чата потока, что Андрей болеет, предложила привезти ему суп — он с радостью согласился. Ему нравилась и идея горячего супа, и идея Зои — ужасно симпатичной девушки — у него дома. Да, температура и общее недомогание не позволят ему перейти к каким-то активным действиям, но хотя бы свою симпатию он точно сможет обозначить. К сожалению, кроме куриного бульона с травами Зоя привезла Андрею и вирус Михайлина.

У Зои был диабет, и вирус убил её очень быстро и окончательно. А вот Андрей был здоровым и теперь, спустя почти неделю, ходил по квартире, одержимый чудовищным голодом. Он натыкался на стены, на предметы мебели. Падал, вставал и снова шёл искать, что съесть, но съесть было некого. В последнюю бомбардировку ударная волна выбила дверь между кухней и балконом, бетонная плита, служившая бортиком этого балкона, обрушилась, Андрей вышел на свежий воздух. Голод гнал его, и он шагнул вперёд.

Сделай Расул ещё один шаг, и всё — конец, заражённый упал бы прямо на него. Его бы даже не надо было есть или рвать когтями, он бы умер просто от силы удара. Но чудо — или провидение, или Бог? — спасло его. Он стоял и в шоке смотрел, как упавший с огромной высоты мужчина поднимается с асфальта. Расул видел, как изломало его падение, видел торчащие кости открытых переломов, выбитые зубы, лежащие на асфальте, страшно сломанный, как будто вбитый внутрь, нос. Расул стоял и не мог пошевелиться. Вот и смерть моя. Какая страшная...

Из оцепенения его вывел выстрел. Он обернулся — всё ещё в шоке, оглушённый, дезориентированный. Ася держала пистолет, как учил отец. Двумя руками. Спокойно. Стрелять на выдохе. Единственное, на что у него всегда находилось время — это тир. И много лет назад маленькая Ася поняла, что если ей хочется хоть какого-то общения с папой, то надо ходить с ним стрелять. И она ходила. Каждую субботу к 11:00. В 16 лет она выиграла районные соревнования по стрельбе. Когда же раскрылись папины другие семьи, она навсегда забыла про тир. Было и прошло. Не жалко, не пригодится!

А вот на тебе — пригодилось.

Они не стали обсуждать, просто пошли — времени было в обрез, кто знает, на сколько открывают коридор безопасности. Уже вышли на шоссе. Молча, стараясь по привычке не шуметь, хотя сейчас это было уже не важно. Перед ними открывалась выжженная бомбами пустыня. Вдалеке они видели группу выживших, которые сидели с ними в подвале — они уже прошли довольно значительное расстояние.

Ася обернулась на шум. С боковой улицы в их сторону бежала странная группа — два мальчика, девушка и собака. Они бежали так, как будто от чего-то спасались.

— Бегите, бегите, бегите и не останавливайтесь!

Ася не поняла, кто из них это прокричал, но поняла почему: улицу перегораживал перевёрнутый автобус, который страшно дрожал. Как будто какая-то неведомая огромная сила пыталась его подвинуть. Удар. Ещё удар и ещё — и вот волна заражённых снесла автобус. Их были тысячи, и они все бежали в сторону Аси.

***

Бежать по разбомбленному и выжженному полю было неудобно, но они бежали. Всё здесь было в ямах, рытвинах. То тут, то там путь им преграждали кучи бетона, когда-то бывшие постройками. Сева бежал рядом с Костей, он видел, что брат двигается из последних сил, но надо было всё равно бежать. Лев бежал рядом со своими новыми друзьями и прилагал все усилия, чтобы не убежать вперёд — уж слишком страшная опасность гналась за ними по пятам.

Они убегали от смерти, но смерть догоняла их.

А потом открылись ворота. Лавр был прав — в стенах всегда должны быть ворота. И из этих ворот навстречу группе выехали БТРы. Те выжившие, что ушли из подвала раньше Аси с Расулом, посторонились, пропуская технику, а потом исчезли за воротами.

Четыре БТРа ехали прямо на них и стреляли, но они стреляли по заражённым. За бронемашинами бежали люди в шлемах, форме и с автоматами. Они бежали парами. Периодически один солдат из пары останавливался, вставал на одно колено и давал несколько очередей по заражённым — второй в это время стоял за его спиной и тоже стрелял.

Из-за стены поднялись вертолёты — один, другой. Они очень быстро долетели до того места, где были мальчики, Тоня, Ася, Расул и Лев. Последний испугался, но страх смерти за спиной был сильнее, и он продолжил бежать вперёд. С вертолётов по заражённым заработали тяжёлые пулемёты, полетели ракеты.

Костя и Сева бежали. Они бежали по полю страшного боя. За их спинами звучали бесконечные выстрелы, звуки взрывов, вой заражённых, страшный топот чудовищной орды... Они пробежали первую пару солдат — один из них повернулся к ним:

— Не останавливайтесь! Что бы ни случилось — не останавливайтесь!

Его голос звучал пусть громко, но очень спокойно. Надёжно. Конечно, они не остановятся.

До ворот оставалось сто метров. Девяносто. Из последних сил они бежали все вместе. Из ворот им навстречу вышли ещё люди — ещё солдаты. Одни подхватили их под руки, помогая добежать последние метры, другие — побежали дальше, помогать в сражении.

Последние метры солдаты несли их на руках. Точнее почти волокли.

Но вот они и за воротами. Идут вдоль стены, наспех собранной из бетонных блоков. Такой длинный коридор. Они идут, а навстречу им катится всё новая и новая военная техника. Пахнет соляркой, все кричат, шумно.

Коридор закончился, и они вышли на свежий воздух. Прямо на Ярославке, на всех её полосах, был разбит лагерь. Стояли огромные палатки, была припаркована техника. Над лагерем развевались флаги. Но это были не только российские флаги, тут были и флаги Украины, и Турции, и Польши, и ЕС, и причудливая НАТОвская звезда.

Они видели, как впереди вокруг группы выживших суетятся врачи. Какой-то парень в военной форме вышел им навстречу и сказал:

— Классная собака! Никогда ещё с собаками выживших не было.

Потом очень по-доброму посмотрел на Севу и Костю и сказал:

— Тут их нет. Всё хорошо.

И Сева и Костя упали на асфальт. Лев Семёнович немедленно подбежал и начал лаять — ну, вы чего, вставайте! А солдат с добрым лицом уже бежал к Асе и Расулу и на ходу кричал в рацию:

— Тут ребёнок грудной, врача на вторую, срочно!

Сева лежал и держал Костю за руку. И повторял, и повторял:

— Мы выбрались. Мы в безопасности. Коть, всё теперь будет хорошо!

Они лежали и плакали. Но это уже были слёзы настоящего счастья.

Эпилог

Губернатор Московской области Сергей Сергеевич Куренной с раздражением смотрел на свой сад. Он вышел в него, чтобы немного развеяться, но почему-то обычно любимый его сад сегодня не приносил ему утешения. Третью ночь его мучила чудовищная и непонятно откуда взявшаяся бессонница, которую не брали ни таблетки, ни любимый виски. На кухне он открыл бутылку «шабли», взял бокал и пошёл в сад в надежде, что свежий воздух и хорошее вино помогут, но нет, не помогли.

Сергей Сергеевич ненавидел свой дом. Собственно, сад был единственным местом, в котором он чувствовал себя комфортно, где его не одолевало непреодолимое желание срочно всё сломать и уничтожить.

Дом они с женой строили вместе, и вроде бы получилось что-то приличное, но вот дизайн... Любовница одного из важных для Сергея Сергеевича федеральных министров открыла недавно собственное дизайн-бюро. Как объяснял ему сам министр, «для своих, она ж в наших вкусах лучше других разбирается». Разумеется, возможности отказаться у Сергея Сергеевича не было, нельзя ведь уважаемого человека обидеть.

Теперь Куренной жил как цыганский барон. Даже золотой унитаз у него в санузле рядом со спальней был. И сделать с этим хоть что-то было решительно невозможно, поэтому Сергей Сергеевич спасался, проводя как можно больше времени не дома, или хотя бы в саду.

И вот так, блядь, всю жизнь прожил. Начальник, богатый, связи, власть, а, блядь, как мне дома жить, решить не могу. И ведь правда — всю жизнь так. Сергей Сергеевич, в принципе к рефлексии не склонный, последние дни действительно всё чаще задумывался о своей жизни и о том, как мало в ней, по сути, от него самого. Учился он всегда там, где решали родители. Жену ему правильную тоже мама выбрала. Отец — Сергей Семёнович — был секретарём ЦК КПСС и заведующим Отделом организационно-партийной работы. Крушение Советского союза на папины связи и статус практически никак не повлияло, он всё равно знал всех нужных людей и последовательно, шаг за шагом выстраивал карьеру сына. А что сам Сергей Сергеевич?

В этом месте мысль Куренного остановилась. А что сам? Он допил второй бокал. В саду постепенно становилось светлее. Спать уже было бессмысленно. Да всё уже было бессмысленно, и он — в первую очередь. Он с раздражением сплюнул с балкона в сад и пошёл одеваться.

Как и большинство знакомых ему чиновников, он смотрел не основные телеканалы, а «Дождь» — ну, чтобы хоть как-то быть в курсе положения дел в стране и мире. Он налил себе кофе, посмотрел невидящим взглядом в экран телевизора — всё ещё полностью погружённый в свои мысли.

Было рано, обычно на работу он ехал позже, но сейчас ему хотелось какой-то осмысленной деятельности, а не тухнуть в постылом доме. Что-то на экране телевизора привлекло его внимание: в кадре было московское метро и какие-то безумные люди, которые... рвали друг друга на части?

Картинка сменилась: теперь это были посетители магазина «Перекрёсток». Дракой происходящее назвать было невозможно, это было массовое убийство одних обычных людей другими. И снова смена картинки — корреспондент «Дождя» вёл прямое включение с Пушкинской площади, на которую из подземного перехода выбегали дикие люди. Трансляция прервалась.

Сергей Сергеевич задумался. В этом месте ему полагалось созвониться с мэром Москвы, с другими коллегами, обсудить, принять согласованное решение. Были, опять-таки, процедуры поведения в чрезвычайной ситуации. Но почему-то именно сегодня и именно сейчас он подумал, что ну его всё. Очевидно, в городе беда, люди на видео выглядели, как будто они какой-то болезнью заболели...

Сергей Сергеевич достал телефон и набрал свою помощницу Татьяну.

— Танечка, утро доброе, ещё не в офисе?

— Сергей Сергеевич, так рано! Ещё восемь только.

— Конечно, понимаю, не страшно. Компьютер и телефон у вас ведь с собой?

— Всегда.

— Таня, слушайте меня сейчас очень внимательно. Я дам вам ряд заданий, ни одно из которых нельзя откладывать. Если вам нужна помощь — смело просите любого из аппарата. Не важно как, но все мои инструкции должны быть немедленно выполнены. Если вас спросят — вы действуете от моего имени и по моему поручению.

В десятках километрах от Сергея Сергеевича его секретарша Татьяна тяжело опустилась на стул на своей кухне. Она внимательно слушала инструкции, и с каждым следующим словом начальника ей становилось всё страшнее и страшнее.

Пока Сергей Сергеевич ждал обратного звонка Татьяны, он взял телефон спящей жены и набрал пилота, услугами которого они иногда пользовались. Разумеется, никакого вертолёта ему по должности не полагалось, а вот у жены он быть мог — хотя никого из тех, кто был важен Куренному, средства передвижения губернатора совершенно не волновали. Ну сумел себе вертолёт купить – молодец, что тут скажешь. И сейчас Сергею Сергеевичу этот вертолёт был жизненно необходим.

— Палыч, доброе утро. Через сколько сможешь у меня быть?

— Утро, Сергей Сергеевич. Да ещё как-то не завтракал...

Губернатор не дал ему договорить:

— Прости, дело срочное, не терпит никак. Потом тебя сам накормлю. Так сколько?

— Минут за двадцать смогу.

— Добро. Жду.

Он положил трубку. Сделал круг по гостиной — сейчас, когда он ещё не «наделал дел», когда ещё не взял на себя ответственность за гигантское решение — сейчас он мог ещё остановиться. Вдруг пронесёт? Он включил обратно звук на телевизоре.

В эфире «Дождя» ведущая затараторила:

— Количество погибших только на двух главных площадях Москвы превысило триста человек, именно столько жертв смог визуально подтвердить наш находящийся на месте коллега... Господи!

Ведущая просто смотрела в камеру, у неё текли слёзы:

— Господи, что происходит!?

Ну вот ему и ответ.

Зазвонил телефон. Татьяна сделала невозможное — объяснениями, обещаниями и угрозами она собрала за десять минут на звонок руководителей всех строительных компаний Москвы и Подмосковья, всех министров подмосковного правительства, мэров крупнейших городов региона, представителя МВД и начальника военного округа. Пока она и её коллеги делали бесчисленные звонки, Татьяна тоже включила телевидение и тоже «Дождь». Она всё ещё не очень понимала, что именно хочет сделать её начальник, но понимала почему.

— Сергей Сергеевич, всё готово.

— Коллеги, я сразу к делу. Если вдруг связь прервётся, прошу меня извинить, буду в вертолёт садиться. Так вот. В Москве произошла вспышка неизвестного заболевания...

Объяснения плана заняли у него не так много времени, как он опасался. Видимо, что-то было в его голосе или в срочности, с которой это импровизированное заседание было собрано. Он сумел всех сразу убедить. По крайней мере, убедил начать действовать. Буквально через час в правильности принятого решения уже не будет сомнений, но сейчас, садясь в вертолёт, он всё ещё волновался — сделают ли? Смогут ли?

Единоличное решение Сергея Сергеевича было очень простым. Сейчас, немедленно начать с максимальной скоростью возводить стену вокруг Москвы. Из любых подручных материалов, как угодно. Есть бетонные блоки — давайте; грузовые контейнеры — тоже подойдут. Город должен быть обнесён стеной до наступления темноты. От армии же Сергей Сергеевич требовал только одного: обеспечить безопасность строителям и не выпускать никого из города. Никого. Ни женщин, ни детей, ни стариков, ни представителей власти. Москва должна быть полностью изолирована.

В дальнейшем в учебники истории этот план так и войдёт как «план Куренного». Но тогда, в то беспокойное утро, губернатор не думал об учебниках истории. И даже планом не мог свои решения назвать. Это были просто решения. Наверное, первые, принятые им самостоятельно и ответственно. И несмотря на неясность будущего, сейчас он своей решимостью гордился.

В том, что он принял поступил правильно, Сергей Сергеевич убедился уже, когда они подлетели к Москве. Сверху ему был лучше виден масштаб разрушений, пожары и паника. Он набрал командующему округом уточнить, что из московских аэропортов не должен взлететь ни один самолёт, а все взлетевшие в течение последних двух часов или сбиты, или посажены и подвергнуты строгому карантину. Правда, одно исключение он не забыл сделать:

— И долбоёбам своим скажи, чтобы нас с Палычем случайно не сбили.

Строительство стены руководители крупных стройкомпаний разделили между собой на сектора — идти друг навстречу другу от крупных шоссе. «Строительством», пожалуй, этот процесс назвать было сложно — они конструировали одну гигантскую баррикаду, призванную остановить заражённых и спасти страну. Никто и никогда не готовился к решению такой задачи, но всех участников процесса — и рабочих, и военных — гнали страх и инстинкт самосохранения. Одной встречи с заражёнными было достаточно — а встречи эти были неизбежны. Так же, как неизбежными, к сожалению, были жертвы среди гражданских, расстрелянных на выезде из города до появления «коридоров безопасности». На мемориале Стена Скорби, который откроют на месте самой страшной трагедии, у пересечения Варшавского шоссе и МКАД, два года спустя будет 9285 имён. Имён москвичей, пытавшихся спастись, но оказавшихся не в том месте и не в то время.

Идея буферной зоны безопасности пришла в голову не Сергею Сергеевичу, а его пилоту Палычу, когда они в очередной раз облетали город. С момента, когда Куренной допил кофе, выключил «Дождь» и сел в вертолёт, он не покидал его на время, большее, чем нужно, чтобы дозаправиться и сходить в туалет, следующие шесть дней. На седьмой день внизу его ждала бригада «Скорой помощи», которая насильно увезла губернатора в больницу на столь необходимое восстановление. Но до этого они с Палычем летали, следили, отдавали указания. В какой-то момент, когда измождённый Куренной засыпал, Палыч отдавал указания за него.

Буферная зона — семьсот метров выжженной земли, на которой было бы легко заметить и уничтожить заражённых — появилась у стены на второй день. Точнее, на второй день началась её подготовка: ковровая бомбардировка московских окраин с использованием авиации и артиллерии. На третий день — это уже было решение Сергея Сергеевича — заработали «коридоры безопасности». И в них пошли москвичи. Тысячи и тысячи выживших.

Когда Сергею Сергеевичу с земли сообщили, что с ним хочет говорить президент Соединенных Штатов, он сначала решил, что это шутка.

— Какой, блядь, президент! Вы меня за дурака, что ли, держите?!

Но Татьяна не шутила. Тогда перед Куренным встала, казалось, неразрешимая проблема:

— Таня, я только «ландан из зе кэпиталь оф грейт британ» на английском знаю!

— Да говорят, там переводчица прекрасная…

— И фиг с ней! Чего ему мне-то звонить, объясни?

— Я вас соединяю.

— Какой «соединяю»! Я тебе… Да, хэллоу, то есть, Ес, хэллоу…

Это был самый странный телефонный разговор в жизни губернатора Куренного. Оказалось, что Сергей Сергеевич в России сейчас единственный избранный — на этом слове Куренной смущённо хихикнул — федеральный чиновник. Единственный! Всё высшее руководство страны погибло в Москве, и когда новость о гибели президента, руководителей ФСБ, МИДа, всех глав министерств и ведомств стала публичной, а произошло это буквально на следующий день, неожиданно начался стремительный отъезд и всех других руководителей. Они улетали частными бортами и коммерческими рейсами, география их новых мест обитания была обширна. Министры, губернаторы, прокуроры, начальники ГУВД и судьи, митрополиты и руководители региональных отделений ФСБ — они летели в Дубай, в страны Евросоюза, особенной популярностью пользовались Италия и Испания. Они летели в Штаты, в Великобританию, на Бали и Мальдивы... Из избранных — сейчас не важно, как именно избранных — в большой России только Сергей Сергеевич и остался.

Американский президент, кажется, не ожидал, что для его собеседника это станет такой новостью, и дал Сергею Сергеевичу пару минут, чтобы прийти в себя.

Когда же они продолжили, президент был краток: Америка поможет во всём. Что нужно — просто скажите. Президент говорил не только от лица своей страны, к этому решению присоединился и Евросоюз, и НАТО, и Китай с Индией. Весь мир был готов помочь стране, на которую обрушилось беспрецедентное по масштабам и ужасу горе.

Сергей Сергеевич вежливо попрощался с президентом США, сказал спасибо и пообещал перезвонить. Радио в вертолёте затрещало, и Палыч заложил резкий вираж, уводя машину с пути истребителей, летевших бомбить Новокосино. Куренной выглянул в окно: предрассветный город горел и дымился, в небе над ним то тут то там сновали боевые самолёты и вертолёты. Сергей Сергеевич вздохнул и набрал Таню.

— Танечка, я не могу сейчас ещё и дипломатией заниматься, не надо меня, пожалуйста, с президентами соединять пока — мне надо людей спасать.

— Понимаю, Сергей Сергеевич, но кто-то же должен...

— Что, вообще все уехали?

— Вообще все.

— А эти, как их, Навальный? Ройзман?

На линии повисла тяжёлая пауза. Даже учитывая события последних дней, Татьяна вот именно эти фамилии никак не ожидала услышать.

— Нет, они не уехали, Ройзман в Екатеринбурге, а Навальный, я читала, в Томске.

— Ну вот, пусть они и занимаются! Конец связи.

Татьяна ещё пару минут смотрела в телефон, думая, как поступить, а затем начала звонить.

Разговору президента Байдена с губернатором Куренным предшествовали сутки переговоров мировых лидеров. В первый день после катастрофы мир временно потерял способность к коммуникации. Жители планеты просто смотрели по телевизору, как в прямом эфире гибнет один из крупнейших городов мира с населением в двенадцать миллионов человек. Такого не было прежде никогда и ни с кем — и шок, вызванный смертью Москвы, имел планетарный масштаб. Но сразу за шоком к миру пришло понимание: или мы все вместе сейчас поможем остановить эту заразу, или завтра может никогда не настать.

И мир принялся помогать.

К исходу четвертого дня в двух операциях — операции по спасению выживших и операции по уничтожению заражённых и предотвращению распространения вируса — принимали участия военные и медики из шестнадцати стран. Первыми откликнулись ближайшие соседи — Украина, страны Балтии, Грузия, Армения, Польша и Германия. Турецкие беспилотники координировали совместную работу русской, украинской, французской и немецкой авиации, и с их помощью военные сумели избежать многих жертв среди выживших. С подмосковных аэродромов взлетали теперь не только МиГи и Су, но и «грипены», «миражи» и F-16.

В подмосковных аэропортах разгружали бесчисленные вереницы грузовых самолётов, привозящих со всего мира медикаменты, одежду для спасённых, палатки, генераторы.

Алексей Навальный от должности исполняющего обязанности президента РФ отказался, объяснив это тем, что в отличие от Ройзмана, его ещё никто и никуда не выбирал. Вот будут выборы — и.о. президента Ройзман назначил их на 1 декабря — вот тогда посмотрим. Зато он и его команда приняли активное участие в координации спасательной операции — очень помог опыт организации предвыборных кампаний и митингов.

Впервые за двадцать лет жители большой России получили доступ к настоящим новостям. Не только вся страна, но и весь мир смотрел репортажи о спасательной операции, о строительстве стены — за временными баррикадами, возведёнными впопыхах, Куренной теперь строил настоящую стену — шириной в КАМАЗ и высотой с пятиэтажный дом. Россия и мир слушали интервью с выжившими, с новыми политиками новой, уже изменившейся, России. Главные российские телеканалы заговорили голосами Ильи Варламова, Юрия Дудя и Ирины Шихман — все трое в момент начала эпидемии были не в Москве. Екатерина Шульман — нехотя и после очень длительных переговоров — приняла предложение стать новым главой МИД РФ.

Спустя пять дней после катастрофы мир вздохнул с облегчением — общими усилиями дальнейшее распространение вируса было предотвращено.

***

Севу, Костю, Расула, Асю, Тоню и Ульяну поселили в одну палатку. Это была даже не палатка, а здоровенный шатёр, разделённый занавеской на мужскую и женскую части. На каждой из них стояли раскладные кровати со свежим бельём и тумбочки для личных вещей. В своеобразной прихожей стоял диван, на третий день один из волонтёров притащил туда небольшой телевизор.

Первые сутки они спали. Их всех тщательно осмотрели врачи, но, кроме обезвоживания и общей невероятной усталости, с выжившими всё было в порядке. Добродушная врач-педиатр похвалила Асю и Расула за то, как они о девочке маленькой правильно смогли позаботиться.

Костя и Сева спали и вторые сутки тоже. Сквозь сон Сева видел, как Костя один раз встал, достал из рюкзака Плюшевого Лиса Семёна и снова провалился в сон. Иногда в шатёр кто-то заглядывал, но ребят не будили. Ася и Расул говорили тихонько о чём-то своём, а Тоня каждую минуту проводила с маленькой Ульяной. Они выходили из шатра погулять, она кормила девочку и, кажется, всю свою тоску по погибшему Лавру она превратила в заботу и нежность. Наверное, Лавр был бы этому очень рад.

На утро третьего дня к ним пришёл волонтёр и выдал каждому по телефону с сим-картой — позвонить родным. Он же предупредил их о том, что в течение дня с ними зайдёт поговорить представитель полиции. Это была новая практика — не допрос, разумеется, просто каждого выжившего просили под запись рассказать, как именно он выжил. Руководителям спасательной операции показалось, что личный опыт может быть им очень полезен в дальнейшем.

И они бросились звонить! Ася дозвонилась до мамы. Отец Расула не мог поверить своему счастью, когда услышал голос сына, которого считал погибшим. Сева вспомнил телефон дедушки, и они два часа провели в рыданиях и разговорах, и обещаниях. Дедушка рвался скорее приехать и забрать их из лагеря, но движение в сторону Москвы было категорически запрещено. Сева пообещал, что они скоро сами приедут. Тоне звонить было некому, и она свободное время и доступ к телефону потратила на то, чтобы попытаться выяснить, нет ли у Ульяны каких-то родственников за пределами Москвы, но так никого и не нашла.

Пришедший в шатёр сотрудник полиции был высоким и грустным. Его лицо посерело, а глаза ввалились. С каждым новым выжившим он надеялся, что хоть в этот раз услышанный им рассказ будет не таким ужасным и наполненным не таким страшным горем, и каждый раз он жестоко обманывался в своих ожиданиях. Косте рассказывать о прожитом было особенно тяжело, но он рассказал. И о заражённых, и о людоеде, и о том, как они встретили Льва Семёновича, и как угнали электричку. Полицейский слушал и кивал. Заканчивая разговор, он сказал:

— Если у меня когда-нибудь будут дети, я хочу, чтобы они были такими же смелыми, как и вы.

Сева хотел возразить, хотел сказать, что они вообще не смелые, и всю дорогу, каждую секунду они дрожали как зайцы, но не стал. У него не было больше сил.

Лев Семёнович в лагере чувствовал себя лучше всех — он стал всеобщим любимцем. Совершенно самостоятельно он уходил из палатки и шёл осматривать лагерь, и всюду, где бы он ни появился, его целовали и обнимали. А иногда и угощали! Ему такая жизнь очень нравилась.

На четвёртый день в шатёр пришёл тот самый улыбчивый солдат, которого они встретили у ворот. Его звали

Матвей, и он сказал, что примерно через полтора часа за всеми придут и отвезут туда, куда они скажут. Сева с Костей поедут к бабушке, Ася с Расулом договорились поехать сначала к Асиной маме в Александров, а дальше... Дальше решим. Тоня с Ульяной останутся в лагере, но их переведут из карантинной зоны в большой лагерь для беженцев под Мытищами. Ася, Тоня и Расул подробно всё обсудили и договорились, что пока не найдутся какие-нибудь родственники, Уля будет жить с Тоней. В глубине души Тоня надеялась, что никакие родственники никогда и не найдутся.

***

В ожидании машины Сева смотрел новости по телевизору. Телефон им выдали один на двоих, и его немедленно отжал Костя. Сейчас он забрался с ногами на диван, грыз шоколадку и залипал в тиктоке, периодически — и подчас совершенно против воли старшего брата — показывая Севе что-нибудь самое оттуда интересное.

Тихонько, чтобы не разбудить спящую у неё на руках Ульяну, рядом с Севой села Тоня. Расул и Ася — как всегда в обнимку — уселись сбоку от Кости. Это был длинный диван, рассчитанный сразу на всех обитателей шатра. Молодые влюблённые смотрели больше друг на друга, чем в экран телевизора. А вот Сева слушал и смотрел.

В новостях рассказывали об изменениях в рамках операции по спасению выживших. Теперь вертолёты — британские Sea King и огромные американские Chinook — садились на стадионы или на большие площади в Москве. Силы специального назначения зачищали улицы вокруг и с помощью громкоговорителей собирали для эвакуации выживших.

Сева с открытым ртом смотрел на снятый с беспилотника видеорепортаж одной такой операции. Как быстро и красиво военные расчищали себе путь среди заражённых, как они тащили в вертолёты обессиленных и едва, но живых москвичей.

— Эх, вот бы нас так спасли!

Костя тоже, оказывается, смотрел репортаж. Сева кивнул. Да, многое бы он отдал за такое спасение.

Затем в новостях показали, как израильские ВВС совместно с украинскими военными сумели эвакуировать выживших в московском зоопарке животных. На экране появилось видео того, как спящего жирафа, перевязанного огромными тросами, тащит в небо вертолёт.

Тоня всхлипнула.

— Тоня, что вы, не плачьте! С жирафом всё в порядке будет, они же рассказали: животные просто спят, только для транспортировки, — решил успокоить её Костя.

— Нет, нет, я не из-за жирафа, не волнуйся. Я так. По человеку одному скучаю.

Костя кивнул и погладил Тоню по плечу. Слова тут были лишними.

А потом молодая корреспондентка по имени Мария Борзунова начала репортаж из Петербурга. Столицей России после гибели Москвы снова стал Питер — ни у кого на этот счёт не было ни сомнений, ни возражений. Сегодня в Зимнем дворце исполняющий обязанности президента РФ Евгений Ройзман должен был сказать речь. Специально на это выступление в Санкт-Петербург прилетели международные лидеры, в том числе президент Украины Владимир Зеленский, премьер-министр Великобритании Борис Джонсон и многие-многие другие.

Камера показывала зал Зимнего и трибуну, к которой медленно шёл Ройзман. Высокий, строгий, сильный и смертельно уставший, он вышел к микрофону. Очевидно, гримёры предприняли какую-то отчаянную попытку придать ему более презентабельный вид, но по Ройзману всё равно было видно, что он не спал много дней. Откашлявшись, он посмотрел в зал и начал:

— Дорогие россияне. Друзья. Несколько дней назад мы с вами пережили страшную трагедию. Мы проживаем её до сих пор, и она останется с нами до нашей смерти. Гибель Москвы войдёт в историю как одна из самых страшных катастроф, случившихся за всё время существования человечества. Мы все потеряли с вами друзей и близких, родственников и знакомых. Сегодня в России нет ни одной семьи и ни одного дома, которого бы не коснулась эта трагедия. Но мы выстояли. Благодаря решительности губернатора Сергея Куренного, мы с вами все вместе спасли Россию.

Благодаря помощи всего мира мы спасли нашу страну и нашу планету от гибели. Мы показали себя настоящей нацией, сильной, способной прийти на помощь в нужную минуту — когда для спасательной операции потребовались волонтёры, за сутки мы получили миллион заявок. Вместе мы строили, спасали, лечили, устраивали и обнимали выживших. И я хотел бы начать своё выступление с главного: с обещания, что новая Россия, которую мы вместе с вами будем строить, будет страной, в которой главнейшей ценностью станет человеческая жизнь. Мы слишком многих потеряли, мы не повторим прошлых ошибок.

Ройзман откашлялся и обвёл глазами зал.

— На сегодняшний день количество выживших — около 500 000 человек. Почти 12 миллионов числятся пропавшими без вести или погибшими. Спасательная операция в Москве продлится до того момента, пока мы или не спасём всех, или не будем уверены в том, что спасать больше некого. Мы не пожалеем для этого ни времени, ни сил, ни денег. Любой ценой, но спасён будет каждый. Я обещаю вам это, и я уверен, что будущий, законно избранный президент России, поддержит меня в этом решении.

Краем глаза Сева увидел, что Костя отложил телефон. Все, сидящие сейчас на диване, ну, может быть, за исключением Ульяны, внимательно слушали речь.

— Мы никогда бы не справились в одиночку. Долгие годы Россия отдалялась от мира, мы шли по пути конфронтации, не исключено, что мы шли к большой войне. Но эта трагедия отрезвила нас. Помогла нам понять, насколько мы связаны между собой. Я глубоко благодарен всем странам, оказавшим и продолжающим оказывать помощь России в наш самый чёрный час. И сегодня я хотел бы сделать заявление. Как исполняющий обязанности президента России, час назад я приказал снять с боевого дежурства всё имеющееся в нашем арсенале ядерное оружие. Наши подводные лодки возвращаются в порты. Наша армия с завтрашнего дня выходит со всех незаконно оккупированных территорий. Армия Россия прекращает военную операцию в Сирии, мы отменяем все введённые санкции, контрсанкции и ограничения, и для жителей всего мира с завтрашнего дня Россия — это безвизовая страна. Время противостояния окончено. Эпоха гонки и соперничества закончилась.

В этом месте говорящего перестало быть слышно, потому что зал взорвался восторженными криками и аплодисментами. Сева собирался что-то сказать, но в этот момент в их шатёр заглянул Матвей.

— Костя, Сева, за вами пришли.

Все исторические речи и знаменательные события сразу перестали иметь какое-либо значение. Сева с Костей вскочили и побежали за рюкзаками. Они тепло и нежно обнялись с Тоней, Асей и Расулом, обменялись телефонами и пообещали не теряться. Потом мальчики по очереди поцеловали очень удивлённую и ещё сонную Ульяну, которая возмущённо пискнула, протестуя, что её сон потревожили.

За Костей и Севой пришёл какой-то грустный мужик. Про таких, как он, папа обычно говорил «морда кирпичом». Грузный, с красным лицом, в несвежей полицейской форме. Он повёл ребят через весь лагерь к парковке.

— Володя меня зовут. Можно без отчества, — коротко представился он. — Классный у вас пёс! Давно с вами?

— Нет, мы, когда из Москвы спасались, его встретили. Вместе выбирались!

— Фига, и он не убежал? Чудеса!

— Почему чудеса?

— А вы не знаете? Неужели внимания не обратили, что, пока вы шли по городу, ни разу ни одной собаки, кошки или даже голубя не встретили?

— Обратили, конечно. Но мы только не знали, почему так.

И Володя рассказал им свою историю. В день катастрофы они с напарником дежурили как раз на выезде из Москвы на Ярославке, это был их обычный пост и обычный день. Собственно, работа скучная — останавливаешь, проверяешь документы, иногда в трубочку предлагаешь дунуть. Неприятного много — и бухие, и агрессивные, и ДТП у них на участке бывали страшные, но глобально если говорить — не худший вариант. И вот сидели они с коллегой обедали, как вдруг шум страшный поднялся.

— И я подумал сначала, что самолёт. Ну, чёрт его знает, может, авария какая-то — и он на шоссе сесть решил. А потом вышел из машины и увидел: просто стеной на нас бегут собаки, кошки, птицы летят, змеи ползут. Неба не видно было из-за птиц, представляете? Не видно неба! Ну, в общем, я успел в машину спрятаться, её сразу же перевернуло потоком, мы там часа два кверху ногами сидели. Вот такие дела.

— А теперь они где?

— Теперь их по лесам ищут. В новые дома, наверное, определят. Людей добрых много вокруг.

Полицейский немного помолчал и добавил:

— Работа такая, нам обычно люди-говно попадаются, да и сами мы, честно говоря, те ещё мудаки. Вы уж извините за мат, я привык как есть говорить. Но вот последние дни, последние дни я понимаю — очень много добрых людей вокруг. Все всем помогают...

Они дошли до Володиной помятой машины.

— Чё, ребят, куда едем? Матвей сказал, под Сергиевым Посадом у вас бабушка с дедушкой?

— Да! Володя, вы нас до Хотьково довезите, а дальше мы дорогу знаем и покажем.

— Ну хорошо. Залезайте. Собака если хочет, может спереди поехать.

Братья уселись на задние сидения, а Лев Семёнович с удовольствием устроился на переднем. По дороге он иногда высовывал голову в окно.

Сева и Костя впервые видели Ярославку без пробок. Они ехали среди редких машин, на которых волонтёры развозили выживших. Пару раз им на пути попадались конвои с автобусами, которые везли выживших в более благоустроенные лагеря — в Мытищи и дальше, в Пушкино и Софрино. Как старый гаишник, Володя гнал за 120, и Сева посчитал, что они будут дома уже совсем скоро. Он до сих пор не мог в это поверить.

Им навстречу шли бесконечные караваны фур «Вкусвилл» и «Магнит», двух сетей, взявших на полное обеспечение лагеря беженцев. В сторону Москвы шли колонны военной техники, но только сейчас она вызывала у ребят радость, а не страх. Ехали автобусы с волонтёрами — бесконечные автобусы с волонтёрами.

А потом они свернули с шоссе и въехали в Хотьково, и вокруг вдруг началась обычная жизнь. Вот дети играют на площадке, вот какая-то тётечка спешит домой с пакетами из «Пятёрочки». Сева смотрел в окно и думал: у них не было всего этого ужаса, а нам он с Костей достался. Почему? Ответа он не знал. Может быть, ответ и не был важен.

Они показывали Володе, куда ехать, и он ехал, и вот он уже повернул на улицу, в конце которой стоял их дом. Улица была засажена дубами, и они ехали как будто по лесу.

— Хорошо у вас тут, ребят. Зелено! Хорошо, что вы спаслись!

Вдруг большой Володя с его красной мордой кирпичом горько беззвучно заплакал. Лев Семёнович положил ему лапу на плечо — он хорошо чувствовал чужое горе.

— У меня в Москве жена была, дочка. Мама моя, отец. Все погибли, все сгинули. Один я остался.

Он быстро успокоился и даже как-то немного смутился. С заднего сиденья Костя мог дотянуться только до левого Володиного плеча. Он положил на него свою маленькую руку. Костя знал, что сейчас говорить ничего не надо, достаточно просто помолчать рядом.

Машина остановилась у их дома. У калитки уже стояли бабушка и дедушка. Казалось, они ещё немного постарели. Прямо над ними на заборе устроилась на своём любимом месте кошка Дуся.

Костя выскочил из машины, забыв попрощаться, и бросился к бабушке — он тут же утонул в её объятьях и слезах. Сева вышел из машины и стоял, смотрел за ними со стороны. На прощание он обнял Володю, который — то ли из чувства такта, то ли просто у него времени не было — очень быстро уехал.

Сева стоял и смотрел на Костю, на бабушку и дедушку. Дуся с возмущением смотрела на Льва Семёновича, а затем перевела свой сердитый взгляд на Севу: ты ко мне в дом собаку, что ли, притащил? Сева пожал плечами, он был уверен — они подружатся. Пусть и не сразу.

Он стоял и думал. Вот его дом, вот его любимая берёза, любимая калитка, его семья. Небольшой, но очень важный кусок счастья и обещание будущего. Он нашёл ответ на вопрос, который так долго терзал его: да, конечно, они будут ещё счастливы. Будут улыбаться и радоваться. Может быть, иначе, но обязательно будут.

Сева поднял голову, с высокой сосны на него безразлично каркнула ворона. По соседнему дереву пробежала и села на ветке белка. Сквозь кроны деревьев на Севу светило солнце. Может быть, мама и папа не наблюдают за ними через дырочку в небе, и может, бога нет, но сейчас Севе казалось очень важным сказать им и ему — он задрал голову вверх и шепотом произнёс: «Спасибо». А потом побежал по тропинке обнимать дедушку, бабушку и брата.

Благодарности

Никогда я бы не справился с этой историей один. Собственно, вся жизнь после начала войны — для меня история того, как все помогают всем. С переездом, жильём, выводом денег, налогами, документами, котами, собаками — кто с чем может. И с книжкой. Несмотря на то, что мы все были в сложных и непривычных обстоятельствах, мне никто не отказал в совете и консультации. И я очень и очень всем благодарен — и тем, кто долго и подробно объяснял, читал текст и правил ошибки, подсказывал, и тем, кто отвечал на мои странные вопросы в Твиттере или Фейсбуке.

Спасибо огромное кандидату биологических наук Вите Татарскому, который помог мне придумать убедительный вирус, объяснил, как устроены лаборатории и, что самое важное, — рассказал про берингийских сусликов! Спасибо большое главному редактору «Медиазоны» Сергею Смирнову и Алексею Полиховичу, которые помогли с деталями к истории Лавра и Тони. Спасибо в прошлом руферу Павлу Огородникову, который помог мне найти дом, на котором застрял Расул. Огромное спасибо моему другу Руслану Магомедову, который годами рассказывал мне про свой родной Дагестан — без его рассказов не было бы Расула. Спасибо большое Елене Лысенко-Салтыковой — первой в России женщине-машинисту электропоезда, которая объяснила мне, как ездят электрички и что там у них в кабине. И отдельное спасибо моей подруге Марине Ментусовой, которая нас познакомила и которая была одной из первых читательниц этой истории.

Спасибо моим подругам Юле и Лизе, которые помогали, поддерживали и отвечали на мои вопросы. Спасибо Тамаре Великодневой, которая рассказывала и отвечала на мои вопросы о Пушкинском музее. Спасибо Маргарите Журавлёвой за то, что разрешила мне взять в придуманное путешествие её чудесного пса Льва Семёновича.

Отдельное спасибо моим сыновьям Дане и Никите, которые вычитали мою рукопись и дали несколько очень ценных замечаний и уточнений.

Спасибо Инге Кудрачёвой, Ане Великок, Руслану Левиеву, Жоре Албурову, Серёже Козловскому, Сержутдину Хаппалаеву, Андрею Шишкину и Нике Буренковой, который каждый в чём-то очень мне с этой книжкой помог.

Спасибо Александру Роднянскому, который поддерживал меня в этом нелёгком деле, несмотря на все сложные обстоятельства, и помогал советами.

Спасибо моей любимой подруге Яне Жарчинской, моей замечательной племяннице Маше Красавицкой, другу и книжному критику Егору Михайлову, — всем, кто читал, обсуждал и помогал мне сделать «Мышь» лучше.

Спасибо моим агентам Юле Гумен и Наташе Банке за поддержку и за то, что у «Мыши» есть теперь дом.

Спасибо моей жене Кате, которая умеет замечать и поправлять удивительно важные детали, которые я бы без неё никогда не заметил и непременно бы упустил.

Отдельное и особое спасибо моему другу Максиму Мартемьянову, который потратил кучу времени, которого у него нет, чтобы стать литературным редактором моей рукописи.

Всё хорошее, что есть в книжке, сделано с помощью моих замечательных друзей, а если я где-то ошибся или написал глупость, то это всё моё.

Серия «Февраль/Лютий»

Светлана Еремеева
МЁРТВОЕ ВРЕМЯ

**** ******

У ФАШИСТОВ МАЛО КРАСКИ

Сборник эссе
НОСОРОГИ В КНИЖНОЙ ЛАВКЕ

Серия «Не убоюсь зла»

Натан Щаранский
НЕ УБОЮСЬ ЗЛА

Илья Яшин
СОПРОТИВЛЕНИЕ ПОЛЕЗНО

Выступления российских
политзаключённых и обвиняемых
НЕПОСЛЕДНИЕ СЛОВА

Серия «Отцы и дети»

Иван Тургенев
ОТЦЫ И ДЕТИ
Предисловие Александра Иличевского

Лев Толстой
ХАДЖИ-МУРАТ
Предисловие Дмитрия Быкова

Александр Грин
БЛИСТАЮЩИЙ МИР
Предисловие Артёма Ляховича

Серия «Лёгкие»

Валерий Бочков
БАБЬЕ ЛЕТО

Елена Козлова
ЦИФРЫ